MEINE WUNDERVOLLEN SCHWESTERN

Khalida Popal

MEINE WUNDERVOLLEN SCHWESTERN

Eine Geschichte über Mut, Hoffnung und das afghanische Frauen-Fußballteam

EDEL SPORTS

Dieses Buch ist allen Frauen gewidmet, die sich in ihrem Kampf für die Frauenrechte als Menschenrechte nicht unterkriegen lassen. Unterstützen wir einander und machen uns weiterhin gegenseitig Mut!

»Manche Leute glauben, dass es beim Fußball um Leben und Tod geht. Seien sie versichert: es ist weit ernster als das.«
Bill Shankly, *schottischer Fußballspieler und Trainer des FC Liverpool*

»Frauensport ist weder angemessen noch notwendig.«
Ahmadullah Wasiq, *stellvertretender Vorsitzender der Kulturkommission der Taliban*

Anmerkung der Autorin

Afghanistan steht seit August 2021 unter der Kontrolle der Taliban. Um die Identität der dort lebenden Menschen zu schützen, habe ich die Namen und andere Erkennungsmerkmale einiger Personen geändert. Ungeachtet dessen ist dieses Buch eine wahrheitsgemäße Schilderung meiner Erlebnisse.

Dieses Buch enthält Beschreibungen von sexuell missbräuchlichem Verhalten und suizidalen Gedanken.

Prolog

Melbourne, August 2023

Es sind immer die gleichen Bilder. Sie tauchen auf, sobald ich die Augen schließe. Ein Messer, das einen Ball aufschlitzt. Männer mit verzerrten Gesichtern. Sich drehende Rotorblätter eines Helikopters. Blut, das langsam auf den staubigen Boden tropft. Die Silhouette eines Mädchens, das sich in Flammen krümmt.

»Khalida?«

Ich schlage die Augen auf.

Ich nicke der Veranstalterin zu, die mich angesprochen hat, und atme tief durch.

Es ist der Tag vor dem Finale der Frauenfußball-Weltmeisterschaft in Sydney. Ich stehe am Rand des Indoor-Fußballfelds im *Ultra-Football*-Sportshop in Melbourne. Mir gegenüber sehe ich die Spielerinnen der ehemaligen afghanischen Frauen-Nationalmannschaft – und es ist wohl nicht übertrieben, wenn ich sage: Es grenzt an ein Wunder, dass überhaupt jemand von uns hier ist und unsere Geschichte erzählen kann.

Morgen wird vor den Augen der Weltöffentlichkeit die beste Frauenfußball-Nationalmannschaft der Erde gekürt.

Aber nicht alle Teams konnten antreten. Das afghanische Frauenteam wird vom Weltfußballverband FIFA nicht anerkannt; das Team der afghanischen Männer dagegen ist anerkannt und darf bei internationalen Turnieren antreten.

Dass die WM 2023 ausgerechnet in Australien stattfindet, ist Ironie des Schicksals, denn dorthin sind die meisten afghanischen Nationalspielerinnen geflohen, als die Taliban im August 2021 wieder an die Macht kamen und Frauen jede sportliche Betätigung verboten.

Auch ich bin aus Afghanistan geflohen. Seit mehr als zehn Jahren lebe ich im Exil in Dänemark. Die Friedensnobelpreisträgerin und Bildungsaktivistin Malala Yousafzai hat mich hierher nach Australien fliegen lassen. Ihr brauchte ich nicht zu erklären, was es heißt, als Frau unter einem repressiven Regime zu leben. Wie es ist, wenn du Männer gegen dich aufbringst und sie dich dann wie eine Fliege zerquetschen wollen. Jetzt bin ich also hier, bin wieder mit meinen Schwestern zusammen und kann sie mit Malala bekannt machen. Und wir können allen, die sie hören wollen, unsere Geschichte erzählen. Doch wo fängt diese Geschichte an?

Vor ziemlich genau zwei Jahren hatte ich die ersten Berichte darüber gesehen, dass Kabul wieder in die Hände der Taliban fiel. Wenig später kamen die ersten Anrufe, Sprachmessages, E-Mails, Nachrichten über alle Online-Kanäle. Obwohl ich seit mehr als acht Jahren nicht mehr in Afghanistan gewesen war, weil ich dort nicht sicher leben konnte, zählte ich noch immer zu den bekanntesten Fußballerinnen des Landes. Ich wurde also zu einer Art Blitzableiter, als das Gewitter losbrach.

Mitten in der Nacht bekam ich einen Anruf. Ich nahm das Gespräch an und hörte eine leise, belegte Stimme. Es war eine Frauenstimme. Sie flüsterte auf Dari: »Ist da Khalida?«

»Ja.« Meine Kehle war trocken, meine Augen brannten. Ich versuchte, wach zu werden, und war mir nicht sicher, ob ich noch träumte.

»Ich sitze hier mit dem Gewehr meines Bruders am Fenster und schaue raus. Ich habe kein Auge zugetan. Wenn sie an meine Tür klopfen, werde ich mir in den Kopf schießen. Ich bringe mich lieber um, als in ihre Fänge zu geraten.«

Da wusste ich: Ich träumte nicht.

»Wo bist du?«, fragte ich. Ich notierte ihre Angaben, setzte ihren Namen auf meine Liste und versprach, sie anzurufen, sobald ich mehr wüsste. Auf meinem Schreibtisch standen überall halb leere Kaffeetassen. Ich konnte mich nicht mehr erinnern, wann ich das letzte Mal etwas gegessen hatte.

Ich war wie viele andere so naiv gewesen zu glauben, dass die westlichen Streitkräfte mein Land niemals im Stich lassen würden. Wir waren überzeugt: Der immense Imageschaden, den sie erleiden würden, wenn sie vor den Taliban kapitulieren und ihre Truppen zurückziehen sollten, würde dies verhindern. Wir wähnten uns in Sicherheit. Wir haben uns geirrt.

Erst ungläubig und dann entsetzt mussten wir im Februar 2020 mit ansehen, wie die US-Regierung unter Donald Trump ein Abkommen mit den Taliban, das *Agreement for*

Bringing Peace to Afghanistan, unterzeichnete. Die USA und in ihrer Folge die NATO erklärten sich bereit, alle Truppen innerhalb von 14 Monaten aus dem Land abzuziehen. Am 12. September 2020 trafen sich in Doha, der Hauptstadt von Katar, eine 21-köpfige afghanische Regierungsdelegation und 21 Vertreter der Taliban zu »Friedensgesprächen«. Sie wollten darüber beraten, wie es nach Abzug der US-Truppen mit dem Land weiterging. Nur vier Frauen saßen mit am Tisch. Die Taliban würdigten sie keines Blickes.

In den folgenden Wochen und Monaten erfuhren wir, dass die Taliban dabei waren, die Oberhand zu gewinnen. Die von den USA eingesetzte afghanische Regierung wurde in die Friedensgespräche im Grunde nicht einbezogen. Stattdessen verhandelte die US-Regierung direkt mit den Taliban. Währenddessen verließen die westlichen Mächte nach und nach das Land.

Die von mir geleitete Organisation *Girl Power* bot unter anderem Frauen und Mädchen in verschiedenen Städten und Provinzen Afghanistans Fußballprogramme an. Von Trainerinnen und Spielerinnen hörte ich, dass es immer gefährlicher wurde, bei diesen Programmen mitzumachen. Als die Taliban weiter vorrückten, empfahl ich ihnen, Trikots und Trophäen und auch alle Fotos, auf denen sie beim Fußballspielen zu sehen waren, zu vergraben, die Spuren ihrer Geschichte zu verwischen und in die Hauptstadt Kabul zu gehen.

Die Kämpfe wurden immer heftiger und hielten fast ununterbrochen an, während die Taliban aus den ländlichen

Gebieten in die Städte vorrückten. Schon im April 2020 mussten wir ein Fußballturnier für Mädchen absagen, das in der Provinz Dschuzdschan stattfinden sollte, einer ländlichen Gegend im Norden des Landes. Der Krieg hatte die Region erreicht, die Regierung war machtlos. Ich sprach mit einigen Müttern von Spielerinnen; sie wollten ihre Töchter nicht mehr zur Schule schicken aus Angst, sie würden sie nie mehr wiedersehen. Der Interimspräsident des afghanischen Fußballverbands warnte die Frauenmannschaft davor, sich in den Büros und anderen Einrichtungen des Verbands oder auf den Spielfeldern blicken zu lassen. Zur Begründung sagte er, der Verband würde sich sonst zu viele Probleme mit den Taliban einhandeln. Er wolle nicht, dass auch nur ein einziges Verbandsmitglied ihretwegen getötet werde.

Wir hofften, die Regierung würde sich zur Wehr setzen. Doch dann erfuhren wir: Die Regierung hatte kapituliert und die Militärführer angewiesen, den Soldaten die Waffen abzunehmen. Damit nahmen sie ihnen auch die Möglichkeit, sich zu verteidigen. Es kursierten Videos von Soldaten, die weinten und flehten, weiter kämpfen zu dürfen. Ich hatte Verwandte und Freunde beim Militär. Gezwungenermaßen mussten sie die Kampfhandlungen gegen die Taliban einstellen und bezahlten das nicht selten mit ihrem Leben. Ihre eigenen Anführer und die vermeintlichen Verbündeten hatten sie verraten.

Dann, im August 2021, fiel Kabul.

Alle sogenannten Ortskräfte – Fahrer, Dolmetscher, Köche, Lehrkräfte, die mit ausländischen Truppen in Afghanistan in Verbindung standen – schwebten jetzt in Lebensgefahr. Außenstehenden musste ich immer wieder verständlich machen, was es heißt, unter den Taliban zu leben, dass diese islamistische Terrorgruppe jegliche Form von Unterhaltung verbietet und warum Männer, die gerade erst von den Taliban rekrutiert worden waren – entweder weil sie deren Ideologie unterstützten oder weil sie Angst vor ihnen hatten –, von Tür zu Tür zogen und nach den Namen von Fußballspielerinnen fragten.

Die Taliban zertrümmerten antike Statuen, Musikinstrumente und Fernseher, verbrannten Filmrollen und Musikkassetten auf meterhohen Scheiterhaufen. Fußball wurde nicht ganz verboten: Männer durften weiterhin in die Stadien gehen und Spiele anschauen. Frauen dagegen war der Sport ab sofort untersagt. Wer beim Stehlen erwischt wurde, dem wurden in einem Fußballstadion vor den Augen der Öffentlichkeit die Hände abgehackt. Zum Tode Verurteilte hängte man an den Torpfosten auf und ließ sie über dem Rasen baumeln.

Ein Grundsatz der Taliban ist, dass Frauen sich nicht bilden, nicht arbeiten und auch keinen Sport treiben dürfen. Diejenigen von uns, die nach der Vertreibung der Taliban 2001 in Afghanistan Fußball gespielt hatten, gerieten jetzt also unweigerlich ins Visier.

Der Fußball hatte den Spielerinnen ein kleines Forum geboten. Viele von ihnen hatten das genutzt und sich öffentlich für die Rechte der Frauen eingesetzt. Sie hatten sich innerhalb ihrer Gemeinschaft exponiert, sich offen über alles hinweggesetzt, woran die Taliban glaubten, und waren jetzt in höchster Gefahr.

Sie mussten untertauchen. Der afghanische Fußballverband unternahm nichts, um die Spielerinnen zu schützen, und es gab nur wenige Menschen, auf deren Hilfe man zählen konnte. Denn wer die Chance hatte, sich bei den Taliban beliebt zu machen, konnte sich dadurch ihrem Druck entziehen und von sich und der eigenen Familie ablenken. Wir mussten die Frauen in Sicherheit bringen. Ich empfand für ihre Rettung eine besondere Verantwortung. Schließlich war ich diejenige gewesen, die viele Jahre zuvor mit der Gründung der afghanischen Frauenfußball-Nationalmannschaft den Stein überhaupt erst ins Rollen gebracht hatte.

Damals hieß es, die westlichen Mächte hätten die Taliban im Namen der Menschenrechte entmachtet. Den Frauen in Afghanistan solle der Rücken gestärkt werden gegen ein Regime, das sie unterdrückte. Also stürzten wir uns mit vollem Elan in den Kampf für eine gleichberechtigte Gesellschaft – und unsere Waffe in diesem Kampf war der Fußball. Trotz zahlreicher Rückschläge gaben wir nicht auf. Wir verbargen unsere Gesichter nicht. Wir ließen uns fotografieren und erzählten unsere Geschichten, weil wir hofften, dass die Welt hinter uns stand. Für andere Frauen waren wir Symbolfiguren, wir zeigten Mut und Stärke. Wir waren ein Team. Wir sagten, was wir dachten, und traten für unsere Rechte ein.

Jetzt waren die Taliban erneut an der Macht. Wir waren für sie eine Gefahr und sollten endgültig zum Schweigen gebracht werden. Über uns afghanischen Frauen und Mädchen braute sich die altbekannte Unterdrückung wieder zusammen. Und wir hatten viel zu verlieren: unsere Freiheit, unsere Stimme, unser Leben.

»Khalida?« Die Veranstalterin holt mich in die Gegenwart zurück.

Ich atme tief durch. Es ist Zeit, unsere Geschichte zu erzählen.

Kapitel 1

Kabul, 1996

Da ist der Ball, und da bist du. Da sind deine Füße, sie treten gegen den Ball. Da ist der Ball, und da ist der Atem in deinen Lungen. Deine Beine tragen dich übers Feld. Sobald du den Ball berührst, ist der Zauber da. Du lächelst und hast alles unter Kontrolle. Die Blicke der Menschen, die dir zuschauen, und ihre Zurufe blendest du aus. Es gibt nur dich und den Ball. Mach die Augen auf.

»Khalida! Khalida!«

Einer der Nachbarsjungen wedelte heftig mit den Armen. Ich solle den Ball zu ihm rüberspielen, rief er, aber ich rannte weiter. Er blieb stehen und sah mir fragend hinterher. Ich rannte immer noch, in meinen Ohren hörte ich laut meinen eigenen Atem. Ich versuchte, in eine Richtung zu passen, dann schlug ich einen Haken. Hätte man mich gefragt, warum – ich hätte es nicht sagen können. Es fühlte sich einfach richtig an. Ich rannte und rannte, bis ich irgendwann den Ball verlor und stehen blieb, nach Luft schnappend und mit einem Lächeln auf den Lippen.

»Khalida!« Die Stimme meines Bruders Shapoor klang tief und ernst. Obwohl er erst acht Jahre alt war und damit ein Jahr jünger als ich, gab er sich älter. »Wir müssen nach Hause.«

Ich machte ein langes Gesicht. »Ach komm, ein kleines bisschen noch.«

Er schüttelte energisch den Kopf. »Ich habe Mama und Papa versprochen, dass ich dich rechtzeitig nach Hause bringe. Heute Abend ist die Hochzeit. Du wirst mit den Frauen gehen. Sie werden dich schön zurechtmachen.«

Ich streckte ihm die Zunge heraus, klopfte ihm auf die Schulter, und wir machten uns auf den kurzen Weg nach Hause.

Es war ein Nachmittag im Spätherbst. Ich genoss es, im Freien zu sein. Es war erst ein paar Jahre her, dass wir monatelang im Keller gelebt hatten, weil sich diverse Gruppen Kämpfe um die Kontrolle über Kabul geliefert hatten. Wir kauerten damals in der Ecke eines Zimmers, das mit Kissen, Decken und Matratzen ausgelegt war, und hörten die Explosionen draußen wie ein entferntes Donnergrollen. Um uns abzulenken, trug mein Vater die spannendsten Fakten aus dem Geschichtsbuch vor, das er gerade las. Ich hatte meinen Kopf auf seine Brust gelegt und hörte sein Herz schlagen, während ich in den Schlaf sank. Irgendwann ebbten die Kämpfe ab, doch in der Stadt lagen überall Trümmerberge. Unser Viertel in Kabul – es heißt Khair Khana – war von den schlimmsten Zerstörungen verschont geblieben. Ich verstand damals nicht wirklich, worum es ging; ich war nur wütend, weil ich nicht zur Schule gehen konnte. Noch heute zucke ich zusammen, sobald irgendwo ein Feuerwerk gezündet wird oder es auf der Straße laut knallt, weil ein Motorrad eine Fehlzündung hat.

Shapoor und ich standen am Straßenrand und ließen eine Frau in Burka vorbei. Sie blieb stehen, schaute mich an und zeigte mit Nachdruck auf ihren Kopf. Erst in dem Moment merkte ich, dass ich mein Kopftuch beim Fußballspielen abgenommen und vergessen hatte, es wieder aufzusetzen. Ich hasste es, Kopftuch zu tragen – erst recht, wenn es heiß war. Aber ich holte das Tuch aus meiner Tasche und wickelte es mir um den Kopf.

In den letzten Monaten waren immer mehr von diesen seltsamen dunklen Gestalten auf den Straßen zu sehen. Wir wussten, dass draußen auf dem Land eine Gruppe namens Taliban zunehmend mächtiger wurde. Die Erwachsenen drängten sich um den Fernseher und sahen kopfschüttelnd zu, wie weit entfernte Städte den Taliban in die Hände fielen. In Kabul merkte man die Veränderung an diesen dunklen Gestalten, an ihrem Kopfschütteln oder ihren missbilligenden Gesten und Kommentaren hinter vorgehaltener Hand.

Meine Familie ist nicht religiös; bei uns zu Hause wurde mehr Wert auf Bildung als auf Religion gelegt. Mein Großvater war Universitätsprofessor und ist viel in der Welt herumgekommen. Meine Großmutter hat als eine der ersten Frauen in Kabul einen Schulabschluss gemacht. Mein Vater stammt aus einer westlich orientierten, liberalen Militärfamilie, der Bildung über alles geht. Wenn ich den Gebetsruf *Adhan* hörte – er hallte von jeder Moschee durch die Straßen Kabuls –, beobachtete ich, wie Männer, Frauen und Kinder zur Moschee eilten, um zu beten, während ich weiterspielte. Dem Gebetsruf sind wir nie gefolgt. Meine Eltern bezeichnen sich nicht als atheistisch, aber im Grunde sind sie es. Sie gingen nicht in die Moschee, sie beteten nicht, sie übten keine Religion aus. Stattdessen sprachen meine Großeltern und dann auch meine Eltern über die Bedeutung der Familie, über ethische Werte, Respekt, Transparenz und Ehrlichkeit. Uns wurde beigebracht, für das einzustehen, woran wir glauben, unsere Meinung zu sagen und einzugreifen, wenn etwas falsch läuft.

Wie alle Männer in seiner Familie ist mein Vater groß und breitschultrig; er ist lautstark und charmant. Früher stand er gern vor dem Spiegel und putzte sich wie ein Teenager heraus. Wir machten uns darüber lustig. Meine Mutter ist in einem traditionelleren Haushalt aufgewachsen, in dem sich Frauen nicht zu Wort meldeten; sie ist ein eher stiller Mensch. Noch heute lacht sie leise in sich hinein – wir nennen das ihren »Lautlos-Modus«. Die Familie meines Vaters sind Paschtunen. Das ist die größte ethnische Gruppe in Afghanistan. Meine Mutter gehört der arabischen Minderheit an. Sie wurde mit 16 Jahren verheiratet. Meine Großmutter war bei ihrer Hochzeit gerade einmal 13 Jahre alt. Sie war die zweite Frau meines Großvaters und hatte ein beschwerliches Leben. Als er starb, war sie 19 und hatte sieben Kinder zu versorgen. Sie musste ihnen sowohl Mutter als auch Vater sein und zugleich für den Lebensunterhalt sorgen.

In Afghanistan werden Mädchen aus Angst vor Ehrverlust in sehr jungen Jahren in arrangierte Ehen gedrängt. Die Ehre der Familie hat einen extrem hohen Stellenwert. Ehrenmorde sind an der Tagesordnung. Sie sind Teil der afghanischen Kultur. Ehrenmord bedeutet die Ermordung eines Mädchens oder einer Frau, die angeblich den guten Ruf – oder die Ehre – der Familie beschädigt hat. Kommt eine Tochter vom rechten Pfad ab, indem sie zum Beispiel einen Freund hat, ihr Zuhause verlässt oder in irgendeiner Weise ihren Pflichten nicht nachkommt, hat sie die Familie entehrt und muss bestraft werden. Deshalb sind im frühen Alter arrangierte Ehen gängige Praxis. Je schneller eine Familie ihre Tochter aus dem Haus bekommt und die Verantwortung für sie an einen Mann abgeben kann, umso geringer ist die Gefahr, dass sie Schande über die Familie bringt. Über meinen Großvater mütterlicherseits – den Cousin meiner Großmutter väterlicherseits – ist meine Mutter mit meinem Vater entfernt verwandt. Wahrscheinlich hätte sie lieber ihre Ausbildung fortgesetzt, doch sie musste meinen Vater heiraten, um die Ehre der Familie zu bewahren.

Von dieser Zwangsehe profitierten beide Familien: Mein verhätschelter Vater sollte erwachsen werden und mehr Verantwortung übernehmen, für die Eltern meiner Mutter saß durch ihre Heirat eine Person weniger am Esstisch. Meine Eltern hatten keine Wahl: Sie waren für den Rest ihres Lebens aneinandergekettet, und sie hatten Kinder zu bekommen. Bleibt ein Paar kinderlos, liegt in Afghanistan die Schuld für dieses scheinbare Versagen immer bei der Frau. Meine Mutter brachte fünf Kinder zur Welt.

In unserer Familie hat es schon immer mehr Männer als Frauen gegeben. Ich habe vier Brüder: Shapoor ist ein Jahr,

Idris zwei Jahre jünger als ich, dann folgen mein vier Jahre jüngerer Bruder Tammim und schließlich Naveed, sechs Jahre jünger als ich. Meine Eltern legten großen Wert darauf, Tochter wie Söhne gleichberechtigt zu behandeln und dafür zu sorgen, dass bei uns alle zu Wort kamen. Selbst bei noch so kleinen Entscheidungen berief mein Vater den Familienrat im Wohnzimmer ein, um unsere Meinung zu hören. Manchmal ging es um ganz triviale Dinge wie den Kauf eines neuen Teppichs oder Fernsehers. Ich reagierte darauf manchmal fast genervt: »Warum fragst du uns überhaupt? Kauf's doch einfach!« Worauf mein Vater antwortete: »Na, hör mal, das ist eine Entscheidung, die die ganze Familie betrifft. Deine Meinung ist wichtig.«

Ich war die Erstgeborene und das erste Enkelkind. Ich bekam viel Aufmerksamkeit. Das gefiel mir. Oft war ich das einzige Kind unter lauter Erwachsenen. So gewöhnte ich mir an, mich durchzusetzen und mir Gehör zu verschaffen. Wenn befreundete Erwachsene und Familienmitglieder zusammensaßen und mir nicht zuhörten oder sich nicht mit mir beschäftigten, erhob ich meine Stimme, damit alle sich mir zuwandten. Alle im Raum sollten still sein, wenn ich redete. Das klingt vielleicht verzogen, aber es war im Grunde das Ergebnis meiner Erziehung: Ich war überzeugt, dass das, was ich sagte, wichtig war und es mir zustand, gesehen und gehört zu werden.

Meine Eltern und Großeltern brachten mir bei, mich gegen Unrecht zu wehren, für mich selbst einzustehen und die Welt so zu gestalten, wie ich sie richtig finde. Wenn ich mit einem

Problem zu ihnen ging, fragten sie mich, was ich denn schon unternommen hätte, um es zu lösen. Statt mir fertige Antworten zu liefern oder die Angelegenheit für mich zu regeln, sprachen sie mit mir darüber, welche Handlungsmöglichkeiten ich hatte. Dass die Meinung einer Frau gewürdigt und ihre Selbstständigkeit gefördert wird, ist in der afghanischen Gesellschaft nicht selbstverständlich. Mit dieser Denkweise gehört meine Familie zu einer winzigen Minderheit.

Während meiner frühen Kindheit konnte ich die Welt außerhalb meiner Familienblase ignorieren. Später fand ich das zunehmend schwieriger. Ich war es gewohnt, mit meinen Brüdern herumzutoben. Dann kam ich in ein Alter, in dem immer mehr Leute meinten, mir vorschreiben zu müssen, wie ich mich zu kleiden und zu verhalten hatte.

Sobald die Frau mit der Burka außer Sichtweite war, riss ich mein Kopftuch wieder herunter und stopfte es zurück in meine Tasche. Shapoor schüttelte den Kopf. Wir betraten unseren von Rosenbeeten gesäumten Innenhof – mit seinen Apfel-, Birnen- und Granatapfelbäumen für mich der schönste Ort der Welt. Unsere Mutter stand da in einem wunderschönen hellblauen Kleid und wartete auf uns. Sie warf einen Blick auf mein verschwitztes, staubiges Gesicht und meine zerzausten Haare und sagte nur: »Ab ins Bad.«

Bald darauf saß ich vor ihr und schaute zu, wie sie mit einer Mischung aus getrockneten Blättern, Öl und Wasser ein filigranes Muster auf meine Hände auftrug. Meine Finger waren von einer Schicht überzogen, als hätte man sie in eine schlammige Pfütze getaucht. Im Hintergrund war Musik zu hören, begleitet vom Gelächter der Frauen, die sich Geschichten erzählten. In meiner Familie wussten alle, dass ich mich für »Mädchenkram« nicht interessierte. Ich spielte lieber mit meinen Brüdern und machte bei ihren Wettkämpfen mit. Als mein Großvater mir von einer seiner Auslandsreisen voller Stolz eine Puppe mitbrachte, schrie ich: »Warum versteht hier keiner, dass ich Puppen nicht mag?« Und ich warf das Geschenk in die Feuerstelle.

Normalerweise ging ich jeder Behandlung, die Frauen zugedacht war, aus dem Weg, aber an diesem Abend herrschte eine ganz besondere Stimmung: Das Licht flackerte leicht, die Frauen hatten alle Schüchternheit abgelegt und lachten unbeschwert miteinander. Die Stoffe hatten schöne Farben und Muster – all das übte auf mich etwas Magisches aus. Ich saß da und wartete geduldig, bis das Henna getrocknet war und abgepinselt wurde; auf meiner Haut blieb ein farbkräftiges, orangebraunes Mandala-Muster zurück. Meine Mutter hielt meine Hände ins Licht und betrachtete sie von allen Seiten. »Wunderschön«, sagte sie lächelnd, und ich verzog diesmal nicht das Gesicht.

Sie schreckte hoch, weil es plötzlich draußen hämmerte und lärmte. Der Raum füllte sich mit Stimmengewirr.

»Macht die Musik aus. Sofort aufhören!«, rief ein Onkel. »Die Taliban haben die Stadt eingenommen. Ihr müsst sofort gehen.«

Ich schaute meine Mutter an. Sie wurde kreidebleich und nahm mich bei der Hand. Die Frauen liefen aufgeregt hin und her, Panik machte sich breit. Die schluchzende Braut wurde weggebracht, das halb fertige Henna rann ihr über die Arme.

»Wir müssen sofort nach Hause«, sagte meine Großmutter.

Meine Mutter nickte und eilte aus dem Zimmer, während Großmutter mir beruhigend die Hand streichelte. Ich sollte mir keine Sorgen machen. Meine Mutter kehrte mit Bettlaken zurück. Sie berichtete, dass alle Telefone abgeschaltet seien, und sagte: »Wir dürfen nicht ohne Kopfbedeckung herumlaufen.«

In die Bettlaken gehüllt, liefen wir im Schein des Mondes durch die Gassen. Ich kann gar nicht sagen, wie viele Kilometer wir in dieser Nacht zurücklegten. Die Welt hatte auf einen Schlag alle Farbe verloren. Als wir wie Schattengestalten durch die Straßen schlichen, kam es mir vor, als wären wir die einzigen Menschen in der Stadt. Noch nie hatte ich Kabul so still erlebt. Niemand sprach ein Wort. Ich hatte Angst, dass ein Laut durch meine zusammengepressten Lippen dringen und in der Stille widerhallen könnte. Auch meine Mutter und Großmutter hatte ich noch nie so verängstigt erlebt. Das Einzige, was wir auf unserem stundenlangen Weg hörten, war das leise Rascheln der Laken. Als wir schließlich in unsere Straße einbogen, atmete ich erleichtert auf – ich hatte nicht einmal gewusst, wo wir eigentlich gewesen waren.

Wir stolperten zur Haustür herein. Die ganze Familie versammelte sich in einem Zimmer und saß abwartend, zitternd und mit versteinerter Miene da. Mein Vater und mein Großvater schlossen uns erleichtert in die Arme und wandten sich dann rasch dem Radio zu.

Im Radio wurde verkündet, dass der afghanische Präsident Mohammed Nadschibullah kastriert, zu Tode gefoltert und am Mast einer Verkehrsampel vor dem Präsidentenpalast aufgehängt worden war. Die Öffentlichkeit war aufgefordert worden, dabei zuzusehen. Mein Vater und mein Großvater brachen in Tränen aus. Nicht, weil sie Nadschibullah-Anhänger waren, sondern weil sie ahnten, was uns bevorstand. Dass sie weinten, war für mich überraschend. So gebrochen und verzweifelt hatte ich weder meinen Vater noch meinen Großvater je erlebt. Auch die anderen begannen zu weinen; ein Verwandter nach dem anderen verlor die Fassung.

An diesem Abend kehrten meine Mutter, meine Großmutter, meine Brüder und ich in den Keller zurück. Tagelang versteckten wir uns und warteten verzweifelt auf Neuigkeiten, während die Männer herauszufinden versuchten, was genau vor sich ging. Unsere früheren Erlebnisse im Keller kamen uns im Vergleich zu jetzt wie ein harmloser Zeitvertreib vor. Todesstimmung machte sich breit. Angst und Ungewissheit lagen in der Luft. Wir schwiegen und zuckten jedes Mal zusammen, wenn wir von der Straße Stimmen oder einen Lastwagen hörten. Nach ein paar Tagen nahm ich meinen ganzen Mut zusammen und fragte meinen Vater, was aus meinen Prüfungen werden würde. Es war das letzte Schultrimester des Jahres. Konnte ich irgendwann wieder zur Schule gehen? Wie lange ging das noch so weiter? Wie viele Tage, Wochen, Monate, Jahre würde es dieses Mal dauern? Ich fragte nach den anderen Kindern aus meiner Klasse und nach meinen Freundinnen. Ich wusste nicht, wo sie wohnten, und ich hatte von ihnen keine Telefonnummern. Wir durften uns doch sicher voneinander verabschieden? Oder würden uns die Taliban nicht einmal erlauben, in die Schule zurückzukehren, um wenigstens unsere Adressen auszutauschen? Mein Vater schaute mich voller Mitgefühl an und setzte sich zu mir.

»Die Taliban haben verkündet, dass Mädchen nicht mehr zur Schule gehen dürfen. Frauen und Mädchen dürfen weder lernen noch arbeiten. Alle Frauen müssen eine Burka tragen.«

»Warum das denn?«, fragte ich. »Das ist doch völliger Unsinn.«

»Sie sehen in euch eine Gefahr«, antwortete er. »Sie wollen keine gebildeten Mädchen und Frauen.«

Mein Vater fasste einen mutigen Entschluss: Wenn seine Tochter nicht zur Schule gehen dürfe, würden auch seine Söhne nicht mehr zur Schule gehen. Er wisse nicht, was ihnen unter dem Einfluss der Taliban in der Schule beigebracht würde.

Tagsüber lasen wir im Keller in unseren Schulbüchern. Wenn meine Eltern nach Hause kamen, hatten sie versteinerte Gesichter und unterhielten sich im Flüsterton. Manchmal schluchzte meine Mutter leise. Statt ihrer bunten Kleider trug sie jetzt dunkle, unförmige Gewänder. Nach ein paar Monaten beschloss sie, nicht mehr vor die Tür zu gehen.

Überall um uns herum rekrutierten die Taliban neue Mitglieder. Viele Menschen schlossen sich ihnen an – nicht unbedingt, weil sie an die Ideologie der Taliban glaubten, sondern weil sie ihre Familien schützen wollten. Ein Riss ging durch die Stadt. Auch unsere Nachbarn schlossen sich den

Taliban an. Sie waren für uns wie Familie gewesen. Wir gingen mit unseren Gästen zu ihnen nach Hause und empfingen ihre Gäste bei uns. Das vertrauensvolle Verhältnis zwischen Nachbarn war das Fundament unseres Miteinanders. Dieses Vertrauen wurde durch die Taliban zerstört. Für sie war es eine Bedrohung, wenn die Menschen zusammenhielten. Auf einmal konnten wir niemandem mehr trauen und wussten nicht mehr, wer Freund war und wer Feind. Frühere Bindungen zählten nicht mehr.

Viele unserer Verwandten hatten in der afghanischen Armee gedient oder für die frühere Regierung gearbeitet und waren deshalb in allergrößter Gefahr. Da wir obendrein nicht religiös waren, wurden wir ständig ausgefragt. Zu dem Zeitpunkt hatten meine Eltern und Großeltern bereits ihre Arbeit verloren. Sie bekamen kein Gehalt mehr, und es war schwierig, Geld aufzutreiben. Mein Vater lief stundenlang durch die Straßen auf der Suche nach Gelegenheitsjobs, um wenigstens ein bisschen zu verdienen.

Eines Nachts kam er spät nach Hause. Ich konnte seine erregte Stimme hören. Von der Nase lief eine getrocknete Blutspur über sein Gesicht. Sein Haar war grau – nicht wegen seines Alters, sondern von dem Staub, den jemand mit Fußtritten aufgewirbelt und der sich auf sein Haar gelegt hatte. Er konnte nicht gerade gehen. Meine Mutter und mein Großvater mussten ihm auf einen Stuhl helfen. Mit einem Tuch wischten sie ihm das Gesicht ab. Er war von einer Taliban-Gruppe aufgegriffen und brutal zusammengeschlagen worden. Als er am Boden lag, gelang es einem Freund meines Onkels, der den Vorfall sah, die Angreifer abzulenken. So konnte sich mein Vater losreißen und im Schutz der Dunkelheit über Seitenstraßen und Gassen entkommen. Er hatte Glück. Er hätte jeden Augenblick auf die Ladefläche des Patrouillen-Pick-ups gezerrt und verschleppt oder an Ort und Stelle zu Tode geprügelt werden können.

In unserem Haus waren wir nicht mehr sicher. Es hatte uns vor den Bomben und Luftangriffen während des Bürgerkriegs Schutz geboten, aber dem Ansturm der Taliban und ihrer Verbündeten, die in jeden Winkel der Stadt vordrangen, konnten die von meinem Großvater errichteten Wände nichts entgegensetzen. Wir mussten weg. Mein Onkel machte sich als Erster auf den Weg. Er schlich sich zu nächtlicher Stunde zu einem Freund, der Leute kannte, die uns in die Nähe der Grenze zu Pakistan bringen konnten. Wir trugen unterdessen alle wichtigen Dokumente und Erinnerungsstücke zusammen, die uns lieb und teuer waren, die aber auch die Taliban auf unsere Spur hätten bringen können: Urkunden, Fotos, Ausweise. Wir legten die Dinge in die Mitte des Zimmers – ein kleiner Hügel aus allem, was unsere Existenz als Individuen und als Familie ausmachte. Dann setzte mein Großvater das Ganze mit einem Streichholz in Brand. Es war nur ein kleines Feuer, aber die Flammen schlugen hoch und hüllten den Raum in eine dichte Rauchwolke. Wir durften den Rauch nur nach und nach abziehen lassen, damit draußen niemand etwas merkte. Ich blieb nahe am Boden und versuchte, den Rauch nicht einzuatmen. Eine Mischung aus Angst und nervöser Energie hing in der Luft, doch in meiner kindlichen Natur fand ich das zugleich aufregend – wie den Auftakt zu einem Abenteuer.

Eine warme Jacke und eine Decke für jeden war alles, was wir mitnehmen konnten, um uns vor Kälte und dem Schnee zu schützen, der Kabul überzogen hatte. »Warum darf ich das da nicht mitnehmen? Wieso nicht auch dieses? Warum kann ich mich nicht von meinen Freundinnen verabschieden? Wir gehören doch zusammen!« Auch wenn ich allmählich begriff, was vor sich ging, war das alles verwirrend.

Irgendwann zwischen 4 und 5 Uhr morgens traten wir in den dunklen Wintermorgen hinaus und gingen zu den Autos, die ein paar Häuserblöcke weiter auf uns warteten. Meine Schuhe hinterließen Abdrücke im Schnee, der das Geräusch meiner Schritte verschluckte. Zurück blieb eine flüchtige Spur, die bewies, dass es mich gab.

Wir quetschten uns in den eiskalten Wagen. Ich hielt mich an meiner Decke fest und versuchte, sie mit den Füßen um mich zu wickeln. Wir fuhren los, die Reifen knirschten im Schnee. Die Scheinwerfer und Rücklichter waren nicht an, damit unser Aufbruch unbemerkt blieb. In der Dunkelheit konnten wir kaum etwas erkennen. Wir wechselten zweimal das Auto und stiegen mit allem, was wir dabeihatten, von einem Wagen in den anderen um. Mittlerweile war es Tag. Doch wir hatten inzwischen abgelegenere Gebiete erreicht, wo uns niemand sah und hörte.

Unser Ziel war Peschawar, die sechstgrößte Stadt Pakistans. Sie lag der afghanischen Grenze am nächsten. In den folgenden Tagen wurden wir von einer Schlepperbande zur anderen weitergereicht. Beim letzten Stopp vor der Grenze verlangten die Schleuser einen höheren Preis als vereinbart.

Wir hatten keine Papiere dabei, weil sie unsere Identität verraten hätten, und das wussten die Schleuser. Mein Vater und mein Großvater stritten sich mit ihnen herum, doch sie mussten aufpassen, dass sie nicht zu sehr aufbegehrten. Wir durften auf keinen Fall in Afghanistan zurückgelassen werden. Also gaben sie ihnen alles, was wir an Wertgegenständen hatten. An der Grenze mussten wir stundenlang zwischen Gitterzäunen in der Warteschlange ausharren und fragten uns, ob die Schlepper das Vertrauen, das wir in sie gesetzt hatten, wert waren. Ich lehnte mich bei meiner Mutter an. Ich war müde, hatte Hunger und versank in einem Strudel aus Angst und Verzweiflung.

Auf der anderen Seite der Grenze wurden wir von der nächsten Schlepperbande in Empfang genommen. Sie brachte uns zu einem heruntergekommenen Bauernhof, wo wir die Nacht in einer stinkenden Scheune mit Kühen verbrachten. Zwei Tage dauerte das, und in dieser Zeit aßen wir nichts.

Wir kamen schließlich in stockdunkler Nacht an, zitterten vor Kälte und stanken nach Mist. Im schwachen Schein von Hunderten kleiner Feuer waren dunkle Umrisse zu erkennen: Zelte, so weit das Auge reichte.

Kapitel 2

Beim Fußball geht es um Entscheidungen. Wann du rennst, wann du den Ball abgibst. Kontrollieren – loslassen. Wenn du in einem Team spielst, bist du Teil der kleinsten sozialen Einheit. Ihr elf trefft Entscheidungen, die zusammen das ausmachen, was ihr seid. Das Team ist du. Und du bist das Team. Aber alles fängt mit dem Ball an und mit dir. Du und der Ball. Mach die Augen auf.

Staub. Staub und Hitze. Ein Durcheinander von schmutzigen Zeltplanen bis zum Horizont. Hier und da ein paar niedrige Gebäude aus unregelmäßig übereinandergeschichteten, für die Region typischen Lehmziegeln. Alles war staubig, der Boden übersät mit Plastikflaschen und Müll. Die Asche von den Feuerstellen verpestete die Luft. Um uns herum der Lärm von einhunderttausend Menschen, die reden, schreien, stöhnen. Und Babys. Weinende Babys.

An diesem ersten Morgen im Flüchtlingslager, die Sonne ging gerade auf, rissen mich Schmerzen und Hunger aus dem Schlaf. Mein ganzer Körper tat weh. Das Knie meines Bruders drückte gegen meine Schulter, die sich anfühlte, als wäre sie geprellt. Wir wälzten uns hin und her und versuchten, es uns in dem kaputten Zelt, das wir am Abend zuvor im Dunkeln noch ergattert hatten, irgendwie bequem zu machen.

An diesem Morgen waren unsere Eltern losgezogen, um eine dauerhaftere Bleibe für uns zu finden. Sie kamen zurück und nahmen uns mit zu einer Art Haus. Dafür hatten sie fast alles ausgegeben, was wir noch besaßen. Die Wände waren mit Lehm hochgezogen, dick, dunkel und schwer – ein kühler Zufluchtsort, der vor der drückenden Hitze Schutz bot. Wir hatten zu elft zwei kleine Zimmer und eine verschließbare Eingangstür, die man allerdings mit ein bisschen Kraftaufwand leicht aufbrechen konnte. »Ihr bleibt hier«, sagte mein Vater. »Lasst niemanden außer uns herein.«

Meine Eltern und Großeltern, meine Tante und mein Onkel zogen wieder los. Sie wollten mit Vertretern des UNHCR sprechen. Sie waren auf der Suche nach Arbeit, Essen und Wasserstellen. Sie suchten das Lager ab und erkundeten unsere neue Umgebung. Die Erfahrungen meines Vaters aus der Militärschule kamen ihnen dabei zugute. Als es dunkel wurde, kehrten sie zurück und erzählten, was sie in Erfahrung gebracht hatten. Sie waren ein Team. Sie waren entschlossen, zu handeln, zu kämpfen, zusammenzuhalten und niemals aufzugeben. Wir erfuhren, dass das Lager eine ganze Stadt war, mit Geschäften, Schulen und Krankenhäusern. In der ersten Nacht im Lehmhaus legte ich den Kopf auf die Brust meines Vaters und horchte auf seinen Herzschlag, bis ich endlich einschlief.

Mein Vater fand Arbeit auf dem Bau, wo er riesige Zementbehälter auf dem Rücken schleppte. Diese Art von Arbeit war ungewohnt für ihn, denn er hatte sein ganzes Berufsleben in einem Büro gearbeitet. Aber er war entschlossen, alles für unser Überleben zu tun, auch wenn es ihm körperlich zusetzte. Er kam mit Muskelkrämpfen nach Hause. Meine Mutter massierte ihm abends die Schultern und versuchte, seine Schmerzen zu lindern. Meinem Großvater gelang es, einen kleinen Vorschuss zu bekommen, mit dem er etwas Essen und alte Stoffreste kaufen konnte. Damit deckten wir den schmutzigen Boden ab. Wir hatten keine Kleidung zum Wechseln – wir hatten alles zurückgelassen. Deshalb wuschen wir uns nicht und zogen uns nicht um. Irgendwann gewöhnten wir uns an den Geruch und den Schmutz, und zwar so sehr, dass es nicht mehr schlimmer kommen konnte. Ich konnte mich nicht mehr daran erinnern, wie es riecht, wenn alles sauber ist.

Wir hatten gerade genug zum Leben, aßen am Tag eine kleine Portion Brot. Das Brot war oft alt, sodass wir es in heißem Wasser aufweichten, damit es irgendwie genießbar war. Mir war bewusst, dass wir alles verloren hatten und ich nicht wählerisch sein durfte. Ich wusste, dass ich für meine Brüder und auch meine Cousins die Rolle einer zweiten Mutter übernehmen musste, während die Erwachsenen sich nach Kräften bemühten, Arbeit zu finden. Manchmal verbrachten sie Stunden damit und kamen am Ende doch mit leeren Händen zurück.

Mein Vater meldete uns in einer vom UNHCR unterhaltenen Schule im Lager an. Ich lotste meine Brüder über die staubigen Wege, die sich durch das Labyrinth aus Zelten und Gebäuden schlängelten. Sobald die Sonne aufging, flimmerte der Boden vor Hitze. In der Schule konnten wir neue

Freunde finden. Dass sie alle aus Afghanistan waren, machte es für uns leichter. Wir blieben bis nachmittags in der Schule und bekamen vom UNHCR Hefte geschenkt. Sie hatten einen blauen Einband mit dem UNHCR- und dem UNICEF-Logo auf der Vorderseite, und obwohl sie nicht besonders sauber waren und nicht so neu rochen wie meine Schulbücher zu Hause, hütete ich sie wie einen Schatz. Ich ließ keine einzige Schulstunde aus – nicht, weil es mir Spaß machte, sondern weil ich dazu erzogen worden war, Bildung wertzuschätzen. Nicht einen einzigen Tag wollte ich fehlen.

Wenn meine Mutter nicht zu Hause war, weil sie arbeitete oder sich verspätete, nahm ich manchmal meinen kleinen Bruder mit in die Schule. Ich wischte ihm das Gesicht ab, schrubbte ihn sauber. Wir hatten weder eine Babytrage noch einen Kinderwagen. Also nahm ich ihn – er war damals noch ein Kleinkind – auf meine dünnen Arme und tappte mit ihm die staubigen Straßen entlang. Im Unterricht saß er neben mir und kaute genüsslich und zufrieden auf Weintrauben oder einem Apfel herum. Alle mochten ihn. Zum Glück war er ein süßes Kind, sodass es zwar ungewöhnlich, aber völlig in Ordnung war, wenn ich ihn bei mir hatte. Ich nahm ihn gerne mit, weil ich nicht wusste, wie ich das Ganze sonst hätte organisieren sollen. Ich kam mir vor wie ein Hütehund, der die Brüder und Cousins immer wieder zu unserem Haus zurücklotste. Wir haben uns in unserer Familie alle gegenseitig geholfen. So war das eben.

Wenn die Schule aus war und ich meine Brüder zu Hause abgesetzt hatte, schlich ich mich durch das Lager zurück, um nach meinem Großvater zu suchen und ihm bei der Arbeit zu helfen. Er stellte Ziegel von Hand her. Dafür presste er den Lehm in einen kleinen Holzrahmen. Den Ziegel breitete er dann auf dem Boden aus, um ihn in der Sonne zu trocknen. Diese handgefertigten Ziegel wurden beim Hausbau im Lager verwendet. Sie waren unseren Ziegeln in Afghanistan nicht unähnlich, obwohl sie nicht annähernd so sorgfältig hergestellt waren wie die meines Großvaters. Er stellte einhundert bis zweihundert Ziegel pro Tag her, und jeder war so perfekt, wie die einfachen Werkzeuge es eben zuließen. Ich half ihm und brachte ihm Wasser, um den Lehm zu befeuchten, damit er gepresst werden konnte. Ich fühlte mich nützlich. Mir gefiel, wie die Ziegel wie Teile einer Sandburg aus dem Rahmen ruckelten, und ich liebte es, mit meinem Großvater Zeit zu verbringen. Er erzählte mir Geschichten von seinen Reisen und berichtete von großen Städten, die er in Europa und Russland besucht hatte. Ich hörte ihm zu und stellte mir diese geheimnisvollen Orte vor, an denen es weder Staub noch Zelte gab.

Wenn es überhaupt Ansätze von Ordnung im Lager gab, dann auf Initiative eines selbst ernannten Anführers. Er war ein konservativer Paschtune wie die meisten Taliban, vor denen wir geflohen waren. Auch im Lager wurde von Frauen und Mädchen erwartet, dass sie ihr Gesicht bedeckten, sodass nur ihre Augen sichtbar waren. Aber das ging auch mit einem Schal oder Tuch, man brauchte keine Burka. Eines Nachmittags hielt ich die Hitze nicht mehr aus und zog meinen Schal ein kleines Stückchen herunter. Ich brauchte einfach Luft zum Atmen. Ich dachte, ich wäre allein, aber ein Rikschafahrer auf der anderen Straßenseite sah mich. Er schwenkte um, fuhr auf mich zu und direkt in mich hinein. Ich war wie betäubt. Der Bücherstapel, den ich gehalten hatte, flog durch die Luft. Ich wurde zu Boden geschleudert. Durch die Wucht des Aufpralls auf dem steinigen Boden zerriss meine Kleidung, und ich begann vor Schock und Schmerz zu weinen. An diesem Abend wusch mir meine Mutter mit Tränen in den Augen den Schmutz ab. Ich war verletzt, überall hatte ich blaue und schwarze Flecken. »Bitte versuche immer dein Kopftuch zu tragen«, sagte sie leise.

Ich freundete mich mit mehreren Mädchen in meinem Alter an. Eines hieß Kamila. Kamila hatte ich in der Schule kennengelernt. Sie war nett, lustig und zurückhaltend. Der Großteil ihrer Familie war verschwunden oder getötet worden; als die Familie nach Pakistan floh, damit die Frauen in einem sicheren Umfeld leben konnten, gab es nur noch einen männlichen Familienangehörigen. Kamila und ich waren sehr verschieden, aber wir fühlten uns durch unsere ähnlichen Umstände und die gemeinsame Sicht auf unsere Welt miteinander verbunden. Kamila hatte Probleme im Englischunterricht. Wenn sie aufgefordert wurde, eine Passage laut vorzulesen, flüsterte ich ihr die Wörter zu, sobald sie ins Stocken geriet. Manchmal neckte ich sie danach, indem ich ihr im Flüsterton alberne Dinge sagte, von denen ich wusste, sie würden sie zum Lachen bringen. Freundschaft ist in schwierigen Zeiten lebenswichtig, und kurze Momente, in denen man unbeschwert herumalbern kann, sind oft das einzige Mittel, um durchzuhalten.

Im Lager lauerten überall Gefahren. Es kam zu Streitereien und Prügeleien ums Essen und ums Wasser. Diebstahl wurde hart bestraft. Kinder wurden vermisst, und das Wehklagen der Mütter war zwischen den Zelten zu hören. Es gab Gerüchte, dass Organräuber Kinder aufschlitzten, die Nieren entnahmen und dann stümperhaft wieder zunähten.

Eines Morgens lief ich auf dem Weg zur Schule am Rand des Lagers entlang und blieb wie erstarrt stehen. Ich musste mich zwingen, mich aus meiner Erstarrung zu lösen und meine Brüder abzuschirmen, damit sie nicht mitbekamen, was da gerade passierte. Ich versuchte, auf den Boden zu schauen, und schob sie am Ort des Geschehens vorbei, warf aber immer wieder verstohlene Blicke auf die Szene, die sich abspielte. Ich konnte nicht anders. Ich konnte nicht wegsehen.

Ein Junge, etwa zehn Jahre alt und damit ein oder zwei Jahre jünger als ich und etwa im gleichen Alter wie meine jüngeren Brüder, lag mit dem Gesicht nach unten im Dreck. Er war tränenüberströmt, lag leblos da, unfähig zu schreien. Ein Mann schlug mit einem ausgefransten Seil auf ihn ein. Dann ließ er sich auf den Jungen fallen und fing an, sich auf ihm zu bewegen und dabei zu stöhnen. Ich hatte keine Worte, um zu beschreiben, was mit dem Jungen passierte, aber ich wusste, dass es unrecht war. Dem Jungen wurde die Seele aus dem Leib gerissen. Das konnte ich in seinen Augen sehen. In diesem Moment begriff ich, was eine Vergewaltigung ist.

Als ich wieder zu Hause war, befragte ich meine Mutter. Sie wirkte verzweifelt und erleichtert zugleich. Sie bestätigte mir, dass ich eine Vergewaltigung beobachtet hätte, dass das Lager nicht sicher sei und wir extrem auf der Hut sein sollten.

Ich musste schnell erwachsen werden. Schneller, als meiner Familie lieb war, schneller, als für mich gut war. Ich versuchte, mich so unauffällig wie ein Schatten durch das Lager zu bewegen, immer mit der Angst im Nacken und einem engen Gefühl in der Brust. Ständig war ich in Alarmbereitschaft. Wir durften keine Freunde und Freundinnen besuchen oder zu den Häusern oder Zelten anderer Leute gehen. Meine Eltern brachten uns bei, wie man sich auf der Straße verhielt und vor allen in Acht nahm. Sie lehrten uns zu überleben.

Ich suchte mir die sichersten Wege, wenn ich irgendwo hinging. Ich beobachtete jeden mit Adleraugen, achtete auf jede Bewegung, ihre Blicke, ihre Hände. Bald war ich auch gegen die schrecklichste Gewalt abgestumpft, weil es sicherer war, sie zu ignorieren, mich geräuschlos zu bewegen und den schlimmen Szenen aus dem Weg zu gehen. Ich nahm wahr, was vor sich ging, und merkte mir die Fragen, die ich später stellen wollte. Mein Großvater konnte diese Fragen oft besser aushalten als andere. Er erklärte mir, warum sich Menschen so verhielten, wie sie sich verhielten, und was ihre Motive waren – Eifersucht, Stolz oder Angst. Ich begann, die Welt mit anderen Augen zu sehen, und versuchte, im Voraus einzuschätzen, welche Konsequenzen eine Situation haben könnte.

Nach und nach fasste meine Familie wieder Tritt. Sie bemühte sich unermüdlich um Arbeit, und schließlich bekam meine Mutter eine Stelle als Lehrerin. Mein Vater schaffte es, Geld anzusparen. Er eröffnete im Lager einen kleinen Laden und betrieb ihn zusammen mit meiner Tante. Es ging nicht mehr nur ums Überleben. Langsam gelang es uns, wieder ein besseres Leben zu führen. Was unsere Familie stark machte, war der Teamgeist. Wir hielten zusammen, und jedes Familienmitglied leistete seinen Beitrag. Mein Großvater war früher ein wohlhabender Mann gewesen und ziemlich bekannt, er blieb aber immer bescheiden – wie wir anderen auch. Wir hielten uns nicht mit dem auf, was wir verloren hatten. Wir arbeiteten einfach hart, um unsere Lebensverhältnisse zu verbessern.

Während sich das Leben zwischen Schule und Zuhause abspielte, meine Eltern spät und erschöpft nach Hause kamen, während mein Vater erzählte, was er tagsüber erlebt hatte, und meine Mutter leise lächelte, gingen vier Jahre ins Land. In dieser Zeit entwickelte ich mich weiter. Meine Brüder und ich spielten auf staubigem Boden Cricket und auch Fußball. Ich merkte, dass ich beim Sport das Leben um mich herum ausblenden konnte. Der Sport ermöglichte kleine Fluchten. Für mich war jetzt Pakistan unser Land, unsere Heimat, Afghanistan rückte in immer weitere Ferne. Uns erreichten keine Nachrichten mehr von dort. Meine jüngsten Brüder Tammim und Naveed konnten sich nicht an ein Leben vor dem Flüchtlingslager erinnern. Naveed hatte auch dort erst sprechen gelernt.

Ein Bild von Afghanistan war mir aber seit dem Tag unserer Abreise im Gedächtnis geblieben: der helle, weiße Schnee. In Pakistan schneite es nie. Schnee verband ich mit Afghanistan. Die Erinnerung an Schnee gab mir ein Gefühl von Geborgenheit, von einem Zuhause, das ich schon beinahe vergessen hatte.

Unsere Familie schmiedete Pläne, das Flüchtlingslager zu verlassen. Dafür gab es kein vorgeschriebenes Verfahren und keine Meldepflicht. Man zog einfach um, sobald man es sich leisten konnte. Aus dem kleinen Laden meines Vaters war ein Supermarkt geworden, in dem er die Männer der Familie beschäftigte. Die Frauen arbeiteten als Lehrerinnen. Wir konnten eine Wohnung in Peschawar in einem Viertel mieten, das hauptsächlich von Familien bewohnt wurde, die Afghanistan verlassen hatten. Ich war mit neun Jahren im Flüchtlingslager angekommen und zog mit 13 von dort weg.

In unserer Wohnung gab es einen Fernseher. Wir schauten jede Menge Bollywood-Filme und Serien, so viele Unterhaltungsshows wie möglich und natürlich Sport. Sehr viel Sport. Jetzt, wo ich Cricket anschauen *und* selbst spielen konnte, verstand ich allmählich auch das Spiel besser. Parallel fing ich an, Fußball zu schauen. Das war ein ganz anderes Spiel als Cricket und weckte mein besonderes Interesse.

In unserem neuen Viertel durfte ich beim Straßenfußball mitspielen. Gespielt wurde mit vielen Beteiligten und ungleichen Mannschaften. Ich liebte es. Wir rannten in großen Gruppen dem Ball hinterher und lachten uns schlapp. Ich hatte wieder das Gefühl, frei zu sein. Auf den Straßen von Peschawar waren die Kleidungs- und Verhaltensvorschriften für Mädchen viel weniger streng als im Lager. Ich freundete mich mit Klassenkameradinnen an, von denen die meisten fast zur gleichen Zeit wie unsere Familie aus Afghanistan geflohen und in Pakistan aufgewachsen waren. Abends gingen wir einkaufen, die Geschäfte hatten lange geöffnet. Hier drohten nicht ständig Gefahren wie im Lager. Während unserer Zeit in Peschawar sammelten wir neue Erfahrungen und öffneten uns wie Blumen für die Welt. Wir ließen die Vergangenheit hinter uns und richteten den Blick in die Zukunft. Bis zu dem Tag, als die Nachrichten aus Afghanistan unser Leben erneut durchkreuzten.

Meine Brüder und ich lungerten in unserer Wohnung auf dem Sofa herum und schauten gerade einen Bollywood-Film, als mein Vater hereingestürzt kam. »Schnell«, rief er, »schaltet auf die Nachrichten um.«

Unten auf dem Bildschirm wurde als Laufband die Schlagzeile eingeblendet: »Krieg in Afghanistan«. Wir sahen, wie die USA ein Land in Brand steckten, das wir seit Jahren nicht mehr betreten hatten. Erst einen Monat zuvor hatten wir in Dauerschleife die Bilder von den Flugzeugen gesehen, die in die Twin Towers von New York rasten. Bei den Bildern, die wir jetzt sahen, wussten wir nicht, was wir fühlen sollten. Die Taliban hatten unsere Familie gewaltsam vertrieben und unser Leben bedroht. Deshalb war uns danach, uns über alles zu freuen, was ihnen schadete. Andererseits lebten noch so viele Verwandte und Freunde von uns in dem Land. Sie verloren bei den Bombenangriffen vielleicht ihr Zuhause oder sogar ihr Leben. Ich sah, wie meine Eltern bei jeder Explosion zusammenzuckten und wie schmerzhaft es für sie war, dass alles zerstört wurde, was sie von früher kannten. Wir wussten nicht, wie es den Menschen in unserem Stadtviertel Khair Khana ging. Wir wussten nicht, ob unser Haus noch stand.

Monatelang begleitete uns der Krieg im Hintergrund, bis im Dezember 2001 die Taliban entmachtet wurden. Der Weltöffentlichkeit wurde die Bildung einer neuen Regierung angekündigt. Diejenigen, die aus dem Land geflohen waren, wurden aufgerufen, nach Hause zurückzukehren.

Mein Vater und mein Großvater waren in heller Aufregung. Ein abgespaltener Teil ihres Lebens kehrte plötzlich zurück, als würde frisches Blut durch ihre Adern fließen oder eine schwarz-weiße Welt wieder Farbe annehmen. Es flossen Tränen. Viele Tränen. Was für ein traurig-schöner Augenblick. Sie hatten nie auch nur im Geringsten gezweifelt, dass sie eines Tages nach Hause zurückkehren würden. Inzwischen hatten sie sechs Jahre damit verbracht, sich ein Leben aufzubauen, das ihnen vom einen auf den anderen Tag nichts mehr bedeutete. Für sie war Pakistan ein unseliges, erzwungenes und letztlich verhasstes Ausweichquartier gewesen. Niemand verschwendete einen Gedanken an das, was sie hier würden zurücklassen müssen. Rein physisch befanden sie sich zwar in Pakistan, aber ihre Herzen hatten Kabul nie verlassen. Sie hatten immer in einer Art Schwebezustand gelebt und auf ihre Rückkehr gehofft.

Geplant war, dass mein Vater und mein Onkel sich als Erste auf den Heimweg machten, um das, was von unserem Haus noch übrig war, so gut wie möglich wieder herzurichten. Mein Großvater würde noch zwei Monate bei uns bleiben, damit wir das Schuljahr beenden und unsere Prüfungen ablegen konnten. Mein Vater ließ alles stehen und liegen und machte sich nicht einmal die Mühe, seine Lagervorräte zu verkaufen. Stattdessen verschenkte er alles. Es musste einfach nur schnell gehen; der finanzielle Verlust war ihm egal. Eines Morgens stieg er mit meinem Onkel in unser Auto, und die beiden fuhren zur Grenze, die sie diesmal unter ganz anderen Umständen passierten als bei der Hinreise.

Ich weinte und protestierte. Ich versuchte, mich den Rückkehrplänen zu widersetzen, aber niemand hörte auf mich. Ich steckte in einem gewaltigen Konflikt, hin- und hergerissen zwischen meinen eigenen Gefühlen und dem neuen Hoffnungsschimmer, den ich in meinen Eltern und Großeltern aufblitzen sah. Peschawar leerte sich bereits zusehends. Wir geisterten in der Gegend herum, und nachdem unsere Prüfungen vorbei waren, verschwand über Nacht die Hälfte der Kinder meiner Klasse. Genau wie wir ließen auch andere Familien alles zurück. Keiner aus den Generationen meines Vaters und Großvaters scherte sich mehr um das Leben, das sie sich in Pakistan aufgebaut hatten. Alle verließen das Land in Windeseile, sodass nicht einmal mehr Zeit blieb, sich von Freunden zu verabschieden oder Unerledigtes zu regeln. Das labile soziale Gefüge, in dem wir gelebt hatten, fiel in sich zusammen. Wieder einmal hatte ich das Gefühl, meine

Freundinnen und Freunde, meine Identität und meine Gemeinschaft zu verlieren.

»Du sagst doch immer, dass du uns in Entscheidungen einbeziehen willst«, schrie ich meinem Vater ins Gesicht, als er ging. »Aber jetzt, wo es um die größte Entscheidung überhaupt geht, triffst du sie allein!«

»Afghanistan ist unser Land«, antwortete er ruhig. »Da gehören wir hin. Pakistan ist nicht unsere Heimat. Wir haben hier nur zu überleben versucht. Jetzt ist es an der Zeit, nach Hause zu gehen.«

Meine Brüder und ich waren wütend und fühlten uns unfair behandelt. Eines Tages würden wir es verstehen, erwiderte meine Mutter in aller Ruhe. Wir widersprachen ihr: Wir hätten dort keine Freunde und keine Gemeinschaft mehr. Wer weiß, welche Spuren die Herrschaft der Taliban und dann die Einnahme Kabuls in unserem Viertel hinterlassen hatten? Ich hatte Afghanistan verlassen, als ich neun Jahre alt war. Damals war ich noch ein Kind gewesen. Jetzt war ich 15, und die Vorstellung, dass ich alles erneut zurücklassen musste, machte mich wütend. Ich zwang mich, meinen Zorn zu unterdrücken, wenn ich sah, wie glücklich meine Eltern und Großeltern waren. Meine Brüder und ich nahmen ihre Freude wahr, aber wir konnten sie nicht mitempfinden.

Auf unserer Rückreise nach Afghanistan waren die Straßen verstopft, überall Autos und Busse voller Menschen. Bei unserer Ankunft in Kabul starrten wir wie gebannt alles an: halb zerstörte Gebäude, die aussahen wie abgebrochene Zähne. Bäume ohne Blätter. Ausgebrannte Autos am Straßenrand.

Alles war mit einer Staubschicht überzogen. Ein trostloser Ort. Bei jedem zerstörten Gebäude musste ich an die Menschen denken, die dort einmal gewohnt hatten und jetzt nicht mehr da waren, und ich versuchte, mir vorzustellen, wer sie gewesen waren. Wir konnten die Angst unmittelbar spüren. Die anfängliche Euphorie der zurückkehrenden Massen schlug in Schock und Verzweiflung um. Tränen liefen mir über die Wangen, während ich auf die Trümmer einer zerstörten Stadt starrte und versuchte, irgendetwas wiederzuerkennen – Überreste von dem zu finden, was wir früher einmal unser Zuhause genannt hatten.

Kapitel 3

Wer beim Spielen die Hände gebraucht, den Ball wirft und fängt, setzt Fertigkeiten ein, die sich im Lauf der Menschheitsgeschichte entwickelt haben. Beim Fußball ist das anders. Für das Kicken mit dem Ball lernst du eine Fertigkeit, die du fast nur bei diesem Spiel einsetzt. Mach die Augen auf.

»He! He, du da!«

Ich schaute über die Straße zu dem Mann, der mich beobachtet hatte und nun mit dem Finger auf mich zeigte. Da merkte ich, dass sich mein Kopftuch gelöst hatte. Ich geriet in Panik. Ich hatte im Laden um die Ecke eingekauft und war gerade auf dem Heimweg, als ein Ball auf mich zugerollt kam. Ich hatte meine Einkaufstaschen abgestellt und ihn zurückgekickt. Ich konnte einfach nicht anders und schlenzte ihn in die Richtung, aus der er gekommen war. Dabei war mir mein Kopftuch verrutscht.

»He, wie alt bist du?« Mit schnellen Schritten kam der Mann auf mich zu.

Ich wechselte die Richtung und lief, ohne ihn zu beachten, zurück zu den Geschäften. Im Gewühl tauchte ich unter und wähnte mich in Sicherheit. Plötzlich war ich von lauter Menschen umringt. Ein Pick-up mit bewaffneten Männern hielt direkt neben mir. Ich erstarrte. Einer von ihnen, ein Mann mit einem großen Turban und langem Bart, musterte mich scharf und nahm mich mit seinem Blick auseinander. Ich war noch ein Teenager; also brauchte ich keine Burka zu tragen, nur ein Kopftuch, aber das war in seinen Augen offensichtlich nicht korrekt. Bevor ich überhaupt nur einen Gedanken fassen konnte, packte mich ein Ladenbesitzer an der Hand und zog mich in ein Haus neben seinem Geschäft. Er rief: »Ach, bitte achten Sie gar nicht auf sie, sie ist nur meine Tochter.«

Sie wandten sich ihm zu, warfen ihn zu Boden und traten und schlugen auf ihn ein. Er duckte sich weg. Von seiner Unterlippe tropfte Blut auf den Boden.

»Du lässt deine Tochter so herumlaufen?«

In dem ganzen Chaos gelang es mir, mich davonzustehlen und nach Hause zu hasten. Mein Herz raste. Es war nicht das erste Mal seit unserer Rückkehr nach Kabul, dass mir zum Heulen zumute war.

Aus Kabul war eine Schattenstadt geworden. An manchen Gebäuden fehlten ganze Wände, oder sie waren von Einschusslöchern übersät. Alles wirkte dunkel, alt und kaputt. Der Krieg hatte der Stadt die Lebensadern durchtrennt und eine fahle, verrottende Leiche hinterlassen. Sogar die Bäume waren vertrocknet und kraftlos. Es gab nichts, was schön aussah. Der Einfluss der Taliban hatte zwar nachgelassen, seit 2001 die USA einmarschiert waren, aber ihre Spuren und ihr Einfluss waren trotzdem überall präsent. Es lagen zertrümmerte Fernseher herum, Videokassetten baumelten an ihren herausgerissenen Bändern von Stromleitungen herunter – als Mahnung an die Bevölkerung, dass diese Dinge nicht erlaubt waren. Es gab keine Musik außer den ultrareligiösen Gesängen, in denen die Gesetze der Taliban gepriesen und der im Kampf Gefallenen gedacht wurden. Die Taliban setzten die Menschen noch immer unter Druck, damit sie sich fromm und gesetzestreu verhielten. In der Stadt herrschte Angst. Notgedrungen gingen die Menschen in die Moscheen und beteten.

Frauen mussten Burka tragen. Alle sahen gleich aus, eingehüllt in große dunkelblaue Tücher, die Augen hinter einem feinmaschigen Stoffgitter verborgen. Frauen, die Sandalen trugen, wurden geschlagen. Sie wurden sogar geschlagen, weil sie sich einfach nur draußen aufhielten. Man hörte die Frauen schreien und die Kinder weinen, noch bevor man sie sah. Taliban-Anhänger prügelten mit der gleichen Brutalität auf alle ein und ließen sie am Boden liegen. Männer wurden niedergeschlagen und auf der Ladefläche von Autos weggeschafft, auf Nimmerwiedersehen. Wir wussten nicht, wem wir in unserer Nachbarschaft noch trauen konnten. Manche unserer Nachbarn waren verschwunden, die übrigen versteckten sich in ihren Häusern. Es war, als hätten wir einen weitläufigen, prachtvollen Garten in Peschawar gegen einen engen Käfig eingetauscht. Auf Schritt und Tritt wurde ich beobachtet. Es war schlimmer als im Flüchtlingslager.

In der Schule wurde ich in die meinem Alter entsprechende Klasse eingestuft, in der aber auch Frauen saßen, die älter waren. Sie hatten vor der Machtübernahme durch die Taliban schon diese Klasse besucht, danach durften sie nicht mehr zur Schule gehen. Ich war jetzt 15 Jahre alt und saß in einer Klasse mit 20- oder 21-jährigen Frauen. Frauen, die zwangsverheiratet worden waren und Kinder hatten – die einzige Rolle, die ihnen in der Gesellschaft der Taliban zugedacht war. Aber selbst diese Rolle war nicht besonders ehrenwert. Wir waren grundverschieden. Sie tuschelten hinter meinem Rücken. Sie nannten mich eine Schlampe und sagten, ich sei unrein. Jedes Mal, wenn ich im Unterricht eine Frage beantwortete, spürte ich, wie sie mich mit ihren Blicken durchbohrten. Ich konnte ihre Verbitterung spüren und es ihnen noch nicht einmal verübeln.

Wir hatten von den Zuständen unter den Taliban gehört. Ich gehörte zu den wenigen, die ihnen damals entkommen waren. Frauen hatten nur eine Überlebenschance gehabt, wenn sie im Ruf standen, strenggläubig zu sein, sich an die Regeln hielten und genau darauf achteten, dass andere Frauen sich ebenso verhielten. Die Taliban waren nun zwar offiziell nicht mehr an der Macht, aber ihre Methoden und Weltanschauung hatten nichts von ihrer Präsenz verloren. Die Frauen in meiner Klasse lebten in ständiger Angst. Obwohl wir offiziell Schuluniformen tragen durften, trugen viele Schülerinnen noch immer eine Burka. Da ich keine hatte, wurde ich auf dem Hin- und Rückweg zur Schule und auf den Fluren immer wieder zur Rede gestellt: »Wie kann dich deine Familie nur so herumlaufen lassen? Bist du überhaupt eine Muslima?« Auch die Kollegen schikanierten diejenigen von uns, die geflohen und zurückgekehrt waren. Sie gaben uns das Gefühl, dass wir mit unserer Flucht ein Unrecht begangen hätten.

Ich fühlte mich in der Schule nicht wohl und hatte den verzweifelten Wunsch nach Veränderung. Meine Eltern und Großeltern waren voller Hoffnung nach Afghanistan zurückgekehrt, aber meine Hoffnung schwand immer mehr. Wir hatten Verwandte, die untergetaucht waren und die Zeit auf diese Weise überlebt hatten. Sie hatten getan, was von ihnen verlangt worden war, um über die Runden zu kommen. Jetzt brannten sie darauf, Neues zu erfahren, Geschichten über das Leben in Pakistan, über die dortige Kultur und die kleinsten Kleinigkeiten, die für mich so selbstverständlich gewesen waren.

Sie wollten unbedingt einen Bollywood-Film sehen. Fernseher, Kassetten, andere technische Geräte waren unter den Taliban verboten gewesen, und die Angst davor, mit solchen Dingen erwischt zu werden, war auch nach dem Sturz der Taliban noch groß.

Verwandte, die in unserem halb verfallenen Haus Unterschlupf gefunden hatten, hatten in einem Hohlraum im Hinterhof einen VHS-Player und einen Fernseher versteckt. Heimlich holten wir beide Geräte ins Haus. Wir konnten auf dem Schwarzmarkt einen alten Bollywood-Film auftreiben und gingen zu besonderen Anlässen in den Keller. Das einzige kleine Fenster im Raum deckten wir mit einer Decke ab. Wir versammelten uns in unserem provisorischen Kino und drehten den Ton so leise, dass alle ganz still sein mussten, um überhaupt noch etwas zu hören. Das war unsere einzige Unterhaltung, unsere einzige Ablenkung. Wieder einmal befanden wir uns an dem Ort, der uns Schutz vor Bomben und

Kämpfen geboten hatte, und versteckten uns vor der Außenwelt. Doch dieses Mal verschanzten wir uns vor einem anderen Gegner, der in den Köpfen der Menschen um uns herum sein Unwesen trieb.

Weil meine Familie nicht religiös war, misstraute man uns grundsätzlich und begegnete uns mit Argwohn. Mein Widerwillen gegen die Burka und meine Gewohnheit, nur mit Kopftuch herumzulaufen, fiel auf die männlichen Mitglieder meiner Familie zurück. Die Leute hielten das für ehrlos. Sie riefen mir ständig die schlimmsten Beschimpfungen hinterher, und die ganze Familie musste es mit aushalten. Meine Brüder Tammim und Naveed waren noch Kinder, aber auch sie bekamen schon mit, wie ihre Schwester beschimpft wurde.

Eines Tages, als ich nach Hause ging, rief jemand meinen Namen. Es war mein Bruder Shapoor.

»Khalida, wo warst du? Mama und Papa haben mir gesagt, ich soll dich suchen.« Sein Ton war streng, aber als ich mich umdrehte, hellte sich seine Miene auf.

»Was ist los?«, fragte er mich.

»Nichts, alles in Ordnung«, antwortete ich ihm. »Seit wann schnüffelst du mir hinterher?«

»Du weißt, dass ich dir nicht hinterherschnüffle. Aber ich habe keine Lust, mich wegen dir ewig mit der ganzen Nachbarschaft herumzustreiten.«

Er wirkte angespannt. Er sah viel älter aus als 14. Auf seinem Gesicht konnte ich noch den leichten Bluterguss sehen, mit dem er vor ein paar Tagen nach Hause gekommen war. Er wollte nicht darüber sprechen, aber ich wusste, warum er sich den blauen Fleck eingehandelt hatte: weil seine Klassenkameraden tuschelten und beleidigend über mich sprachen.

Shapoor schlug einen freundlicheren Ton an und sagte: »Bitte binde dir einfach dein Kopftuch richtig um und trage lockere Kleidung, damit man deine Figur nicht sieht, wenn du hier draußen bist. So kannst du einfach nicht herumlaufen.« Mit einer Handbewegung deutete er auf mich und schaute an mir herunter, auf mein verrutschtes Kopftuch und meine zerzausten Haare, auf meinen ganzen Körper, an dem neuerdings Rundungen und Kurven zum Vorschein kamen, ohne dass ich etwas dagegen machen konnte. »Denen sind wir doch sowieso schon suspekt.«

Später an diesem Nachmittag kickte ich in unserem Hof einen Ball gegen die Wand. Ich beobachtete, wie er jedes Mal anders abprallte, wenn ich verschiedene Fußpartien benutzte, und versuchte, ihn beim Zurückprallen voll zu stoppen, wie ich es bei echten Spielern gesehen hatte. Mein Vater kam heraus und sah mir zu.

»Khalida, ich muss mit dir reden.«

»Gleich«, sagte ich.

»Jetzt, bitte!« Seine Stimme klang entschieden. Er war selten wütend uns gegenüber. Aber jetzt hatte sein Tonfall eine gewisse Schärfe. »Ich habe mit deinen Brüdern und deiner Mutter gesprochen. Wir sind uns alle einig, dass es für dich zu gefährlich ist, draußen herumzulaufen.«

Ich konnte mit meiner Wut nicht hinter dem Berg halten und sah ihn zornig an. Damit hatte er schon gerechnet. Wenn er wütend gewesen wäre und versucht hätte, mir Vorschriften zu machen, hätte ich mich gewehrt. Aber da war keine Wut, keine echte Strenge. Nur Traurigkeit und Sorge. Er seufzte.

»Vielleicht sind wir selber schuld. Wir wollten, dass du selbstbewusst aufwächst, dass du weißt, dass deine Stimme zählt, denn das tut sie. Aber da draußen herrschen andere Gesetze.« Er verstummte, zeigte über die Mauern und meinte mit dieser Geste die ganze Stadt, das ganze Land. »Ich sage nicht, dass das für immer so sein wird. Ich glaube, dass die Verhältnisse sich bessern werden. Aber du musst den Dingen ihre Zeit lassen. Im Moment ist es zu gefährlich. Nicht nur für dich.« Ich dachte an meine jüngeren Brüder und an die blauen Flecken von Shapoor.

»Khalida?« Mein Vater sah mich fragend an. »Versprichst du mir das? Versprichst du auch, dass du nicht mehr auf der Straße Fußball spielst?«

Ich dachte daran, wie meine Familie sich bei ihrer Ankunft im Flüchtlingslager verhalten hatte. Sie hatte weder herumgeschrien noch sich aufgeregt. Sie hatte einfach einen Weg gesucht, damit es weiterging.

Ich nickte zögerlich.

Im schattigen Innenhof unseres Hauses wurde mir schlagartig klar, dass ich in Afghanistan nie wieder die Freiheit eines Kindes haben würde. Um aus dieser Situation herauszukommen, musste ich es jetzt als Frau schaffen. Und ich war mir sicher, dass ich einen Weg finden würde – koste es, was es wolle.

Kapitel 4

Die Sprache des Fußballs ist eine kriegerische Sprache. Euer Coach gibt die Befehle, und ihr seid die Soldaten. Strategie und Schießen. Verteidigen und Angriff. Ihr müsst Schlachten gewinnen. Die Nationalhymne ertönt, die Menge ist zu patriotischen Tränen gerührt. Aber Fußball ist eben auch ein Spiel. In dieser Spannung zwischen Konflikt und Spiel, Zerstören und Erschaffen liegt etwas zutiefst Menschliches. Etwas Wunderbares.

»Huren!«, zischte einer der Männer.

Die Männer beleidigten unsere Familien, weil sie uns Fußball spielen ließen. Sie schnappten sich unsere Taschen und kippten sie aus. Unsere Schulbücher flogen durch die Luft und fielen zu Boden. Voller Verachtung traten die Männer unsere Torpfosten aus Steinen ein und verwischten im staubigen Hof unsere Spielfeldmarkierungen, bis sie nicht mehr zu erkennen waren. Der Anführer schnappte sich ein Kopftuch, das auf dem Boden lag, und warf es einer der Spielerinnen ins Gesicht, sodass sie nach hinten torkelte. Dann schritt er – was fast noch furchteinflößender war – schweigend in die Mitte des Hofes. Auf seinem Gesicht zeichnete sich eine Mischung aus Wut und Genugtuung ab. Er zog ein großes Messer hervor, hielt es theatralisch in die Höhe und stach auf unseren Fußball ein: einmal, zweimal, ein drittes Mal. Dann schleuderte er den Ball auf den Boden und lachte. Die ganze Aktion wirkte wie der Auftritt eines Zauberers. Es war eine Inszenierung und gleichzeitig eine reale Bedrohung.

Als junge Frau in Afghanistan wächst du in einem Klima der Gewalt auf. Du lernst, dich nicht zu wehren, denn wer sich wehrt, setzt sein Leben aufs Spiel. Wenn du geschlagen wirst, bist du selbst schuld, denn dann musst du dich falsch verhalten haben.

An diesem Tag waren wir rund 20 Mädchen im Hof. Wir waren deutlich in der Überzahl, aber wir konnten nichts machen, denn wir wussten, welche Konsequenzen drohten. Und was war unser Verbrechen? Fußball spielen. Sport treiben. Spaß haben.

Wir sahen den Gegenstand, der uns für eine Stunde dem Alltag entfliehen ließ, zerschunden und kraftlos auf dem Boden liegen. Der Mann ging zu seinen Freunden zurück, sie lachten, schauten zu uns herüber, spuckten auf den Boden und kletterten wieder über die Mauer. Als sie weg waren, machte sich Erleichterung breit. Wir atmeten alle gleichzeitig auf.

»Ich habe euch ja gesagt, dass das irgendwann passieren wird«, sagte ein Mädchen. Ein anderes unterdrückte ein Schluchzen.

Alles hatte damit begonnen, dass ich auf dem Schulhof ein bisschen herumkickte. Meine Mutter hatte eine Stelle als Lehrerin an meiner Schule bekommen, sie sollte sich um unsere körperliche Ertüchtigung kümmern. Doch statt Sport war damit Kochen oder Nähen gemeint. Meine Mutter bemühte sich, uns ein paar Rezepte beizubringen, sie war aber keine gute Köchin und suchte deshalb nach anderen Möglichkeiten, uns zu beschäftigen. Irgendwann bekam sie ein paar wenige Fußbälle und Basketbälle zur Verfügung gestellt.

Unsere Schule war von hohen Betonmauern umgeben, die zum einen etwas Einengendes und zum anderen etwas Befreiendes hatten. Denn sie schützten uns Mädchen vor neugierigen Blicken und sorgten dafür, dass die männliche Öffentlichkeit gar nicht bemerkte, dass es uns überhaupt gab. Während ich darauf wartete, dass meine Mutter mit dem Unterricht fertig war, schnappte ich mir öfter einen Ball und dribbelte ihn über den Schulhof. Spielfelder oder Sportplätze hatten wir nicht, es gab nur harten Stein. Ich versuchte, möglichst leise zu spielen, um nicht aufzufallen. Es war eine wunderbare Flucht aus dem Alltag. Und es war der erste Schritt auf meinem Weg in die Fußballwelt.

Einige Mädchen aus den unteren Klassen wurden auf mich aufmerksam. Sie schauten zu, unterhielten sich, zogen dann weiter und sprachen mich ab und zu an. Eines Tages kickte ich wieder den Ball vor mir her und stellte mir vor, wie ich einen Gegenspieler nach dem anderen in den Staub dribbelte.

Da merkte ich, dass jemand mich beobachtete. Es war ein Mädchen mit kurzen Haaren, das ein paar Jahre jünger war als ich, aber schon ziemlich groß gewachsen. Ich dribbelte den Ball zu ihr hinüber.

»Ich bin Khalida«, sagte ich.

»Du musst den anderen Fuß mehr einsetzen«, sagte sie mit leichtem Stirnrunzeln.

»Okay, Frau Trainerin«, lachte ich. »Oder wie soll ich dich nennen?«

»Ich bin Samira«, sagte sie.

Von diesem Moment an waren wir zu zweit. Ein Mini-Team.

Samira hatte eine ähnliche Geschichte wie ich. Auch sie hatte ihre Liebe zum Sport außerhalb von Afghanistan entdeckt. Sie hatte in Iran mit ihren Brüdern Fußball gespielt und das Kicken als etwas Befreiendes erlebt. Sie war gut, viel besser als ich. Von ihr lernte ich, wie man Fußball spielt. Bisher war ich nur dem Ball hinterhergerannt. Etwas anderes konnte ich kaum. Ich hatte keinerlei Technik. Ich rannte und schoss einfach, folgte dem Ball intuitiv, statt ihn aktiv zu kontrollieren.

Samira war ganz anders gestrickt als ich, nachdenklich und zurückhaltender. Wenn ich durch die Gegend tollte, herumalberte und sie zum Lachen bringen wollte, schaute sie mich ein bisschen befremdet an, als wäre ich ein Hund auf dem Fahrrad. Durch sie habe ich gelernt, was in mir steckt.

Wenn wir auf dem Hof spielten, schauten andere uns zu. Sie verstand, wie das Spiel funktioniert und wie man den Ball jemand anderem zuspielt. Wenn sie mal wieder irgendeinen unglaublichen Trick hinlegte, musste ich lachen, aber sie zuckte nur mit den Schultern, als wäre das gar nicht der Rede wert. Wir hatten Spaß und merkten, dass auch bei den anderen Mädchen das Interesse erwachte. So viele von ihnen hatten vergessen, wie sich Bewegung und Freude anfühlten.

Sie standen da und schauten zu, manche wollten ganz offensichtlich gerne mitmachen. Wir sprachen sie an. Viele lehnten ab und zogen verlegen von dannen. Einige trauten sich.

Irgendwann gingen wir dazu über, konkret Mädchen für eine richtige Mannschaft zu gewinnen. Wir beschlossen, morgens früher zur Schule zu gehen, damit wir noch vor Unterrichtsbeginn spielen konnten. Die Schule begann um sieben Uhr. Wir wollten daher um fünf oder sechs Uhr da sein. Das hatte etwas unglaublich Befreiendes. Wir trugen unsere Schuluniformen und zogen uns danach nicht mehr um. Es war uns egal, wenn wir nach dem Spielen verschwitzt waren. Damit wir nicht ganz so streng rochen, nahm ich Feuchttücher und etwas Parfüm mit, was eigentlich verboten war. Ich wusste, dass ich viel schwitzte, aber deshalb ließ ich mich noch lange nicht vom Fußballspielen abhalten.

Nachdem wir eine Weile frühmorgens gespielt hatten, wechselten wir auf den Nachmittag. Die Schulen waren durch den Ansturm der Frauen, die ihre verpasste Schulbildung nachholten, so überlaufen, dass der Schultag zweigeteilt wurde. Die einen wurden vormittags unterrichtet, die anderen nachmittags. Meine Unterrichtsstunden fielen auf den Vormittag. Zwischen unserem Schulschluss und dem Beginn des Nachmittagsunterrichts war eine Stunde frei – und diese Stunde war überaus wichtig. In dieser Stunde waren nur Reinigungskräfte im Gebäude, und denen war egal, was wir machten.

Ich hatte ein gutes Verhältnis zu ihnen, weil ich ihnen manchmal beim Putzen half. Ich wischte die Tische ab, schnappte mir einen Besen und unterstützte sie in ihrer Sisyphusarbeit, den unerbittlichen Staub in Schach zu halten. Ich half ihnen, weil sie für uns da waren. Ich schmuggelte ein üppiges Mittagessen in die Schule, teilte es mit ihnen und brachte für sie und ihre Kinder Kleidung mit, die wir nicht mehr brauchten. Ich kannte sie alle. Wir lachten zusammen, und ich spürte, dass sie mich mochten; sie nannten mich ihre »Tochter«. Wie mit meinem Vater und meinem Großvater auch verbrachte ich gerne Zeit mit ihnen, schaltete mich in die Erwachsenengespräche ein und hörte ihren Geschichten zu. Ich wollte dafür keine Gegenleistung, das kam mir nie in den Sinn, aber sie ließen uns Fußball spielen. Sie ließen uns einfach machen. Sie wussten, dass ich das Sagen hatte und die Anführerin war. So kam es, dass wir das kleine einstündige Zeitfenster zwischen den beiden Unterrichtsblöcken zum Fußballspielen nutzen konnten.

Wenn in der Schule Ruhe einkehrte, konnten wir machen, was wir wollten, reden, feiern und uns mit dem Ball verausgaben. Das war für uns eine neue Erfahrung, durch die wir auch neue Gefühle in uns entdeckten. Mädchen, die in Freudengeschrei ausbrechen, wenn sie die Torhüterin verladen haben und den Ball zwischen den Steinen, die für uns die Torpfosten darstellten, an die Wand donnern – all das war nicht üblich oder auch nur annähernd akzeptiert. Es war ein berauschendes Gefühl, wenn ich einer Teamkameradin zurief, sie solle mir den Ball zuspielen, oder laut keuchend zum Tackling ansetzte und versuchte, einer Mitspielerin den Ball abzuluchsen. Diesen Mädchen war von klein auf eingeimpft worden, dass Frauen nur ein Platz im Schatten, am Rande der Gesellschaft, zugedacht sei. Dass sie sich still verhalten und fügsam zu sein hätten. Seit meiner Rückkehr in die Stadt empfand ich diese Erwartungshaltung als erdrückend, doch in unserer täglichen einstündigen Auszeit konnte ich wieder ich selbst sein.

Wir waren frech und ausgelassen und erlebten emotionale Höhenflüge, von denen wir gar nicht geahnt hatten, dass es sie gibt. Auf dem Fußballplatz hatten zum ersten Mal wir das Sagen. Wir trafen die Entscheidungen. Gebe ich den Ball ab? Schieße ich lieber selbst? Soll ich in diesen Raum vorstoßen? Hechte ich für die Glanzparade im Tor nach links oder nach rechts? Wir waren mit voller Konzentration bei der Sache. Und wir genossen es, eigenständig zu denken.

Nach ein paar Monaten hatten wir genug Mädchen zusammen, um zwei Teams zu bilden, die gegeneinander spielen konnten. Dadurch veränderte sich das Spiel. Wir warfen unsere Schultaschen in die Ecke und kickten und rannten, die Hidschabs flatterten im Wind. Lautes Lachen hallte über den Schulhof. Einige Mädchen spielten trotz des steinigen Bodens barfuß. Andere hatten Schuhe, die nicht richtig passten und zum Fußballspielen völlig ungeeignet waren. Wenn sie gegen den Ball traten, flog ihr Schuh mit durch die Luft, und wir brachen in hysterisches Gelächter aus. Es war befreiend und machte einen Mordsspaß.

Mädchen unterschiedlichen Alters schlossen sich uns an. Wir verheimlichten unsere Aktivitäten vor der Schulleitung und den Lehrkräften. Wir wussten, dass sie das, was wir machten, nicht billigen würden. Für sie war es ein zu hohes Risiko, wenn sie es zuließen. Sie hatten uns nach traditionellen Vorstellungen zu erziehen. Frauen hatten ruhig und schüchtern zu sein, sie sollten sich still verhalten, eine dienende Position einnehmen und ihren Ehemännern Kinder gebären. Abweichendes Verhalten wurde auf das Schärfste missbilligt. Dementsprechend galten wir als Querulantinnen. Wir handelten uns den Ruf ein, schlechte Manieren zu haben und falsch erzogen worden zu sein.

Eines Abends kam meine Mutter in mein Zimmer. »Khalida«, sagte sie, »es geht das Gerücht um, dass du in der Schule Fußball spielst.«

»Das ist kein Gerücht«, erwiderte ich. »Es stimmt. Wir sind viele. Und wir lieben es.« Ich war verlegen, weil mir Tränen in die Augen stiegen. Meine Mutter nickte und strich mir über das Gesicht.

Von diesem Zeitpunkt an tat sie alles, um uns zu unterstützen. Sie wollte, dass wir weitermachen und unsere Aktivitäten sogar ausweiten konnten, und ging damit ein großes Risiko ein. Ich hatte das Gefühl, dass sie in gewisser Weise durch uns eine Facette von sich selbst auslebte. Ihr waren durch die frühe erzwungene Heirat ihre Träume genommen worden. Deshalb wollte sie mit aller Kraft dafür sorgen, dass wir Mädchen die Chancen bekamen, die sie nicht hatte. Sie wollte uns die Dinge ermöglichen, die uns interessierten und für die wir uns begeisterten, was auch immer das sein mochte. In unserem Fall war es der Fußball. Sie ließ sich von unserem Lachen und unserer Energie anstecken – und von unserer Überzeugung, dass wir es schaffen würden, uns gegen die Erwartungen der Gesellschaft zu wehren und etwas zu verändern.

Wir wurden immer mutiger, wenn wir neue Mitspielerinnen anwarben. Wir schlichen uns in den Unterricht und nutzten die zwei oder drei Minuten zwischen den Lehrerwechseln, um in den Klassen Werbung zu machen. Voller Energie stellte ich mich vorne hin und sagte: »Hallo, wir spielen Fußball, ihr könnt gerne mitmachen, wenn ihr wollt. Wir kicken, machen Sport und haben Spaß.« Wir begeisterten unsere Mitschülerinnen dafür, an unserer kleinen Rebellion teilzuhaben.

In der Schule wurde ich als »das verrückte Fußball-Mädchen« bekannt. Umso mehr strengte ich mich im Unterricht an, um niemandem einen Vorwand zu liefern, den außerschulischen Aktivitäten ein Ende zu bereiten. Auch meine Eltern sollten nicht befürchten müssen, dass ich wegen des Fußballs meine Bildung vernachlässigte. Ich setzte mich selbst unter Erfolgsdruck, damit ich das Fußballspielen nicht aufgeben musste, denn es war für meine Mitspielerinnen und mich das einzige Glückserlebnis, das wir hatten. Ein kleiner Schulhof, eine Parallelwelt, in der wir unsere verlorene Kindheit zurückeroberten und in der die vorgezeichnete Zukunft, die uns allein wegen unseres Geschlechts zugedacht war, für eine gewisse Zeit nicht mehr existierte. Wir spielten Fußball und fühlten uns frei. Es war wie Magie.

Allerdings gab es ein Problem: Das Geschrei, das wir bei unserer neu entdeckten Leidenschaft ausstießen, war so laut, dass es über die Betonwände nach draußen drang. Wir machten uns nicht klar, dass wir auf der anderen Seite zu hören waren. Die Mauern vermittelten uns das Gefühl, dahinter gäbe es keine Außenwelt, doch die gab es sehr wohl. Die Leute auf der anderen Seite begannen auf uns aufmerksam zu werden und sich zu fragen, was wir da wohl trieben und warum wir uns trotz der Mittagshitze noch in der Schule aufhielten.

Wir trafen Vorsichtsmaßnahmen und stellten neue Regeln auf, um kein Aufsehen zu erregen. Wir spielten Schweigefußball. Es durfte kein Geschrei, kein Jubeln mehr geben. Nichts von alledem. Nur Stille. Wenn wir leise wären, würden die Leute, die auf der anderen Seite der Mauer lauerten, hoffentlich das Interesse verlieren.

Lautloses Fußballspielen ist allerdings unrealistisch. Du kannst während eines Spiels deine Emotionen unmöglich völlig kontrollieren. Es liegt in der Natur des Menschen, Freude, Schmerz, Frust und Enttäuschung impulsiv zum Ausdruck zu bringen. Deshalb schafften wir es auch nicht, uns ständig zu beherrschen.

Der Tag, an dem die fünf Männer sich über die Mauer schwangen, geräuschvoll im Hof landeten und unser improvisiertes Spielfeld sahen, machte all unsere Freude zunichte, denn er erinnerte uns schmerzhaft daran, dass wir nicht frei waren. Und doch wurde mir durch den Überfall einmal mehr bewusst, was für eine Macht der Fußball haben kann. Denn er war mehr als ein Spiel.

Bevor die Männer abzogen, liefen sie wie Zombies herum und äfften uns nach, mit ausgestreckten Armen, kerzengeraden

Beinen und unbeholfenem Gang. Sie meinten, Frauen könnten nicht richtig laufen, und torkelten höhnisch durch unser Allerheiligstes. »Frauen laufen wie Zombies. Wie können sie da Fußball spielen? Fußball ist was für Männer. Das ist nichts für Frauen. Geht Geschirr spülen. Macht den Haushalt. Bringt Kinder zur Welt.«

Wenn wir aufhören, Fußball zu spielen, lassen wir Männer wie diese gewinnen. Dann akzeptieren wir unsere Unterlegenheit und ein falsches Selbstbild. Wir sind dann keine starken, autonomen Individuen mehr, sondern minderwertige Opfer – genau, wie sie es wollen.

All das sagte ich mir. Und ich fragte mich, wie tief die Probleme in unserer Gesellschaft und in unserem Land eigentlich verwurzelt waren. Diese Männer waren in meine sichere Zone, in meine Schule, in meine Gemeinschaft eingedrungen, in *mein* Land, und sie versuchten, mich davon abzuhalten, ich selbst zu sein. Nein. Ich würde nicht klein beigeben. Sie durften nicht gewinnen.

Allerdings hatte ich für dieses Problem keine Lösung parat. Ich wusste auch nicht, wie ich damit umgehen sollte. Ich wusste nur: Aufgeben war keine Option.

Am nächsten Tag nach diesem Vorfall kam ich zur gewohnten Zeit zum Fußballspielen auf den Hof und traf nur die Hälfte der Mädchen an.

»Wo sind denn die anderen?«, fragte ich Samira.

»Das ist doch wohl klar«, antwortete sie.

Am anderen Ende des Hofs sah ich ein Mädchen, das normalerweise mit uns spielte, mit gesenktem Kopf eilig weggehen.

»Hey! Wo gehst du hin?«, rief ich ihr hinterher. Ich rannte ihr nach und holte sie ein. »Du darfst sie nicht gewinnen lassen«, sagte ich ihr jetzt etwas behutsamer.

»Wir haben nicht alle so viel Glück wie du, Khalida«, sagte sie matt. »Mein Vater wird mich halb totschlagen, wenn er davon erfährt, dass ich Fußball spiele. Und dann wird er mir ganz verbieten, zur Schule zu gehen.«

»Aber du bist doch so gut«, hielt ich dagegen.

Fast mitleidig sah sie mich an. »Das ist unwichtig«, flüsterte sie. Dann ging sie weiter.

Mir war vollkommen bewusst, dass ich aus anderen Verhältnissen kam als fast alle anderen Mädchen. Auch über meinen Kopf hinweg wurden Entscheidungen getroffen, wenn ich mich in der Welt bewegte. Ich durfte meine Haare nicht kurz tragen oder ohne Kopftuch auf die Straße gehen, weil man schlecht über mich reden würde. Alles an meinem Aussehen und Verhalten wurde von der Gesellschaft bewertet, und nicht zuletzt zu meiner eigenen Sicherheit musste ich mich entsprechend verhalten. Auch in der Schule hatte ich kaum eine Wahl. Die Lehrkräfte bestimmten, was ich tun und sagen durfte. Wenn ich mich wehrte, galt ich als unverschämt und Unruhestifterin, auch wenn ich noch so viel Respekt an den Tag legte. Aber wenn ich nach Hause kam und die Tür zur Außenwelt hinter mir schloss, war da meine Familie, die zu mir stand. Mein Vater und meine Brüder waren anders als der Mann, der auf den Fußball eingestochen hatte. Sie verteidigten mich. Die meisten anderen Mädchen hatten es zu Hause mit anderen Männern zu tun.

Ich war außer mir vor Wut und extrem frustriert. Diese Männer hatten uns mit Macht und Gewalt das Einzige genommen, was uns glücklich machte. Sie hatten den kleinen Hoffnungsschimmer zerstört, der in uns aufgeflammt war.

Eines Tages – wir hatten gerade ein kleines Match beendet – lehnten Samira und ich uns mit den Köpfen gegen einen Torpfosten.

»So klappt das nicht«, sagte ich. »Wir brauchen mehr Spielerinnen.«

»Und woher nehmen, bitte schön?«, fragte Samira. »Wir haben schon die ganze Schule abgeklappert. Die meisten, die mit dabei waren, haben jetzt Angst, dass wieder Männer über die Mauer klettern. Find dich damit ab: Sie kommen nicht wieder.«

Ich richtete mich auf. »Dann müssen wir eben andere Schulen auftun.«

Kapitel 5

Du brauchst an nichts denken. Nur passen, laufen, schießen. Spielen bedeutet: in etwas Größerem aufgehen, dich nicht als Individuum sehen, sondern als Teil eines Ganzen. Du lässt das lärmende Durcheinander des Lebens hinter dir, bis es nur noch dich, die Mannschaft und den Ball gibt. Mach die Augen auf.

»Wie gesagt: Wir würden uns sehr freuen, Sie persönlich zu unterstützen«, erklärte Muhammad Anwar Jigdalek, der Präsident des afghanischen Nationalen Olympischen Komitees (NOC), und schüttelte mir die Hand. Er schaute mich forschend an, es irritierte mich irgendwie. Er war ein groß gewachsener Mann mit gestutztem grauem Bart. Als er sich in seinem Stuhl zurücklehnte, knarrte dieser bedenklich. Ich warf meiner Mutter einen Blick zu. Ich sah ihr an, dass sie innerlich vor Wut kochte.

Ich versuchte noch ein letztes Mal, Jigdalek zu erklären, dass ich nicht auf der Suche nach Unterstützung für mich persönlich war. Die Schulmannschaften, die wir gegründet hatten, sollten in den Ligen offiziell anerkannt werden. Außerdem wollten wir eine Frauenfußball-Nationalmannschaft gründen. Wir brauchten Ausrüstung und Unterstützung. Darum ging es mir. Doch wieder verhielt sich Jigdalek so, als sei ich nur ein nettes Mädchen, mit dem er flirtete. Dieses Verhalten ist typisch für viele Männer in Afghanistan. Sie tun so, als würden sie dich ernst nehmen, scherzen mit dir, ködern dich mit dem Gefühl, dass sie dir zuhören, und sind in Wahrheit nur daran interessiert, selbst Aufmerksamkeit zu erhalten. Es geht ihnen nur um Kontrolle. Ich warf den beiden anderen Lehrerinnen, die mich und meine Mutter begleiteten, einen Blick zu, aber sie sagten nichts.

»Fußball«, winkte er ab. »Dafür sind wir nicht zuständig.«

Damit war sein Interesse sichtlich erschöpft und das Treffen vorbei.

»Pfeif auf ihn, pfeif auf ihn und sein Gerede«, sagte meine Mutter, als wir draußen waren. Sie hatte einen harten Zug um den Mund. »Der will dich nur reinlegen, das ist eine Falle. Wir müssen das Ganze ohne ihn in Angriff nehmen.«

Nicht zum ersten Mal schmunzelte ich über meine Mutter, die leidenschaftlich meinen Sport unterstützte. Als Samira und ich ihr von unserem Plan erzählten, Kontakt zu anderen Schulen aufzunehmen, bat ich sie, uns an einem Nachmittag beim Spielen zuzusehen. Sie stand da und beobachtete uns, wie wir uns Anweisungen zuriefen, unsere Laufwege und Pässe koordinierten. Sie sah das Funkeln in unseren Augen, wenn wir ein Tor schossen.

»Wir wollen andere Schulen einbeziehen«, erklärte ich ihr. »Wir brauchen mehr Mädchen, die mitspielen wollen.«

Sie sah mich an, und einen Moment lang befürchtete ich, sie würde unser Vorhaben zu riskant finden. Ich hatte noch leuchtende Augen vom Spiel, meine Haare waren zerzaust.

Sie strich mir über mein verschwitztes Gesicht und sagte: »Na, dann mal los.«

In den folgenden Wochen und Monaten nutzten wir die Kontakte, die meine Mutter als Lehrerin zu anderen Schulen hatte. Dort warben wir Schülerinnen an und stockten so unser Team auf. Basketball- oder Volleyballmannschaften stellten auf Fußball um, damit sie gegen uns antreten konnten. Wir schlichen uns durch Seitengassen zu den heimlichen Wettkämpfen, die wir mit diesen anderen Schulen organisierten. Ein gewonnenes Fußballspiel machte die Siegerinnen stolz. Obwohl die Volleyballmannschaften statt mit den Händen jetzt mit den Füßen spielten, schlugen sie uns oft locker. Wir selbst waren nicht besonders gut. Wir trainierten nicht ernsthaft, sondern spielten aus purem Spaß an der Freude. Wir hatten kein strukturiertes Spiel und auch keine Techniken drauf, aber darum ging es auch nicht. Wir genossen einfach das Gefühl von Freiheit.

Vielen der anderen Mädchen ging es wie uns. Sie sehnten sich nach etwas Eigenem, nach einem Ort, wo sie nicht ständig unter Beobachtung standen. Nach einem Ort, wo sie rennen, schreien und lachen konnten. Nach einer Auszeit, in der es um nichts anderes ging, als sich untereinander abzustimmen und den Ball ins Tor zu befördern. Als Frauen waren wir alle es gewohnt, ständig kontrolliert und bei Fehlverhalten denunziert zu werden – nicht nur von Männern, sondern auch von anderen Frauen. Für uns fühlte es sich revolutionär an, Fußball zu spielen, und sei es auch nur für die Dauer eines Spiels.

Es gab mehrere Schulen, die nahe beieinanderlagen. Diesen Vorteil nutzten wir, indem wir die Spiele auf dem Hin- oder Rückweg zur Schule anberaumten. Über Zeit und Ort informierten wir uns gegenseitig mit Zetteln.

Nach und nach organisierten wir uns immer besser. Wir veranstalteten Turniere auf unserem Schulhof und bestritten auch Auswärtsspiele an anderen Schulen. Inzwischen waren außer meiner Mutter noch andere Erwachsene eingeweiht. Die meisten Familien wussten aber gar nicht, dass ihre Töchter mitmischten. Wir vertrauten auf Lehrkräfte, die uns wohlgesonnen waren. Sie hielten ihre schützende Hand über uns und taten alles in ihrer Macht Stehende, damit wir weiterhin unserer Leidenschaft nachgehen konnten. Sie widersetzten sich damit der konservativen Schulleitung.

Mädchen, an deren Schulen es kein Fußballteam gab, nahmen weite Wege auf sich, um mit uns zu spielen. Irgendwann mussten einige Schulen sogar zwei Teams aufstellen, weil so viele mitmachen wollten. Nach und nach kam die Sache richtig in Schwung.

Alles lief unter dem Radar, bis die Leiterin des Frauenfußballs und die Leiterin des Frauensports beim NOC – das waren im Grunde Alibiposten, eine reine Show-Veranstaltung – sich einschalteten. Sie hatten Mittel zur Förderung des Schulsports bekommen und organisierten überall in Kabul Kurse und Veranstaltungen. Meine Mutter nahm mich zu den Sitzungen mit. Ich wollte unbedingt einen Weg finden, damit wir als Mädchen frei und offen spielen konnten. Ich war mir sicher: Die Einstellung gegenüber Frauen würde sich ändern, wenn wir offiziell spielen durften.

Bei all diesen Veranstaltungen, an denen eigentlich nur Lehrerinnen teilnahmen, war ich die einzige Jugendliche. Ich war gerade alt genug, um wie eine junge Kollegin meiner Mutter auszusehen und nicht wie eine Schülerin. Die anwesenden Lehrerinnen gaben nicht deshalb Sportunterricht, weil es sie interessierte oder sie dafür professionell ausgebildet waren, sondern weil sie ihre Stundenpläne irgendwie bestücken mussten. Ich versuchte, so oft wie möglich an den Veranstaltungen teilzunehmen – auch über Basketball und Badminton, denn ich wollte noch mehr Sportarten verstehen. Bei einem dieser Treffen versuchte ich den Teilnehmerinnen leidenschaftlich klarzumachen, warum Fußball so wichtig ist und warum unbedingt jedes Mädchen, das Fußball spielen will, die Möglichkeit dazu bekommen sollte. Beim Reden drehte ich mich um und sah, dass meine Mutter mich mit leuchtenden Augen anschaute.

Um an diesen Veranstaltungen teilnehmen zu können, musste ich manchmal die Schule schwänzen. Im Klassenzimmer setzte ich mich in die Nähe des Fensters. Sobald zu Unterrichtsbeginn durchgezählt war, ließ ich, wenn die Lehrerin uns den Rücken zudrehte, meine Schultasche aus dem Fenster fallen, die dadurch immer stärker ramponiert wurde. Dort holte sie eine der Reinigungskräfte, mit denen ich befreundet war, und hob sie für mich auf. Ich dachte mir einen Vorwand aus – ich müsste auf die Toilette oder fühlte mich unwohl – und stahl mich davon. Meiner Lehrerin war es ziemlich egal, ob ich zurückkam oder nicht. Trotzdem achtete ich darauf, immer die besten Noten zu bekommen, damit niemand behaupten konnte, Fußball schade der Bildung von Mädchen. Selbst unterwegs fand ich Zeit zum Lernen; ich las bis tief in die Nacht oder stellte mir den Wecker auf 4 Uhr früh, um Versäumtes aufzuholen.

Immer öfter nahm ich anstelle meiner Mutter an den Seminaren teil und fuhr manchmal quer durch die Stadt. Anfangs war sie besorgt, aber ich versicherte ihr, dass alles gut gehen würde. Als ich das erste Mal von einer der Zusammenkünfte nach Hause kam, wollte meine Mutter jede Einzelheit wissen. Ich antwortete ihr, dass meine Anwesenheit anscheinend niemanden interessierte. Für mein Alter war ich reif und selbstbewusst. Deshalb stellte man mir kaum Fragen, alle gingen einfach davon aus, ich sei Lehrerin, denn warum sonst hätte ich dort sein sollen? Ich hatte immer ein buntes Kopftuch in meiner Tasche, das ich gegen das andere austauschte. Auf diese Weise sah mein Outfit weniger nach Schuluniform aus.

Ich fühlte mich wie eine Agentin auf geheimer Mission, die Kontakte knüpfte, Informationen sammelte und verstehen wollte, wie die Sportwelt funktioniert. Als ich Vertreter des NOC traf, erzählte ich ihnen von unseren Schulmannschaften. Ich sprach über unsere inoffiziellen Heim- und Auswärtsspiele, über Rivalitäten und darüber, wie spannend das alles war. Ich erklärte, dass Dutzende von Mädchen mitmachten. Als Nächstes wollten wir unsere Teams und Spiele offiziell anerkennen lassen. Ich hatte keine Ahnung, wie man so etwas anstellte. Genauso wenig wusste ich, dass der afghanische Fußballverband und das NOC zwei getrennte Organisationen waren. So kam es, dass wir uns in dem Raum mit Jigdalek wiederfanden. Wir hatten unsere Graswurzelbewegung von unten nach oben aufgebaut, und jetzt mussten wir von oben nach unten agieren. Unser erster Anlauf war allerdings ein Schlag ins Wasser. Wir brauchten einen neuen Plan.

Damals unterstützte der Deutsche Fußball-Bund den afghanischen Fußball massiv. Er investierte in die Weiterentwicklung und schickte im Rahmen der Sportförderung Trainer und Ausbilder nach Afghanistan. Zusammen mit einigen anderen Frauen und Mädchen nahm ich an Kursen teil, die von einem deutschen Ausbilder geleitet wurden. Ich bekam eine ganz neue Sicht auf die Sportart und auf ihr Potenzial, ich lernte auch etwas über Trainerarbeit. Das war einfach großartig. Ich wollte wissen, wie man Spielerinnen hilft, sich zu verbessern, und wie man aus einer Gruppe ein richtiges Team formt. Ich wollte mehr über Ernährung, Sportwissenschaft und Psychologie erfahren. Immer, wenn ich etwas Neues lernte, versuchte ich, dieses Wissen beim Training und bei den Spielen anzuwenden und weiterzugeben.

Im Anschluss an einen Kurs wurde ich zusammen mit Samira und sechs weiteren Teilnehmerinnen nach Deutschland eingeladen. Zu unserer Sicherheit wurde uns zugesagt, dass offizielle Anstandsdamen mitreisen und uns zur Seite stehen würden. Das machte es für uns leichter, unsere Familien davon zu überzeugen, dass sie uns beruhigt ziehen lassen konnten. Meine Eltern sahen in dieser Reise eine Gelegenheit, meinen Horizont zu erweitern und mit neuen Impulsen zurückzukommen.

Es war Winter, und in Deutschland war es kalt und dunkel. Wir verbrachten die meiste Zeit auf einem Sportgelände, das zu einem Fußballverein gehörte, mitten im Nirgendwo. Trotzdem saugte ich alles, was wir beigebracht bekamen, wie ein Schwamm auf. Im Gegenzug erzählte ich, wie mein Alltag als junge Frau in Afghanistan aussah, dass wir Mädchen im Verborgenen spielten und uns nichts sehnlicher wünschten als Unterstützung und Anerkennung. Samira und ich waren unzertrennlich; wir waren so frei wie nie zuvor und genossen es. Wir konnten laut lachen und frei heraus sagen, was wir dachten. Diese Art von unbekümmertem Miteinander war uns in Afghanistan verwehrt, und unsere neu gewonnene Freiheit schweißte uns noch mehr zusammen.

Wenn wir ausgingen, interessierte das zu unserem großen Erstaunen niemanden. Es scherte auch niemanden, wie wir uns kleideten. Samira meinte im Scherz, das sei fast schon ein bisschen enttäuschend, aber in Wirklichkeit fühlten wir uns von dieser neu gewonnenen Unabhängigkeit beflügelt. Endlich konnten wir herumlaufen, ohne dass wir permanent beäugt und beurteilt wurden. Die Frauen, die zu unseren Trainingseinheiten kamen und mit uns arbeiteten, waren souverän und lebendig. Es war ihnen anzumerken, dass sie sich nicht ständig selbst kontrollieren mussten; sie waren entspannt und offen. Frauen, die sich so verhielten, respektiert wurden und Einfluss hatten, waren für uns ein ungewohnter Anblick.

»Was meinst du, wie es wohl ist, hier zu leben?«, fragte ich Samira eines Tages, als wir mit dem Bus durch die Straßen fuhren und Menschen sahen, die Hand in Hand gingen und lachten.

»Es ist so anders hier«, antwortete Samira. »Die Gesellschaft ist einfach anders, und für die Leute hier ist das die Normalität.« Sie zuckte mit den Schultern.

Uns fiel aber auch auf, dass Deutschland in mancher Hinsicht weniger gesellig schien: Fremde unterhielten sich auf der Straße nicht miteinander, was in Afghanistan üblich ist. Natürlich genossen wir unsere neuen Freiräume, aber der Abstand zur Kultur unseres Landes öffnete uns auch die Augen für manches, was wir an Afghanistan liebten, und nicht nur für das, was uns missfiel.

Als wir wieder zu Hause waren, erzählte ich meiner Mutter, was ich gelernt hatte, und illustrierte meinen Bericht mithilfe von Gegenständen auf dem Esstisch. »Ich weiß nicht, was das alles bedeutet«, lachte sie. »Aber es ist sehr beeindruckend.«

Am nächsten Tag ging ich wieder in die Schule. Ich lief gerade den Flur entlang, als ich hörte, wie jemand laut »Hure« rief. Ich schaute auf und sah zwei männliche Mitarbeiter der Schule, die mich verächtlich ansahen. Da begriff ich: Sie wussten von meiner Reise nach Deutschland. Obwohl die neue, vom Westen unterstützte Regierung von oben auf Veränderungen drängte, gaben vor Ort immer noch extrem konservative Einstellungen den Ton an. Eine Frau, die Sport trieb, war vom Westen beeinflusst und konnte keine Ehre haben. Und wenn ich Sport trieb – wozu war ich dann wohl sonst noch bereit?

Am Nachmittag des gleichen Schultages – wir hatten zuvor im Hof trainiert – beugte sich plötzlich meine Schulleiterin, eine dünne, kantige Frau in den Fünfzigern, über mich und schnupperte an mir. Wie immer hatte ich mich mit etwas Parfüm gegen den Schweißgeruch eingesprüht. Sie griff in meine Tasche und förderte das Parfümfläschchen zutage. Dann schlug sie mir mit voller Wucht ins Gesicht. Ich war so geschockt, dass ich nicht reagierte. Die Schulleiterin packte mich an den Haaren und zerrte mich vor den Augen meiner überraschten Klassenkameradinnen hoch. »Du bist eine Hure«, sagte sie. Ihre Stimme wurde immer lauter, bis sie schrie. »Du entehrst deine Mutter und deinen Vater. Du entehrst deine Klassenkameradinnen und die ganze Schule.« Sie nahm mich mit ins Schulbüro und ließ mich dort den ganzen Tag sitzen, sodass ich den gesamten Unterricht verpasste.

Ein paar Tage später half ich dem Fensterputzer der Schule, so wie ich es auch sonst manchmal tat. Er hatte nur ein kleines Stück zerrissenen Stoff und musste seinen gebeugten Körper strecken, um an den obersten Rand der Fensterscheiben zu gelangen. Er war alt, und seine Hände zitterten unentwegt. Wenn gerade keiner hinsah, ging ich zu ihm und übernahm seine Arbeit, damit er seinem angespannten und schmerzenden

Körper eine Pause gönnen konnte. Immer wenn ich ihm half, erinnerte ich mich daran, wie ich früher meinem Großvater zur Hand gegangen war. Als ich mich diesmal nach einem der Fenster reckte, hörte ich einen Aufschrei hinter mir. Eine Lehrerin kam auf mich zugerannt, rief meinen Namen und brüllte mich an. Sie packte mich mit einer Hand an den Haaren, mit der anderen am Arm. Auch sie schlug mir ins Gesicht und beschimpfte mich, weil ich dem Fensterputzer geholfen hatte. Es war ein Vorwand, denn es ging ihr nur darum, mich zu schikanieren. Mit jedem Tag war ich in der Schule mehr und mehr Aggressionen ausgesetzt.

Ich wusste damals nicht, dass sie auch meiner Mutter das Leben schwer machten. Sie wehrte sich nicht, sondern schwieg und weinte. Sie wirkte erschöpft und niedergeschlagen. Bei fast jeder Konferenz stellten die Lehrkräfte meine Erziehung infrage und deuteten an, ich sei eine Prostituierte. Niemand zweifelte diese Behauptungen an oder verlangte Beweise. Es hätte natürlich auch keine Beweise gegeben, aber da die Anschuldigungen von der Schulleitung selbst kamen, wagte niemand, sie zu hinterfragen. Meine Mutter hielt mir den Rücken frei, obwohl man versuchte, sie zu beschämen und zu demütigen. Wenn sie meine Mutter kleinkriegten, so das Kalkül, würde sie bestimmt mein Verhalten unterbinden. Doch stattdessen unterstützte meine Mutter mich weiter und half sogar mit, ein Netzwerk von Frauen aufzubauen, die Mädchen richtigen Sportunterricht gaben.

Die Schulen wussten, dass sie in der Pflicht waren, Mädchen mehr Chancen zu bieten, aber sie nahmen die entsprechenden

Vorstöße nicht ernst. Mit der Zeit fand sich trotzdem eine Gruppe gleichgesinnter Frauen zusammen und diskutierte, wie sie Männer in Machtpositionen zum Handeln bewegen könnten. Eines Tages schlug eine dieser Frauen vor, unangekündigt beim Fußballverband aufzutauchen: »Was sollen sie schon tun? Sie können uns höchstens hinauswerfen.«

Also gingen meine Mutter und ich zusammen mit zwei anderen Lehrerinnen zum Sitz des afghanischen Fußballverbands und erklärten am Empfangstresen, wir seien wegen eines Treffens mit dem Präsidenten hier. Wir hatten uns vorher kundig gemacht und wussten, dass Generalmajor Abdul Kohistani ein Extremist und sehr religiös war und gute Kontakte zum gesamten Regierungsapparat besaß. Wir hatten ein mulmiges Gefühl, während wir darauf warteten, hereingerufen zu werden. Auf dem Weg durch das Gebäude zu seinem Büro sahen wir keine einzige Frau. Es roch nach Zigarettenqualm und Männerschweiß. Es war beklemmend. Seit dem Sturz der Taliban waren bereits einige Jahre vergangen, aber für Leute wie Kohistani hatte das keinerlei Bedeutung. Wir kannten die Wahrheit. Diese Leute waren überall, und sie hockten in Gebäuden wie diesem.

Kohistani saß an seinem Schreibtisch, als wir eintraten. Er stand nicht auf, um uns zu begrüßen. Er war kräftig gebaut, hatte finstere Gesichtszüge und einen Dreitagebart. Er würdigte uns kaum eines Blickes und bedeutete uns lediglich, dass wir uns setzen sollten. An einem Finger trug er einen großen, kostspielig aussehenden Ring.

»Also, was wollen Sie?«, fragte er schließlich.

Ich setzte zu genau demselben Vortrag an, den ich auch dem NOC-Präsidenten gehalten hatte: Wir hätten mehrere Schulteams gegründet und würden uns Anerkennung und Unterstützung wünschen, um mehr Mädchen für den Fußball zu begeistern – und wir wollten eine Frauen-Nationalmannschaft gründen. Von »Frauenrechten« oder »Menschenrechten« sprach ich nicht – ich wusste, es wäre das Aus, sobald ich diese Worte aussprechen würde. Auch nur den leisesten Anschein zu erwecken, es ginge um die Stärkung der Rolle der Frau, würde das Thema sofort beenden. Wir spielten die Unschuldigen: Wir wollten, so sagten wir, mehr Mädchen dabei helfen, Sport zu treiben, damit die internationale Gemeinschaft unser Land in einem positiveren Licht sähe.

»Wissen Sie, wir haben schon eine Fußball-Nationalmannschaft der Männer, die eine einzige Schande ist. Meinen Sie, wir wollen jetzt auch noch eine Frauenmannschaft aufstellen?«, entgegnete er. Dass die Herren-Nationalmannschaft in jüngster Zeit so schlecht abgeschnitten hatte, diente ihm jetzt also als Argument gegen unser Anliegen. Und es stimmte: Die Männermannschaft war zu einem Spiel in den Iran gereist und hatte dort eine schwere Schlappe einstecken müssen. Die Nachricht ging durch die Medien. »Sie haben unserem Land so große Schande bereitet, dass wir bis heute daran leiden. Und jetzt kommen Sie daher und wollen uns noch mehr Schande machen. Wenn Sie gewinnen, machen Sie uns Schande. Wenn Sie verlieren, machen Sie uns Schande. Sie sehen mein Dilemma.«

Er sah uns mit unbewegter Miene an und machte eine ausladende Handbewegung. »Wir haben einen guten Ruf und einen guten Namen. Ich glaube, es ist für alle besser, wenn sich die Frauen in unserem Land auf die Bildung konzentrieren und ihre Zeit nicht mit Sport vergeuden.«

Damit wandte er sich ab, und unser Gespräch war beendet.

Wir gingen niedergeschlagen nach Hause. Sollten wir nun aufgeben? Es musste doch eine Möglichkeit geben, die Sache noch einmal anders aufzuziehen.

In den nächsten Monaten nahmen wir Kontakt zu weiteren Schulen in der Region auf. Wir warben immer mehr Mädchen an und waren fest entschlossen, nichts unversucht zu lassen. Wir würden es den Fußballbehörden unmöglich machen, uns zu ignorieren. Während unsere Eltern davon ausgingen, dass wir Hausaufgaben machten, besprachen Samira und ich stundenlang, wie wir möglichst viele Mädchen rekrutieren könnten. Wir trafen uns mit ihnen auf dem Weg zur oder von der Schule und gaben ihnen Tipps, wie sie mit ihren Lehrkräften und Eltern sprechen sollten und was sich bei anderen Mädchen schon bewährt hatte. Man könnte das eine Art Coaching nennen – nicht fürs Fußballspielen, aber dafür, wie man sich das Recht erkämpft, Fußball zu spielen.

Als ein neuer Präsident des Fußballverbands ins Amt kam – Keramuddin Karim –, wurden wir erneut vorstellig. Dasselbe Gebäude, derselbe Geruch nach kaltem Schweiß und Zigaretten. Diesmal wählten wir eine andere Strategie: Es brachte nichts, wenn wir das Interesse der Zuständigen dadurch zu wecken versuchten, dass wir vom Wohl der Frauen und Mädchen redeten – das war ihnen einfach egal. Wir mussten sie bei ihrer Profitgier packen.

Karim wirkte wie ein Bandenchef und hatte einen Haaransatz, der aussah, als wollte er sich über den Hinterkopf rückwärts davonstehlen, mit einem Drei- oder Vierfachkinn als Gegengewicht. Karim war wegen zahlreicher Affären berüchtigt. Zuvor hatte er im Verteidigungsministerium gearbeitet, wo er im Ruf stand, Frauen zu belästigen und zu missbrauchen.

Bei dem Treffen sprach ich ausführlich über meine Reise nach Deutschland und darüber, dass ich aus erster Hand erfahren hatte, wie viel Geld und welche Profitmöglichkeiten im Frauenfußball steckten. Der Frauenfußball würde westliche Investoren anlocken; die Gelder könnten in die Männermannschaft fließen, ganz wie es der Verband für richtig hielte. Ich versicherte ihm, dass wir von ihnen so gut wie nichts bräuchten – nur die ausdrückliche Genehmigung, eine Nationalmannschaft aufzubauen und Spielerinnen dafür zu finden. Im Gegenzug brächte ihnen das positive Publicity und gutes Geld.

Als ich fertig geredet hatte, sah er mich mit einem seltsamen Ausdruck an – belustigt und neugierig zugleich.

»Ich kann natürlich nichts zu eurer Unterstützung tun, aber ich werde euch auch nicht aufhalten«, antwortete er.

Das war alles, was wir brauchten.

Kapitel 6

Wenn du Teil eines Teams bist, weißt du: Es kommt auf dich an. Die anderen können sich auf dich verlassen, und du kannst dich auf die anderen verlassen. Du spürst, dass du lebst. Dein Team schießt ein Tor, ihr fallt euch jubelnd in die Arme, und wenn der Ball rollt, ruft ihr euch gegenseitig zu: »Hier bin ich! *Hier*!« Mach die Augen auf.

Die Stürmerin sprintete auf das Tor zu, aber die Torhüterin zwischen den improvisierten Pfosten blieb seelenruhig. Sie war groß gewachsen und hatte hellblondes Haar – nicht gefärbt, sondern Natur. Sie wartete in aller Seelenruhe ab und warf sich dann genau im richtigen Moment in die Schussbahn, parierte den Ball. Man merkte sofort, dass sie Erfahrung hatte. Sie musste von einem echten Trainer gecoacht worden sein.

»Wer bist du? Und wo hast du das gelernt?«, rief ich und rannte zu ihr hinüber.

»Ich bin Dahmina. Ich habe das in Italien gelernt«, antwortete sie lächelnd. Irgendetwas an der Art, wie sie so dastand, faszinierte mich. Sie schien vor nichts Angst zu haben und wirkte, als gehöre sie genau hierher.

Samira kritzelte den Namen auf ihr Klemmbrett. Ich erfuhr, dass Dahmina und ihre Familie nach der Machtübernahme der Taliban aus Afghanistan geflohen waren, genau wie meine Familie und ich. Nur waren sie statt nach Pakistan nach Italien gegangen. Für Dahmina war es auch dort schwierig gewesen, Fußball zu spielen. Ihre Familie war streng religiös. Doch der Fußball war nun einmal Dahminas große Leidenschaft. Wann immer sie konnte, schlich sie sich zum Kicken aus dem Haus. Als sie mit 16 Jahren nach Afghanistan zurückkehrte, erlitt sie denselben Kulturschock wie ich. Im Fußball fand sie Trost und Halt.

Nach unserem Treffen mit Karim, dem Präsidenten des Fußballverbands, war uns klar: Wir mussten nach einer effizienten Methode suchen, um Fußballspielerinnen für uns zu gewinnen. Wir beschlossen daher, ein großes Turnier zu veranstalten. Das schien uns die beste Möglichkeit. Zu dem Zeitpunkt hatten wir bereits das wichtigste Zugeständnis bekommen: Der Verband würde uns keine Steine in den Weg legen. Jetzt konnten wir das Netzwerk zum Einsatz bringen, das wir heimlich, still und leise aufgebaut hatten.

Wir machten Plakate für die Schulen in der Umgebung, kontaktierten weitere Schulen im ganzen Land und versuchten, möglichst viele Frauen zu erreichen, auch wenn uns die Ressourcen fehlten und wir von den Schul- und Behördenleitungen keine Unterstützung bekamen. Auf jedes Plakat und jeden Flyer druckten wir den Namen des afghanischen Fußballverbands, um unserem Anliegen einen seriösen Anstrich zu verleihen. Zu dem Turnier luden wir auch Verbandsfunktionäre ein.

Am Morgen des Turniers kamen wir eine Stunde früher auf dem Schulgelände an, um die Vorbereitungen zu treffen. Rund einhundert Mädchen warteten dort schon. Vor Aufregung umklammerte ich Samiras Hand. Wir notierten die Namen und Adressen und stellten fest: Alle kamen aus Kabul. Somit war das Turnier zwar nicht repräsentativ für ganz Afghanistan, aber es war ein Anfang.

Die wenigen Mitglieder des Fußballverbands, die erschienen, staunten nicht schlecht. Wir sagten ihnen, dass sie sich das Turnier auf ihre Fahnen schreiben und die ganze Arbeit als ihre eigene ausgeben könnten. Sie sollten ruhig die Lorbeeren für die Förderung des Frauenfußballs einheimsen und sich fotografieren lassen, ohne auch nur einen Finger krumm gemacht zu haben. Das würden sie sich nicht nehmen lassen, da waren wir uns sicher. Und wir wussten auch, dass sie dann nicht mehr so einfach einen Rückzieher machen oder uns ihre weitere Zustimmung verweigern konnten.

Wir teilten die Spielerinnen in acht Teams auf, und es ging los. Was die Einzelnen draufhatten, war sehr unterschiedlich. Einige hatten noch nie einen Ball berührt, andere waren Naturtalente, ein paar wenigen war anzusehen, dass sie schon einmal trainiert hatten. Jede aber war ein hohes Risiko eingegangen, nur um dabei zu sein, und alle brannten leidenschaftlich darauf, von ihrem Recht aufs Fußballspielen Gebrauch zu machen. Während des Turniertages drehten Samira, ich und einige Sportlehrerinnen unsere Runden und schauten die Spiele an. Wir trugen alle Spielerinnen, die herausragten, in eine Liste ein. Irgendwann hatten wir genug

Namen zusammen, sodass wir ein 22-köpfiges Team aufstellen konnten.

Am Ende des Tages verlasen wir die Namen der Spielerinnen, die wir bei der ersten Trainingseinheit in der darauffolgenden Woche dabeihaben wollten. Das Turnier war ein voller Erfolg: Endlich konnten wir damit beginnen, eine Nationalmannschaft aufzubauen. Was wir nicht hatten, waren ein Trainer und ein Ort, an dem wir spielen konnten. Deshalb wandten wir uns erneut an den Verband.

Karim war sichtlich verärgert darüber, dass wir jetzt Schwung in die Sache brachten.

»Völlig ausgeschlossen«, sagte er. »Es gibt keinen geeigneten Ort, wo Frauen so ein Spiel betreiben und alle dabei zuschauen können.«

»Was ist mit dem Frauengarten?«, fragte eine der Lehrerinnen. Der Frauengarten in Kabul war ein eingezäunter Park, zu dem nur Frauen und Jungen unter neun Jahren Zutritt hatten. Wege schlängelten sich zwischen Blumenbeeten und Bäumen. Auf dem Gelände befanden sich auch Schulungsräume, Geschäfte und Fitnessstudios, die allesamt von Frauen betrieben wurden.

»Da gibt es keinen Fußballplatz«, gab ich zu bedenken. »Allerdings einen Tennisplatz.«

»Na gut«, sagte Karim und schob die Papiere beiseite als Zeichen, dass die Besprechung damit beendet war. »Aber das Netz darf nicht abgebaut werden.«

In der Zeit nach dem Turnier traf ich mich regelmäßig mit einer Gruppe von Sportlehrerinnen, um das weitere

Vorgehen zu besprechen. Abends setzte ich mich mit Samira zusammen und entwickelte mit ihr einen Plan.

Wir wollten das Team nach dem Top-down-Prinzip zusammenstellen. In den meisten Ländern gibt es im Breitensport ein etabliertes Ligasystem, in dem Mannschaften aus dem ganzen Land vertreten sind. Teams treten auf lokaler Ebene gegeneinander an, und am Ende spielen die besten Mannschaften gegeneinander – das gilt auch für Schulmannschaften. In westlichen Ländern werden Spielerinnen für die Nationalmannschaft aus semiprofessionellen und professionellen Mannschaften rekrutiert. Eine solche Infrastruktur hatten wir nicht. Wir mussten den umgekehrten Weg gehen und das Renommee einer anerkannten Nationalmannschaft nutzen, um die Frauen an der Basis zu stärken. Wir planten, zunächst mit der A-Nationalmannschaft zu beginnen und sie dann durch Jugendmannschaften zu ergänzen. Zu diesem Zweck wollten wir regelmäßig Sportfeste und Turniere veranstalten, um Spielerinnen verschiedener Altersgruppen zu finden.

Ein paar Tage nach unserem Gespräch mit Karim gingen Samira und ich zu dem Tennisplatz in einer Ecke des Frauengartens.

»Das reicht fürs Erste«, fand Samira.

Und so starteten wir mit dem Training. Anfangs waren die Frauen schüchtern und gehemmt. Ganz offensichtlich waren sie unsicher, ob sie uns oder einander vertrauen konnten. Sie waren es gewohnt, dass alles, was sie taten, genau beobachtet wurde, und befürchteten, ihre Familien könnten erfahren, was sie da im Frauengarten machten. Doch mit jeder Trainingseinheit wurden sie entspannter und fingen allmählich an, aus sich herauszugehen. Sie wurden lauter und redeten bald nicht nur über Fußball.

Eines Tages erschien ein Mädchen namens Damsa sichtlich verstört zu einer der Trainingseinheiten. Sie war eine starke und sehr fähige Linksverteidigerin. Als wir fragten, was los sei, erzählte sie uns, ihr Bruder habe sie geschlagen, weil sie zum Fußball gehen wollte, bevor sie mit dem Abwasch fertig war. Sie sei ihm entwischt und habe es zum Training geschafft, aber sie wisse nicht, was sie erwarte, wenn sie nach Hause komme. Die anderen Mädchen nickten verständnisvoll und brachten ihr Mitgefühl dadurch zum Ausdruck, dass sie den Bruder heruntermachten. »Dieses Arschloch«, sagte Samira zornig. Die Mädchen sahen sie erstaunt an. »Ja, genau: Arschloch«, wiederholte Damsa, und die anderen brachen in Gelächter aus.

Ein anderes Mal meinte eines der Mädchen, sie wisse nicht, wie ihre Verwandten reagieren würden, wenn sie dahinterkämen, dass sie Fußball spiele. Es könne sein, dass man sie dann bestrafe, weil sie der Familie Schande bereite. Wieder einmal wurde mir bewusst, was für ein Glück ich mit meiner Familie hatte. Meinem Vater entging es nicht, wenn Samira und ich keine Hausaufgaben machten, sondern stattdessen Trainingseinheiten planten. Wenn wir ihm dann weismachen wollten, dass wir gerade Physik lernten, nickte er und lächelte vielsagend. Mir brach es das Herz bei dem Gedanken, dass die anderen Mädchen zu Hause von ihren

Vätern und Brüdern geschlagen wurden und ihre Mütter und Schwestern dabei zusahen.

Manche Mädchen berichteten auch von ersten Ehearrangements, die ihre Familien planten. Wir alle hatten Angst, womöglich schon in jungen Jahren in eine Ehe gedrängt zu werden. Wir tauschten uns über unsere Träume, Ängste und Erfahrungen aus, machten uns gegenseitig Lösungsvorschläge und rieten zur Hinhaltetaktik. Ich überlegte laut, welche Möglichkeiten ich mir ausdenken würde, wenn jemand für mich ein Treffen mit einem Heiratskandidaten arrangieren würde: Ich würde mich verspäten und unhöflich benehmen, damit der Mann das Interesse verlöre.

Einige Mädchen versuchten ihre Familien davon zu überzeugen, dass sie eine Ausbildung bekommen sollten, statt so jung verheiratet zu werden. So könnten sie ihre Familie vor Armut schützen, falls ihren Ehemännern, Brüdern oder Vätern etwas zustoßen sollte. Was bei dem einen Mädchen half, konnte auch anderen Mädchen helfen. Deshalb tauschten wir uns über Strategien aus.

Weil wir nie wussten, was uns die Zukunft brachte, war die Zeit auf dem Spielfeld für uns umso kostbarer und beglückender. Der Fußballplatz wurde für uns ein Zufluchtsort, wo wir Spielerinnen wir selbst sein konnten, weit weg von den erdrückenden gesellschaftlichen und familiären Erwartungen. Wir alberten herum und waren ausgelassen. Wir nahmen unsere Hidschabs ab und ließen uns den Wind durch die Haare wehen. Ob auf dem Platz oder außerhalb – wir coachten uns gegenseitig. Die zentrale Figur war Samira.

Beim Fußballspielen gab sie ihr Wissen an uns weiter, und auch wenn wir nicht spielten, war ihre besonnene Art gefragt.

Allmählich kristallisierte sich eine Startelf heraus. Nach einer Trainingseinheit sagte ich zu Dahmina, dass wir sie gerne als Torhüterin aufstellen würden. Ich sah, wie ihr die Tränen kamen. Wir kannten sie als Frohnatur. Wenn es etwas zu lachen gab, war Dahmina garantiert mittendrin. Tiefere Gefühle zeigte sie nur selten. Außerhalb des Frauengartens waren unsere Gesichter unter Burkas oder Hidschabs versteckt, aber an diesem nur für Frauen zugänglichen Ort konnten wir unsere Vermummung ablegen, sodass ich die Tränen sehen konnte, die über Dahminas Wangen liefen. Es waren Tränen der Freude, aber auch des Kummers. Ihre Familie wusste immer noch nicht, dass sie Fußball spielte.

An diesem Abend ging ich zu meiner Mutter. Ich bat sie, mit den Eltern einiger Spielerinnen, darunter Dahmina, zu sprechen. Mir war nicht wohl dabei. Vielleicht hielt sie es für gefährlich, wenn wir die Familien mit den fußballerischen Aktivitäten ihrer Töchter konfrontierten. Bislang hatte sie uns immer bereitwillig unterstützt, aber irgendwann würde es vielleicht eine Grenze für sie geben.

Meine Mutter rieb sich die Augen; Erschöpfung und Skepsis standen ihr ins Gesicht geschrieben.

»Also gut«, sagte meine Mutter. »Versuchen wir es.«

Dahminas Familie saß schweigend vor uns. Alle Blicke waren auf uns gerichtet.

»Ich habe nur eine Tochter«, begann meine Mutter. »Wenn ich das Gefühl hätte, Fußballspielen sei zu gefährlich für sie, würde ich sie nicht spielen lassen. Genau das Gegenteil ist der Fall: Der Sport hilft ihr in vielen Bereichen – beim Lernen ebenso wie im sozialen Miteinander.«

Die Angehörigen schauten irritiert auf die drei Frauen, die da in ihrem Wohnzimmer saßen: meine Mutter, Dahmina und ich. Als wir von Dahminas Talent sprachen, fielen sie aus allen Wolken. Dabei sparten wir natürlich das meiste von dem aus, was uns zu ihnen geführt hatte. Wir baten nur darum, dass Dahmina mit ihrem Einverständnis mitmachen durfte. Wir betonten, dass die Initiative von Frauen ins Leben gerufen worden sei. Sie bringe Frauen zusammen und ermutige sie zu gegenseitiger Unterstützung. Die Aktion richte sich nicht gegen Männer.

Der Gesichtsausdruck von Dahminas Vater war schwer zu deuten. Er hörte ruhig zu, doch es lag eine unbehagliche Spannung in der Luft.

»Huren seid ihr!«, schrie er plötzlich. »Ihr habt Schande über eure eigenen Familien gebracht und kommt jetzt hierher, um meine Tochter in die Prostitution hineinzuziehen. Verschwindet – sonst zeig ich euch, was die Männer in eurer Familie schon längst hätten tun sollen.«

Einen Moment lang saßen wir wie in Schockstarre da.

»Raus hier, habe ich gesagt!«

Während er wild gestikulierte, standen Dahminas Brüder auf und bauten sich neben ihrem Vater auf. Mit erhobenen

Händen – als würden wir uns ergeben – verließen wir fluchtartig das Haus, sie schickten uns Flüche hinterher. Aus dem Augenwinkel konnte ich noch Dahminas versteinerten Blick sehen. Ich wusste: Andere Mädchen waren brutal geschlagen worden, als ihre Familien erfahren hatten, dass sie Fußball spielten.

Auf dem Rückweg nach Hause hielt meine Mutter meine Hand fest. Sie zitterte, aber ich konnte nicht sagen, ob vor Wut oder aus Angst. Wir gingen schweigend nebeneinanderher und erzählten daheim meinem Vater nichts von unserem Erlebnis.

Wie erwartet, fehlte Dahmina beim nächsten Training. Eines der anderen Mädchen ging zu ihrer Schule und brachte in Erfahrung, dass sie zwar am Unterricht teilgenommen hatte, aber von ihren Brüdern zur Schule gebracht und abgeholt worden war. Mit Dahmina direkt Kontakt aufzunehmen, schien uns zu riskant. Wir hatten Angst, dadurch würde die Situation für sie nur noch schlimmer. Also beschlossen wir, nichts zu überstürzen. Es gab drei weitere Familien, mit denen wir darüber sprachen, dass ihre Töchter in der Mannschaft mitspielten. Zwei von ihnen blieben höflich, verboten ihren Töchtern aber weiterzuspielen. Eine Familie ließ sich von den Argumenten meiner Mutter überzeugen.

Die folgenden Wochen hatten es in sich: Wir trainierten einmal pro Woche, dazu die Spiele, die wir in der Schule bestritten, und ich musste für meine Abschlussprüfungen lernen. Ich fand kaum Zeit, um eine Pause einzulegen und etwas zu essen. Außerdem versuchte ich, alles zu lesen, was ich über Fußballtraining auftreiben konnte. Je intensiver ich mit unserem Team trainierte, umso mehr war ich von der Kraft des Fußballs überzeugt. Beim Fußballspielen gewannen wir das Vertrauen zurück, das die Taliban zerstört hatten. Ich stürzte mich mit noch größerer Begeisterung ins Training und verlangte den Spielerinnen immer mehr ab. Wenn wir höher hinauswollten, mussten wir uns weiterentwickeln und unser Bestes geben.

Eines Tages wartete ich auf Samira, die mir bei einem Training helfen sollte, aber sie kam nicht. Ich war genervt. »Hat jemand etwas von Samira gehört?«, fragte ich die anderen Mädchen. Sie schüttelten den Kopf.

Ein paar Tage später begegnete ich ihr in der Schule. Sie versuchte, mir auszuweichen, drehte sich um und wollte weglaufen.

»Wo warst du?«, fragte ich wütend. »Wir sind so nah am Ziel – wir können jetzt nicht aufhören.«

»Bitte«, antwortete sie mit belegter Stimme. »Bitte lass mich.« Aus ihren Augen war jede Lebensfreude verschwunden. »Mein Vater ist dahintergekommen.«

Unwillkürlich streckte ich die Hand nach ihr aus, um sie mitfühlend am Arm zu berühren, aber sie wich zurück.

»Ohne unsere Spielmacherin sind wir keine Mannschaft«, sagte ich und versuchte, sie anzulächeln. »Wer soll denn die Pässe schlagen und annehmen?«

Sie schüttelte nur den Kopf und wollte weg.

»Du und Dahmina, ihr seid unsere besten Spielerinnen.«

Sie blieb stehen, drehte sich um und warf mir einen Blick zu, der mir einen kalten Schauer über den Rücken jagte.

»Khalida«, sagte sie in einem ganz anderen Tonfall. Ihre Stimme war leise und niedergeschlagen. »Du weißt es noch nicht, oder?«

Dahmina hatte sich ihren Eltern widersetzt, als sie zum Turnier gekommen war, um sich für die Nationalmannschaft zu qualifizieren – obwohl ihre Eltern schon den Schulfußball verboten hatten. Doch Dahmina wollte unbedingt spielen. Sie hatte sich dann heimlich zu den Trainingsterminen geschlichen und behauptet, sie sei in der Schule oder zum Lernen bei einer Freundin. Seit ihre Eltern davon wussten, nahmen sie ihr alle Freiheiten, sperrten sie zu Hause ein und schlugen sie gnadenlos. Sie wollten ihren Willen brechen. Mit dem Hausarrest und dem Fußballverbot nahmen sie ihr jegliche Freude und Zuversicht. Fußball war das Einzige, was Dahmina daran glauben ließ, dass es für sie mehr gab als Heirat, Kinder und ein Leben in Gehorsam und Unterwerfung.

Wir waren nicht dabei, als es passierte, aber wir hörten alle davon. Es war eine Warnung an Mädchen und junge Frauen, die es wagten, mehr zu wollen als das, was die afghanische Gesellschaft uns zugestand. Den Erwachsenen war es recht, wenn sich herumsprach, was passiert war.

Nachdem Dahminas Eltern ihr den Fußball verboten hatten, nahm sie Benzin, übergoss sich damit und zündete sich an. Es war das Letzte, was sie selbst bestimmen konnte. Wenn sie schon nicht über ihr Leben bestimmen konnte, wollte sie immerhin über ihren Tod bestimmen.

Einige Wochen nach Dahminas Beerdigung, zu der wir nicht gehen durften, rief mich eines Abends auf meinem ersten eigenen Handy ein Junge an. Ich hatte ihn beim Badmintonspielen kennengelernt. Ohne groß darüber nachzudenken, griff ich im Beisein meiner Eltern zum Handy und telefonierte mit ihm. Nach dem Telefonat war meinem Vater sogleich deutlich anzumerken, dass der Anruf ihm nicht recht war. Ich versuchte zu erklären, es sei nur um etwas ganz Harmloses gegangen, aber mein Vater schüttelte den Kopf.

»Zu viele, Khalida. Du überschreitest zu viele rote Linien.« Ich wollte wissen, was er damit meinte. »Genug ist genug. Es ist Zeit, das Ganze zu beenden und dich aufs Lernen zu konzentrieren.« Ich fragte ihn noch einmal, worauf er hinauswollte.

»In der Schule Fußball spielen – das ist gerade noch in Ordnung. Aber zu Konferenzen, Treffen, Turnieren ins Ausland fahren und diese anderen Mädchen aufreiben mit dem Versprechen, dass sie in der Mannschaft mitspielen – das wird zu viel.« Zu viele Leute wüssten davon, sagte er zur Begründung. Ich würde mich immer größeren Gefahren aussetzen. Er wollte, dass ich zurücksteckte und mich bemühte, auf die Universität zu kommen. In unserer Gesellschaft, in unserer Welt werde der Sport mich nicht weiterbringen; er biete wenige Möglichkeiten und keine Sicherheit. Zu Hause sei ich immer gut aufgehoben, aber draußen lauerten überall Gefahren.

Traditionell waren die Frauen in meiner Familie bereits verheiratet oder standen kurz vor der Hochzeit, als sie so alt waren wie ich damals. Ich spielte stattdessen Fußball, reiste allein und mischte mich in Diskussionen ein. Ich wollte damit zeigen, dass es für Frauen noch andere Lebensentwürfe gibt. Ich handelte gegen die traditionellen Erwartungen – auch gegen die Erwartungen meiner eigenen Verwandtschaft.

Ich bemühte mich um das Verständnis meiner Mutter, wollte mit ihr reden, um zu begreifen, was vor sich ging. »Familie ist Familie.« Das war alles, was sie sagte. Ich hatte den Eindruck, dass Gerüchte über mich im erweiterten Familienkreis die Runde machten und Verwandte Druck auf meine Eltern ausübten, damit sie mich zur Räson brächten.

Als ich am nächsten Tag wie gewohnt zum Training aufbrach, rief mein Vater mich zu sich. Er erlaubte mir nicht, zu gehen. »Warum nicht?«, protestierte ich. Und dann sagte er etwas, was ich ihn noch nie hatte sagen hören: »Ich bin der Herr im Haus. Mit meinem Geld ermögliche ich euch eure Freiheiten. Ich habe das Sagen, und ich muss an die ganze Familie denken.«

Ich war fassungslos. Zum ersten Mal fielen mir die Erschöpfung und Verzweiflung in seinen müden Gesichtszügen auf. Ich fragte mich, was er wohl alles über mich zu hören bekommen hatte. Ich wusste: Er hatte mich immer wieder verteidigt, aber jetzt brauchte ich doch seine Unterstützung mehr denn je.

»Du hast alles riskiert, damit ich eine Ausbildung bekomme und Freiheiten habe, und jetzt verwehrst du mir ausgerechnet all das, was du mich gelehrt hast?«, fragte ich aufgebracht. »Du verbietest mir, zu tun, was ich tun möchte, nur weil du mein Vater bist, weil du Angst hast, dass mir etwas zustoßen oder ich mein Leben verlieren könnte. Aber in Afghanistan ist es *nirgendwo* sicher. Alles, was ich mache, ist gefährlich. Weil ich Fußball spiele, kann ich abgeknallt, belästigt, misshandelt oder getötet werden, aber das Gleiche kann passieren, wenn ich einfach nur zur Schule gehe oder über die Straße laufe. Es gibt immer ein Risiko. Dieses Land ist gefährlich. Egal, wie du lebst – selbst wenn du verheiratet bist und immer nur zu Hause hockst, kann dich die Gewalt jederzeit einholen. Wir geben nicht einfach auf und legen die Hände in den Schoß, nur weil es gefährlich ist. Sonst würden wir überhaupt nichts mehr tun.«

Es war egal, was ich sagte – er ließ nicht mit sich reden. Er schickte mich auf mein Zimmer. Dort solle ich so lange bleiben, bis er mich rufen würde.

Ich hatte das Gefühl, als würden Gitterstäbe vor den Fenstern angebracht und die Türen abgeschlossen. Mein Vater drohte mir meinen wichtigsten Lebensinhalt wegzunehmen. Ich wollte mich nicht mit ihm streiten und dieselben Konflikte ausfechten müssen wie meine Teamkameradinnen mit ihren Familien. Ich sah auch, was ich allen Menschen um mich herum zumutete. Doch für mich fühlte es sich an, als würde mir alles aus der Hand gerissen, worauf ich hingelebt hatte. Das Leben schien mir nichts mehr wert. Meine Seele wurde mir genommen – wieso also sollte mein Körper weiter existieren?

Leise schlich ich in den Flur zu dem Schrank, wo diverse Medikamente aufbewahrt wurden, und griff mir alles, was ich finden konnte. Als meine Mutter mich wenig später fand, war ich bewusstlos.

Im Krankenhaus wurde mir der Magen ausgepumpt. Mein Gesicht war aufgedunsen. Ich schlief und schlief, wochenlang – und jedes Mal, wenn ich aufwachte, saß meine Mutter an meinem Bett und schaute mich an.

Kapitel 7

Da gibt es diesen Moment, in dem du spürst: Ihr seid dabei, ein Team zu werden. Dieses Gefühl hat etwas Magisches. Wie wenn du singst, tanzt oder dich verliebst. Dieses Gefühl entsteht, wenn du dich verwundbar machst, wenn du Vertrauen zeigst, dein Bestes gibst und dich bedingungslos auf andere verlässt. Mach die Augen auf.

»Hey! Pass zu mir rüber!«

Maryam rannte und fuchtelte mit den Armen, aber der Pass kam nicht. Sie gab auf, blieb stehen und verschränkte die Arme, während eine Gegnerin den Ball ins Aus klärte.

»Was macht die denn?« Maryam schüttelte den Kopf über eine Mitspielerin.

»Coach!«, rief ich und ging zur Seitenlinie, wo eine Gestalt mit dunkler Brille und Baseballcap saß. »Coach?«, wiederholte ich, als ich näherkam.

Er schrak hoch, und ich begriff: Er hatte geschlafen.

Seit meiner Rückkehr aus dem Krankenhaus hatte ich nur selten mittrainiert. Mein Vater hatte das Thema Fußball nicht mehr angeschnitten. Wir sprachen zwar nie mehr ausdrücklich darüber, aber ihm war wohl klar geworden, dass ich mich auf keinen Fall von meinem Ziel abbringen lassen würde. Wahrscheinlich hatte meine Mutter ein Wort für mich eingelegt.

Es gab noch etwas Positives: Ich erfuhr, dass unsere Nationalmannschaft zu ihrem allerersten internationalen Spiel eingeladen wurde – und zwar nach Pakistan, als Gastmannschaft in einem kleinen, gerade erst ins Leben gerufenen Turnier. Das war unser bisher größter Sieg.

Mittlerweile erhielten Verbände weltweit von der FIFA höhere Zuwendungen für den Frauenfußball, sodass dieser in vielen Ländern steigende Zahlen verzeichnete. Pakistan war schon einen Schritt weiter als wir; dort gab es bereits eine nationale Liga für Frauen.

Die FIFA hatte für uns dieses erste Turnier in Islamabad arrangiert. Das Wichtigste dabei war, dass der afghanische Fußballverband – und sei es nur, um das Gesicht zu wahren – zumindest den Anschein erwecken musste, dass er ein bisschen Basisarbeit leistete, indem er zum Beispiel erstmals einen Trainer für uns engagierte.

Schon nach den ersten 15 Trainingsminuten war mir klar, in welche Richtung das Ganze lief. Unser neuer Trainer hatte in der afghanischen Liga Fußball gespielt. Er sah gut aus, war durchtrainiert und sich dessen sehr bewusst. Statt wenigstens so zu tun, als ginge es ihm um unser Training, nutzte er die erste Einheit zum Socializing, flirtete mit Spielerinnen und musterte unverhohlen ihre Körper, während sie Dehnübungen machten.

»Coach«, sprach ich ihn an. »Wie sollen wir spielen?«

Er blickte einen Moment lang verdutzt drein, als hätte er völlig vergessen, warum er eigentlich hier war.

»Oh, ich bin sicher, ihr werdet fantastisch spielen«, antwortete er und starrte auf die Beine einer Spielerin. »Einfach fantastisch.«

Die vergangenen Monate ohne Samira und Dahmina waren für mich einsam und freudlos gewesen. Ich hatte gehofft, Samira würde irgendwie zum Fußball zurückfinden. Aber daraus wurde nichts. Jedes Mal, wenn ich sie sah, war sie durch einen männlichen Verwandten abgeschirmt. Mir wurde klar: Man kann jemanden in der Versenkung verschwinden lassen, auch ohne ihm physisch etwas anzutun.

Erfreulich dagegen war, dass ich mich mit Maryam näher befreundete. Je mehr Zeit ich mit ihr verbrachte und je enger unsere Freundschaft wurde, umso mehr baute ich auf sie. Sie war klein, kräftig und schnell. Auf dem Gelände des Waisenhauses, in dem sie aufgewachsen war, hatte sie mit den Jungs dort Fußballspielen gelernt. Ihre Familie lebte in den Bergen und konnte sie nicht ernähren. Deshalb war sie ins Waisenhaus gekommen. Wenn sie ihre Familie besuchte, stärkte sie auf dem langen Weg zu Fuß dorthin gleichzeitig ihre Muskeln. Sie war ein Wirbelwind, eine draufgängerische Flügelspielerin mit staubtrockenem Humor und wetterte ständig gegen die Männer. Wenn sie unseren neuen »Playboy-Trainer« nachahmte, lachten wir Tränen.

Beim bevorstehenden Turnier in Islamabad sollten wir acht Spiele gegen Teams der pakistanischen Frauenliga austragen.

Wir trainierten hart, damit wir für unser erstes internationales Turnier gut vorbereitet waren. Doch ich wurde das Gefühl nicht los, dass unser Trainer die Spielerinnen eher danach aussuchte, wen er mochte und wer über seine Witze lachte, und dass es ihm nicht um die bestmögliche Aufstellung ging. Das einzig Gute war: Er verbrachte nur das absolute Minimum an Zeit mit uns.

Es war alles andere als einfach, unseren Familien das Einverständnis für die Reise abzuringen. Einige Spielerinnen gaben ihren Eltern erst Bescheid, als sie schon unterwegs waren, andere sagten es ihnen überhaupt nicht. Es wurden Pläne geschmiedet, bei denen wohlgesonnene Verwandte – meist Frauen, also Tanten, Schwestern und Mütter – eingespannt wurden, um die abwesenden Spielerinnen zu decken. Wir reisten einige Tage früher los, damit wir Zeit zum Trainieren und Vorbereiten hatten.

Als wir am Jinnah-Stadion in Islamabad ankamen, bestaunten wir das riesengroße Feld und die fast 50.000 knallbunten Sitzplätze. Unsere Torhüterin stellte sich in eines der Tore und versuchte, mit einem Sprung bis an die Querlatte zu kommen – vergeblich.

»Das ist eine andere Hausnummer als der Tennisplatz, oder?«, meinte ich, und die Torhüterin verzog das Gesicht.

Wir staksten über die Laufbahn, die um das Spielfeld herumführte, und schlitterten wie auf Eis. Wir hatten noch nie Stollenschuhe getragen. Der Fußballverband hatte sie für uns besorgt, ohne vorher unsere Schuhgrößen abzufragen. Meine Schuhe drückten mir den kleinen Zeh ab.

Für das Turnier bekamen wir zum ersten Mal eine richtige Ausrüstung.

Das erste Training in Pakistan dauerte ungefähr eine halbe Stunde. Unser Trainer blieb gerade lange genug, um sich einen Scherz über eine der Spielerinnen zu erlauben, die er als geborene Stürmerin bezeichnete, während er auf ihre Brüste starrte. Beschämt verschränkte sie die Arme. Einige Spielerinnen lachten nervös. Dann zog er los, um Mitbringsel für Frau und Kinder zu shoppen.

Kurz bevor er aufbrach, unterhielt er sich noch intensiv mit einer der Frauen, die uns begleiteten. Nach dem Gespräch kam sie zu mir und meinte: »Die Trikots sind durchsichtig.« Sie hatte tatsächlich recht: Das Material war so dünn und qualitativ so schlecht, dass wir die Trikots auf keinen Fall ohne eine weitere Kleidungsschicht darunter tragen konnten.

Da unser Trainer nicht anwesend war – und uns auch dann nichts beibrachte, wenn er denn anwesend war –, coachten wir uns selbst. Wir hatten keine Ahnung, wie es in dem Spiel zugehen würde, und verbrachten die Zeit bis dahin damit, uns an das Spielen auf einem Platz mit Normalgröße zu gewöhnen. Wir rannten uns die Seele aus dem Leib, blieben auf unseren Positionen und hielten die richtigen Abstände zueinander. Ehe wir uns versahen, war es auch schon so weit: Wir traten zu unserem ersten Spiel an.

Wir waren, ehrlich gesagt, verängstigt. Die riesige Grasfläche schüchterte uns ebenso ein wie die Tore, die uns mit ihren weit aufgerissenen Mäulern zu verschlingen drohten. Wir betraten zitternd das Spielfeld und schwitzten bereits unter den zwei Kleidungsschichten. Das Stadion war leer, es waren keine Zuschauer gekommen. Frauenfußball war auch hier ein Sport, von dem kaum jemand wusste, dass er überhaupt existierte, und der erst recht niemanden interessierte. Außer den Verbandsfunktionären und der Turnierleitung war niemand da. Obwohl ich mit meinen Teamkolleginnen zusammen war, fühlte ich mich in diesem Moment entsetzlich einsam. Unsere Trikots waren zwar leicht, aber das Abzeichen darauf war eine schwere Bürde. Was machten wir hier? Was hatten wir uns nur gedacht? Wie um Himmels willen kamen wir dazu, volle 90 Minuten auf so einem Riesenfeld zu spielen? Gegen eine pakistanische Vereinsmannschaft, die so viel erfahrener war als wir? Der Druck, uns beweisen zu müssen, nahm mir meine ganze Freude am Fußballspielen. Wir waren weit weg von zu Hause und widersetzten uns immer wieder den gesellschaftlichen Erwartungen, aber hier fühlte es sich so an, als seien wir zum Scheitern verurteilt. Wir durchlebten ein Wechselbad der Gefühle, waren verlegen, eingeschüchtert, frustriert, nervös.

Doch als aus den knisternden Lautsprechern die ersten Töne der afghanischen Nationalhymne erklangen, schlug die Stimmung in unseren Reihen um. Stolz durchströmte uns und jagte uns ein Kribbeln von den Zehen bis zum Scheitel durch den Körper. Ich blinzelte, und Tränen liefen mir die Wangen hinunter. Die Nationalhymne holte mich auf den Boden zurück. Ich fühlte mich meinem Heimatland Afghanistan enger verbunden als je zuvor. Die Flagge meines Landes wurde gehisst und ließ mein Herz ebenfalls fliegen. Ich stand im Nationalstadion von Pakistan. In diesem Land hatte ich prägende Jahre verbracht, es war eine Zeit lang mein Zuhause gewesen. Den ganzen Frust und Ärger über die vielen Steine, die uns in den Weg gelegt worden waren, die Wut auf all jene, die Frauen und Mädchen das Fußballspielen verboten, wandelte sich in Energie für den bevorstehenden Kampf um.

Im Moment des Anpfiffs war alles andere vergessen. Die Geräusche außerhalb des Spielfelds drangen nicht mehr zu mir durch. Ich fühlte mich wie in einer Blase, die erst durch den Schlusspfiff platzte. Wir machten kein gutes Spiel. Es fehlte uns an Technik und Können, und unsere Kondition war gleich null, aber wir waren mit Herzblut dabei. Wir rannten unermüdlich – und das in Schuhen, die nicht passten, in Trikots, die rissen und an der Seitenlinie gewechselt werden mussten. Wir rannten und rannten, bis uns fast die Puste ausging.

»Das war nicht witzig«, lautete Maryams Kommentar.

Unser Team saß nach dem Spiel in meinem Hotelzimmer. Die Spielerinnen schauten verdrossen und hingen in den Seilen wie Soldaten nach einer verlorenen Schlacht. Am Ende verloren wir mit 0:4 – das tat weh. Wir hatten nicht die leiseste Ahnung, wie wir gegen ein Team bestehen sollten, das viel besser trainiert war als wir. Wir wussten nicht, wo wir auf dem Spielfeld stehen oder laufen sollten. Wir jagten dem Ball über das ganze Spielfeld hinterher, während die Gegnerinnen in aller Ruhe an uns vorbeizogen. Als Verteidigerin wäre es eigentlich meine Aufgabe gewesen, die gegnerische

Mannschaft am Torerfolg zu hindern, aber die Gegenspielerinnen waren zu schnell. Wenn eine von uns dem Ball hinterherrannte, riss sie eine Lücke, die sofort von einer Mitspielerin hätte geschlossen werden müssen. Ein Spiel auf dem Platz ist eben etwas ganz anderes als ein Spiel auf dem Reißbrett. Als wir ein Tor nach dem anderen kassierten, sah ich, dass meine Mitspielerinnen Tränen der Enttäuschung und Demütigung zurückhielten. Das einzig Positive war, dass keine von uns aufsteckte. Wir rannten immer weiter, starteten immer neue Versuche, und ich spürte unsere geballte Kraft, aber im Augenblick war ich wütend, dass wir diese Kraft nicht nutzten.

Ich verließ den Raum und ging den Flur entlang zum Zimmer unseres Trainers. Ich konnte leises Gemurmel und Gelächter hören. Beides verstummte, als ich an die Tür klopfte. Nach einer langen Pause ging die Tür auf, und der Coach streckte seinen Kopf heraus. Sein Gesicht war gerötet. »Ach, du bist es, Khalida«, sagte er. »Was kann ich für dich tun?« Er zwinkerte verschwörerisch.

»Du kannst uns trainieren«, antwortete ich. »Wir wussten nicht, auf welchen Positionen wir stehen und wohin wir laufen sollten. Erklär uns, worauf es ankommt, zeig uns eine Strategie, eine Formation, irgendetwas.«

Als ich lauter wurde, blickte er den Flur entlang. Sein Gesichtsausdruck verhärtete sich. Er trat auf mich zu und zog die Tür ein Stück hinter sich zu.

»Darauf kommt es nicht an«, sagte er.

»Wie bitte?« Ich war geschockt.

»Wie ihr euch aufstellt und wo ihr langrennt, eure Taktik und so weiter, das ist alles egal. Es spielt auch keine Rolle, ob ihr gewinnt oder verliert. Egal, was passiert – ihr werdet im Westen gefeiert und in der Heimat Schande über euch bringen. Und ich werde hier so lange festhängen, bis der Verband mich nicht länger bestraft und mir einen richtigen Job gibt.« Dann setzte er wieder ein Lächeln auf. »Mein Tipp: Geh schlafen.« Er wedelte mich mit der Hand weg. »Erholung ist wichtig.«

Mit diesen Worten schlug er mir die Tür vor der Nase zu. Ich hörte, wie sich jemand auf einem Bett bewegte, dazu leises Gelächter.

Ich ging zu den anderen zurück. An diesem Abend entwickelten wir selbst einen Spielplan. Allen im Raum war klar: Wir hatten keine Strategie und verstanden auch nicht wirklich etwas von Taktik. Wir wussten nur eines: Wir mussten bis zur letzten Minute kämpfen und durften nicht aufgeben. Egal, wie hart es werden würde und wie das Ergebnis ausfiel – wir würden uns gegenseitig unterstützen und füreinander einstehen. Wir diskutierten darüber, wo wir als Gruppe standen und wo wir hinwollten, und kamen zu dem Fazit, dass unsere jüngste Niederlage nur eines von mehreren Spielen war, bei denen es um nichts Endgültiges ging. Wir stellten uns auf weitere Demütigungen ein und waren gleichzeitig entschlossen, unsere Schwächen auf keinen Fall zu zeigen. Wir würden weder Tränen vergießen noch verlegen sein. Wir würden einfach unser Bestes geben und füreinander weiterkämpfen.

Am nächsten Tag traten wir wieder zu einem Spiel an – diese Vereinsmannschaft war nicht ganz so spielstark wie die am Vortag. Unsere Pässe kamen an, das war schon mal gut für unsere Verhältnisse. Unsere Strategie war schlicht: den Ball nach vorne bringen und keinen Treffer kassieren.

Das klingt naiv und amateurhaft, und eigentlich war es das ja auch. Einige von uns hatten Grundkenntnisse und brachten ein gewisses Spielverständnis mit, aber wir hatten bis dahin noch nie eine Taktik gegen einen echten Gegner angewandt. Unseren Trainer hatten wir abgeschrieben; er zog sich regelmäßig mit einer unserer Begleiterinnen in sein Hotelzimmer zurück. Wir sagten ihm, er solle sich amüsieren und uns einfach machen lassen. Wie man Fußball spielt, mussten wir eben im Spiel lernen. Auf keinen Fall durften wir den Gegnerinnen am Trikot reißen und einen Platzverweis kassieren. Wir konnten es uns nicht leisten, eine Spielerin weniger zu haben. Diejenigen unter uns, die wenigstens etwas Trainingserfahrung hatten, versuchten, eine Führungsrolle zu übernehmen und Autorität auszustrahlen, aber im Grunde wussten wir nicht, was wir taten.

Diesmal verspürte ich eine stille Entschlossenheit, als die Nationalhymne erklang. Dann erfolgte der Anpfiff.

»Mist«, sagte Maryam nach der Partie. »Aber schon weniger Mist als beim letzten Mal.«

Es stimmte. Wir hatten das Spiel verloren, aber immerhin es verdient, überhaupt mit der anderen Mannschaft auf dem Platz zu stehen. Mit schmerzenden Gliedern schleppten wir uns zu Bett, fest entschlossen, beim nächsten Match noch besser zu spielen.

Vor unserem dritten Spiel überkam mich eine seltsame Gelassenheit, als hätten wir uns inzwischen daran gewöhnt, auf dem Platz zu stehen. Kurz vor Anpfiff ließ ich den Blick über meine Mitspielerinnen schweifen und sah, dass sie eine forsche Körperhaltung einnahmen und kaum erwarten konnten, dass das Spiel losging.

Wir wussten: Es musste endlich ein Sieg her. Der Druck war so groß und das Turnier körperlich und emotional so fordernd, dass einige von uns sich vor dem Spiel übergeben hatten. Wenn wir verlieren würden und beschämt und blamiert nach Afghanistan heimfuhren, würden wir sicher nie wieder spielen. Wir mussten uns selbst, unseren Familien und unserem Land beweisen, dass die Opfer, die wir gebracht hatten, nicht vergeblich waren.

Und dieses Mal spielten wir tatsächlich viel besser, alles passte zusammen. Wir wussten: Wir durften keine Gegentore zulassen und mussten in der Defensive als Team agieren. Wir motivierten und pushten uns gegenseitig; jede von uns war Kapitänin. Es ging hart zur Sache, und wir steckten eine Menge Blessuren ein, aber wir spielten weiter.

Am Ende war mein Oberschenkel voller Blutergüsse, weil unter der Haut irgendetwas gerissen war. Der Arzt empfahl mir, nicht zu spielen, aber ich lehnte ab: »Das geht nicht. Ich muss spielen.«

Unsere Einstellung war: »Wenn du ein Bein verlierst, spielst du eben mit dem anderen Bein.«

Wir hatten tatsächlich gewonnen. Das Siegtor hatte Maryam erzielt. Maryam, unsere gewiefte Neunerin, die wir

»unsere Ronaldo« nannten. Als der Ball im Netz zappelte, rannte ich wie ferngesteuert zu den anderen Spielerinnen, die ebenfalls jubelnd angerannt kamen. In diesem Moment empfand ich etwas, was ich noch nie empfunden hatte. Eine Mischung aus Euphorie und Liebe. Liebe zum Fußball, Liebe zu meinen Schwestern, zum Leben. Ich sah, dass es den anderen genauso ging in dem besinnungslosen Knäuel aus Armen, Beinen, heißen Trikots und verschwitzten Körpern.

Auch das nächste Spiel gewannen wir. Wir schafften es bis ins Viertelfinale. Unsere Trikots waren mittlerweile völlig verschlissen, wir mussten sie andauernd wechseln. Bei der kleinsten Berührung riss der billige Stoff. Die Nummern darauf waren fast nicht mehr zu sehen, denn die Farbe hatte sich regelrecht aufgelöst. Wir liefen, bis wir nicht mehr konnten, und warfen uns den gegnerischen Schüssen in den Weg.

Wir fassten immer mehr Vertrauen zueinander. Wir rannten nicht mehr alle hinter dem Ball her, sondern blieben auf unseren Positionen. Wir schafften es sogar, den Ball durch die gegnerischen Reihen nach vorne zu bringen. Ich sah, dass unsere Mannschaft zunehmend selbstsicherer wurde – wie ein Flugdrache, der sich im Wind aufrichtet. Wir gewannen auch das Viertelfinale. Nach dem Schlusspfiff lagen wir uns jubelnd in den Armen. Ich sank auf die Knie und schrie vor Freude und Erleichterung. Der Frust von Jahren fiel von mir ab.

Als wir vom Feld gingen, sah ich ein Kamerateam. Sie waren von einem lokalen Fernsehsender. Einer von den Fernsehleuten lächelte und meinte: »Alle werden euren Einzug ins Halbfinale feiern, oder? Was für eine tolle Geschichte.« Er sagte mir außerdem, dass das Halbfinale in Afghanistan als Stream gezeigt würde.

Als wir am selben Abend feierten, teilte ich meinen Teamkameradinnen die Neuigkeit mit. Sofort schlug die Stimmung um. Ich hatte vorher schon überlegt, ob ich es ihnen überhaupt erzählen sollte. Ich wollte nicht, dass unser Erfolg von dem Gedanken daran überschattet wurde, was man zu Hause vielleicht von uns denken würde. Aber wofür sollten wir uns eigentlich schämen? Unsere Reaktionen, unsere Freude und unsere Geschlossenheit waren natürlich – jeder durfte sie sehen. Die Zuschauer würden unseren Stolz und unsere Leidenschaft miterleben, und diejenigen, die uns bekämpft, beschimpft und ausgegrenzt hatten, würden sehen, wie wir mit den Abzeichen auf unseren Trikots triumphierten. So lange war uns gesagt worden, dass wir nicht dazugehörten, aber wir hatten uns durchgesetzt. Wir bewiesen, dass das scheinbar Unmögliche möglich war – und das war doch eine starke Botschaft. Wir schrieben Geschichte. Ein schönes Kapitel in der von Verzweiflung, Krieg und Schmerz bestimmten Geschichte Afghanistans.

Doch mehrere Spielerinnen sorgten sich, dass es für sie und ihre Familien gefährlich werden könnte, wenn sie so im Rampenlicht standen.

Ich schaute jeder Einzelnen nacheinander in die Augen. »Wenn es für jemanden von euch zu riskant ist, morgen mitzuspielen, dann sagt es jetzt. Dafür haben wir alle Verständnis. Keine von uns hat damit gerechnet, dass wir nur ein einziges Spiel gewinnen. Und wir haben nicht gedacht, dass sich irgendjemand dafür interessieren könnte.«

Ich wartete, aber niemand meldete sich. Allen stand das Gleiche ins Gesicht geschrieben: Entschlossenheit.

Zu Hause in Afghanistan war das Interesse am Halbfinale überwältigend. Das Spiel wurde noch einmal als Wiederholung gesendet. Einige landesweite Medien fuhren nach Islamabad, als sich unsere Glanzleistungen herumsprachen. Irgendwann kam unser Trainer mit einem Telefon in der Hand zu uns und stellte es auf laut. Am anderen Ende war Hamid Karzai, der Präsident von Afghanistan.

»Wir sind stolz auf euch«, sagte er. »Das ganze Land. Ihr seid Afghanistans tapfere Löwinnen. Viel Glück für euer nächstes Spiel.«

Ich schaute in die Runde und sah auf den Gesichtern meiner Mannschaftskolleginnen eine Mischung aus Begeisterung und Furcht.

»Das dürfen wir jetzt aber nicht vermasseln«, flüsterte Maryam.

Dass die Sache solche Ausmaße annahm, dass wir so im Rampenlicht standen und so ernst genommen wurden, machte uns nun Angst. Mit der wachsenden Aufmerksamkeit stieg auch das Risiko. Wir verstanden gar nicht richtig, was da vor sich ging, wie es auf einmal dazu kam oder warum man sich so sehr für uns interessierte, nachdem man uns jahrelang das Gefühl gegeben hatte, dass wir nicht dazugehörten, nachdem alles unternommen worden war, uns am Spielen zu hindern – und wir sogar tätlich angegriffen worden waren. Ja, wir waren im Aufwind, aber die Kontrolle entglitt uns.

Inzwischen schauten sich auch unsere Familien die Spiele an. Wir hatten keine Ahnung, wie sie reagieren würden. Bekannte, die gar nicht wussten, dass wir Fußball spielten, sahen uns im Fernsehen und auf Fotos in der Zeitung.

Als wir auch das Halbfinale gewannen und ins Endspiel einzogen, wuchs die Begeisterung weiter. Noch mehr Medien interessierten sich für uns, und wir wurden in rasantem Tempo immer bekannter.

Vor dem Finale besprachen wir uns. Da so viele Augen auf uns gerichtet waren, mussten wir uns schützen und gegenseitig so abschirmen, dass niemand in einem peinlichen oder schmerzhaften Moment zur Schau gestellt wurde. Wir trafen eine Abmachung: Wenn eine Spielerin sich verletzte, wollten wir uns so um sie herum drängen, damit die Kameras ihre Schmerzen und Tränen nicht einfangen konnten. Unsere Blessuren sollten unter uns bleiben. Wir würden nicht zulassen, dass Bilder in die Welt hinausgesendet werden, die uns vermeintlich schwach oder in einer ungehörigen Situation zeigten. Wir wollten auf keinen Fall unseren Kritikern Zündstoff liefern, damit sie behaupten konnten, Sport sei nichts für Frauen.

Wir waren alle unfassbar nervös. Einige hatten Anhänger mit religiösen Symbolen unter ihren Trikots versteckt und beteten vor dem Anpfiff. Ich hatte für so etwas keine Zeit, aber ich beneidete sie doch ein wenig um ihren Glauben an eine höhere Macht, die uns beschützen sollte. Wir hatten keine Angst mehr vor dem Fußball, dem Spielfeld oder den 90 Minuten, wir fürchteten aber den Druck, unseren Wert immer wieder beweisen zu müssen. Wir wussten, dass die überwältigende Mehrheit der Zuschauer uns scheitern sehen wollte – auch der eigene Fußballverband, der auf einen Vorwand hoffte, um den zarten Keim des Frauenfußballs, den wir in den harten und steinigen Boden gepflanzt hatten, ausreißen und auf den Müll werfen zu können. Sie wollten, dass wir uns blamierten, und ihr Vorurteil bestätigt sehen, dass wir nicht gut genug waren. Das spornte uns an, trotz aller Schmerzen weiterzukämpfen und ihnen das Gegenteil zu beweisen.

Zum Finale flog der Präsident des afghanischen Fußballverbands ein. Auch Leute von der afghanischen Botschaft in Islamabad und einige Afghanen, die in der pakistanischen Hauptstadt lebten, kamen ins Stadion. Es gab weit mehr Publikum als bei den Spielen zuvor. Noch nie hatten wir vor so vielen Menschen gespielt. Es fühlte sich unwirklich an, als wären wir in ein Märchen hineingeraten. Wir mussten unbedingt gewinnen.

Ich spürte, wie sich mein Brustkorb hob und senkte; den Lärm der Menschenmenge hörte ich nicht mehr, nur noch meinen unregelmäßigen Atem. Unsere Nerven lagen blank, aber unsere Nervosität war nicht das Einzige, gegen das wir ankämpften. Pakistan würde sich niemals von einem zusammengewürfelten Team aus Afghanistan schlagen lassen. Das wäre eine Schande. Die Gastgeber würden alles tun, um unseren ohnehin nicht sehr wahrscheinlichen Triumph zu verhindern. Die Schiedsrichter schienen voreingenommen zu sein, und das gegnerische Team durfte für das Finale neue Spielerinnen aufstellen.

30 Minuten lang spielten wir richtig guten Fußball. Wir gaben alles, kämpften beherzt und ließen nichts unversucht, aber als wir das erste Gegentor kassierten, war alle Hoffnung auf einen Schlag dahin. Wir schimpften auf den Schiedsrichter, der ein Handspiel ignoriert hatte; eigentlich hätte das Tor ganz klar nicht zählen dürfen. Wir wurden das Gefühl nicht los, dass der Ausgang des Spiels bereits beschlossene Sache war. Wir waren wütend und verloren 3:0.

»Das war's«, brach es aus Maryam heraus.

Wir saßen alle im Mittelkreis, als die Siegermannschaft den kleinen Plastikpokal überreicht bekam. Wir hatten uns wacker geschlagen und gut verkauft. Wir hatten Chancen gehabt, das Spiel zu gewinnen, aber es war, als würde der Ball immer ein paar Zentimeter danebengehen. Bis zum Schlusspfiff hatte ich noch geglaubt, dass wir die Partie für uns entscheiden würden.

»Kein Wunder bei dem Schiedsrichter«, kommentierte eine Mitspielerin.

Ich nickte. Der Schiedsrichter war Pakistaner, und die Gastgeber des Turniers hatten dem kleinen Team aus Afghanistan gar nicht zugetraut, dass es überhaupt so weit kommen würde.

Dann waren wir an der Reihe und durften den Pokal entgegennehmen. Doch man überreichte uns den kleineren

Pokal für den dritten Platz und auch nur das Preisgeld für die drittplatzierte Mannschaft.

Wir hatten nicht gewonnen, aber auch nicht wirklich verloren. Wir brachten den ersten Fußballpokal seit dem Sturz der Taliban mit nach Hause. Allen Widrigkeiten zum Trotz hatten wir Frauen es geschafft, obwohl wir komplett auf uns allein gestellt waren und uns immer wieder offener Widerstand entgegenschlug. Die vergleichsweise geförderte Männermannschaft war gescheitert. Sie hatte unser Land blamiert – wir dagegen machten es stolz. Alles, was über uns verbreitet worden war, hatte sich als falsch erwiesen, und dadurch würde sich die Einstellung uns gegenüber verändern. So hofften wir.

Die afghanische Botschaft in Pakistan lud uns zu einer Feier ein, bei der wir luxuriös bewirtet und mit Blumen und Geschenken überhäuft wurden. In diesen Momenten vergaßen wir die Probleme, die zu Hause auf uns warteten. Wir genossen das Hier und Jetzt. Wir waren immerhin Zweite geworden. Gemeinsam waren wir hierhergekommen und hatten Geschichte geschrieben. Ich musste die ganze Zeit daran denken, wie sehr Dahmina und Samira das gefallen hätte. Wie sehr sie es verdient hätten, mit dabei zu sein.

Wir hatten bewiesen: Frauen sind in der Lage, Afghanistan zu repräsentieren, und sollten das auch tun. Deshalb fühlte sich unsere Niederlage wie ein Sieg an, denn bei diesem Turnier ging es um weit mehr als nur um Fußball.

Auch für unseren Rückflug wurde erheblicher Aufwand betrieben: Die Regierung bezahlte uns einen Flug in einem gecharterten Flugzeug. Es war eine Welt, die weit weg war von dem, was wir kannten. Wir betraten den Flughafen nicht durch den Haupteingang, sondern wurden durch den Hintereingang gelotst und brauchten nicht durch die Sicherheitskontrollen. Bei der Ankunft in Kabul wurden wir in den Präsidentenpalast eingeladen und für die Presse zusammen mit Karzai fotografiert.

Als wir uns am folgenden Tag zur turnusmäßigen Teambesprechung trafen, stellten wir fest: Die Hälfte des Teams kam nicht.

Kapitel 8

Du musst lernen, als Team zu gewinnen und als Team zu verlieren. Wenn einer Mitspielerin ein Fehler unterläuft, musst du ihr helfen, ihn gleich wieder zu vergessen. Du kannst nicht spielen, wenn du Angst vor Fehlern hast. Dann erreichst du nichts. Mach die Augen auf.

Unsere Hoffnung währte nicht einmal einen Tag. Bei jenem ersten Treffen nach unserer Pakistanreise begriffen wir, dass unsere Teamkolleginnen nicht einfach nur zu spät kamen. Sie würden überhaupt nicht mehr kommen. Ihre Familien waren von Verwandten und vom weiteren Umfeld unter Druck gesetzt worden, weil sie ihren Töchtern fußballerische Aktivitäten erlaubten. Die Spielerinnen mussten sich Beschimpfungen anhören. Ihre Väter und Brüder waren in Verruf geraten, weil die Mädchen Schande über ihre Familien brachten. Diesmal stach keine Männergruppe auf unseren Ball ein, aber die Botschaft und die Drohungen waren die gleichen. Wir alle wussten, was Frauen und Mädchen passieren konnte, die ihre Familien »entehrten«. Dementsprechend wurden die Freude und die Hoffnung, die unsere Mannschaft gerade noch beseelt hatten, durch die Realität und die Angst vor den möglichen Folgen sofort zunichte gemacht.

Diejenigen von uns, die blieben, hofften auf bessere Zeiten. Sie hofften, die Umstände würden sich nach unserer sportlichen Leistung in Pakistan verändern. Immerhin hatte man uns zugesichert, dass wir einem besseren Trainingsort erhielten. Und hatten wir nicht bewiesen, dass wir diese Unterstützung auch verdienten?

Unser neuer »Trainingsort« befand sich, wie wir dann erfuhren, auf einem Stützpunkt der NATO. Die *International Security Assistance Force* (ISAF) war eine multinationale Militärmission der NATO. Sie hatte die Aufgabe, die afghanischen Nationalen Sicherheitskräfte auszubilden, Kabul zu sichern und den Aufbau einer neuen Regierung unter der Führung von Karzai zu unterstützen.

Als wir auf dem NATO-Gelände ankamen, stellten wir fest, dass es dort gar keinen Fußballplatz gab. Der Standort diente als Hauptquartier für die Militäroperationen der Regierung und war deswegen auch eines der prominentesten Angriffsziele der Taliban und anderer aufständischer Gruppierungen. Der »Fußballplatz«, der uns versprochen worden war, war nichts weiter als eine Grünfläche, auf der nicht nur Militärflugzeuge, sondern auch alle US-amerikanischen und NATO-Maschinen landeten. Obwohl das nagelneue Fußballstadion des afghanischen Nationalen Olympischen Komitees nur wenige Kilometer entfernt war und leer stand, wurden wir hierhin verbannt.

In gewisser Weise waren wir naiv gewesen. Letztlich nutzte die Regierung uns nur als Aushängeschild, damit sie zeigen konnte, dass die Verhältnisse sich vermeintlich änderten und Afghanistan nach dem Sturz der Taliban viel fortschrittlicher geworden sei. Aber das war nur Fassade. Es änderte sich nichts. Mehr noch: Wir wurden auf der Straße und auf dem Weg zum Training regelmäßig beschimpft und mussten uns abfällige Kommentare anhören.

Eines Tages, als Maryam und ich auf dem Rückweg vom Training waren, erkannte uns ein Mann, lief uns nach und beschuldigte uns lautstark: Wir seien ungläubige, verwestlichte Prostituierte. Er hörte gar nicht mehr auf, blieb uns dicht auf den Fersen und warf uns Beleidigungen an den Kopf. Da wir nicht reagierten, sprang er irgendwann auf mich zu und grapschte mir an den Hintern. Ich war so geschockt, dass sich in mir ein Schalter umlegte. In mir kochte die Wut hoch.

Blitzschnell griff ich nach meiner großen, schweren Sporttasche, holte aus und schlug damit auf ihn ein. Sie war vollgepackt mit meinem Trainingszeug, Stiefeln, Laptop und einer 2-Liter-Wasserflasche. Die Tasche in der einen Hand und die andere Hand zur Faust geballt, prügelte ich auf ihn ein, wo immer ich ihn treffen konnte. Durch den Schleier, der sich über mich legte, sah ich, dass meine Reaktion ihn überraschte. In Afghanistan reagieren Frauen nicht auf die Gewalt der Männer – weder mit Blicken noch mit ihrer Körpersprache, nicht mit Worten und erst recht nicht mit physischer Gegenwehr. In unserer Gesellschaft ist das inakzeptabel. Wenn eine Frau geschlagen wird, hat sie es verdient. Aber ich hatte es satt. Ich hatte es satt, übergangen und schlecht behandelt zu werden, nur weil ich eine Frau bin. Deshalb ließ ich meiner Wut freien Lauf. Ich spürte, dass in mir eine Energie freigesetzt wurde wie bei einer Löwin, die sich mit aller Kraft wehrt und verteidigt.

Ich hieb noch auf ihn ein, als er schon am Boden lag. Zwei Jahrzehnte Unterdrückung brachen aus mir heraus und entluden sich auf diesen Mann. Er verkörperte sämtliche Männer, die mir jemals Unrecht angetan hatten, mir weggenommen hatten, was ich liebte, oder meine Schwestern unterjochten. Ich wollte diesen Mann umbringen. Ich bekam Angst vor mir selbst.

Maryam versuchte, mich an den Schultern zu packen, mich wegzuziehen und durch die Menge wegzuschieben, die sich inzwischen versammelt hatte und das Geschehen verfolgte. Aber Maryam war nicht stark genug. Ich riss mich von ihr los und trat weiter auf den Mann ein, der mich begrapscht hatte. Mühsam richtete er sich auf, stützte sich auf den Knien ab und kam wieder auf die Beine, aber bevor er versuchen konnte, sich aus dem Staub zu machen, packte ihn jemand aus der Menge und drückte seinen Kopf in meine Richtung. »Schlag zu.« Das tat ich, wieder und wieder. Es war nicht richtig. Dieser Gefühlsausbruch ging zu weit. Irgendwann klarte mein Kopf auf, und Maryam konnte mich wegziehen. Der Adrenalinschub wich der Scham, als ich den Mann blutend am Boden liegen sah.

»Hör auf«, bat sie. »Liefere ihnen keinen Grund zu sagen: Seht ihr, das kommt dabei heraus, wenn man sie Fußball spielen lässt.«

Ich wusste, dass sie recht hatte. Und trotzdem war ich aus so vielen Gründen wütend. Zum Beispiel, weil meine Familie schikaniert wurde. Jeden Tag zweifelte irgendjemand das Urteilsvermögen meiner Mutter an, innerhalb der Schule genauso wie außerhalb. Das machte ihr schwer zu schaffen. Im Gegensatz zu mir wehrte sie sich nicht. Sie blieb immer respektvoll und höflich. In jeden meiner Konflikte wurde auch sie hineingezogen. Wenn Lehrkräfte oder die Schulleitung ein Problem mit mir hatten, gingen sie zu meiner Mutter und erwarteten, dass sie mich bestrafte. Sie nahm den Druck, die abfälligen Wertungen und Kommentare ruhig hin, aber später, wenn sie nach Hause kam, weinte sie. Ich hasste es, sie so zu sehen. Ich wollte, dass sie sich nicht einfach alles gefallen ließ. Sie sollte ihnen entgegnen, wenn sie ein Problem mit mir hätten, sollten sie gefälligst mit mir reden. Aber das tat sie nicht. Stattdessen kam sie nach Hause, setzte sich zu meinem Vater und weinte. Ich konnte sehen, wie sehr es sie quälte. Sie forderte mich auch nicht auf, mit dem Fußball aufzuhören. Vielleicht war genau das ja ihre Art, sich zu wehren. Und obwohl ich mir egoistisch vorkam und Schuldgefühle hatte, wollte ich nicht die anderen gewinnen lassen. Also nahmen wir beide es hin.

Maryam und ich sprachen nie über das, was an diesem Tag auf der Straße passierte. Meine Mutter behielt für sich, was sie alles zu hören bekam. Wir vergruben den Zorn und den Hass tief in unserem Innern.

Meine Brüder kamen mit blutigen Nasen oder Lippen nach Hause, weil sie es nicht auf sich sitzen ließen, wenn wieder jemand mich beschimpfte, das Ansehen unserer Familie in den Schmutz zog oder meine Brüder verspottete, sie sollten sich eine Burka überziehen, weil sie keine echten Männer seien, wenn sie mir erlaubten, Fußball zu spielen. Sie wollten nicht mehr zur Schule gehen; es war peinlich für sie. Sie waren jung und verstanden nicht, was eigentlich vor sich ging und warum.

Mein Vater war wehrhaft, mutig, geradeheraus und eigensinnig wie ich. Er stellte sich jedem entgegen, der mein Handeln kritisierte und ihm die Schuld für mein angeblich unmoralisches Verhalten gab: »Sie ist meine Tochter. Ich habe die Verantwortung. Ich gebe ihr diese Freiheit. Meine Tochter lebt nicht in Ihrem Haus. Sie sind nicht zuständig. Warum also reden und urteilen Sie? Sie ist meine Tochter, und ich lasse sie tun, was sie will.«

Für mich war die Situation schlimm. Für meine Mitspielerinnen war sie noch viel schlimmer. Ich konnte denjenigen, die ausstiegen, nicht böse sein – und auch nicht denen, die die neuen Kontakte dafür nutzten, ein Stipendium zu bekommen und Afghanistan zu verlassen.

»Weg, weg, weg!«, schrie der NATO-Soldat, während er über den Rasen auf uns zulief. Gehorsam griff jede von uns den nächstgelegenen Markierungskegel und rannte so schnell, wie sie konnte, vom Platz. Der Hubschrauber setzte zur Landung an. Wir schauten zu, wie ein einsam zurückgelassener Kegel vom Abwind zur Seite gewirbelt wurde. Wir setzten uns in den Schatten, während uns die heiße Luft ins Gesicht blies. Soldaten rannten hin und her. Es war nicht abzusehen, wie lange dies dauern würde.

Das hier war doch zum Scheitern verurteilt. Der afghanische Fußballverband konnte uns als Frauenmannschaft zwar nicht mehr direkt verbieten, aber er versuchte, uns durch möglichst gefahrvolle Trainingsbedingungen zum Aufgeben zu zwingen. Wir nutzten dennoch jede Gelegenheit, die sich uns bot. Jede noch so kleine Chance nahmen wir wahr. Als Frauen in Afghanistan zu leben, war gefährlich, Fußballspielen war gefährlich. Da würden wir uns von einem gefährlichen Trainingsgelände ja wohl nicht abschrecken lassen. Trotzdem: Warum hatten wir nicht sofort abgelehnt und bessere Bedingungen gefordert? Weil wir nicht das Risiko eingehen wollten, dass wir wieder auf den Tennisplatz geschickt wurden oder dass man uns wegen »Undankbarkeit« sogar den Tennisplatz wegnehmen würde. Deshalb arrangierten wir uns.

Um auf das Gelände zu gelangen, mussten wir mehrere Militärkontrollen passieren und an bewaffneten Soldaten vorbeilaufen, die uns dort nicht haben wollten. In der Gegend gab es ständig Explosionen. Die Gefahr eines Angriffs lag in der Luft. Um hierherzukommen oder das Areal wieder zu verlassen, brauchte man eigentlich ein Taxi. Das konnten wir uns nicht leisten. Wir waren Studentinnen und finanziell von unseren Eltern abhängig. So marschierten wir kilometerweit mit unseren Riesentaschen, in denen wir Bücher, Ausrüstung und Trainingsklamotten verstauten. Wenn wir endlich gegen 14 Uhr ankamen, waren wir müde und hungrig, die Sonne stand hoch am Himmel und brannte auf uns herab. Trotzdem legten wir gleich los. Wenn sich auf dem Gelände Verzögerungen ergaben, wurden wir nicht informiert, das wäre ein Sicherheitsrisiko gewesen.

Wir holten unseren Ball heraus und begannen, Pässe zu üben, bis das lauter werdende Dröhnen eines Hubschraubers uns zwang, zur Seite zu gehen. Manchmal übernahm ich das Coaching und stellte Markierungskegel auf. Doch ankommende Hubschrauber wirbelten sie in die Luft.

Mit den Soldaten durften wir nicht sprechen. Sie waren befugt, jeden zu erschießen, der sie bedrohte. Das konnten wir auf keinen Fall riskieren. Wenn unsere Zeit um war, mussten wir sofort verschwinden, Trainingsplan hin oder her.

Eines Tages stand ich vor dem Gelände und schaute mir ein Mauerbild an. Es zeigte die Augen einer Frau. Direkt neben dem Bild stand ein amerikanischer Soldat. Ich war verschwitzt, mir war heiß, die Haare klebten mir an der Stirn. Wir konnten uns nach dem Training nirgendwo waschen und mussten in der Nachmittagshitze aufbrechen, mit dem Geruch aus Schweiß und Anstrengung in der Nase. Das Bild lenkte mich ab. Ich wollte ein Foto davon machen. Also zog ich mein Handy aus der Tasche und richtete die Kamera auf die Mauer.

Plötzlich spürte ich kaltes Metall am Kopf. Der Soldat war in Panik geraten. Er hatte mit einer schnellen Bewegung sein Gewehr hochgerissen und drückte die Mündung gegen meine Schläfe.

»Was machen Sie da?«, rief ich auf Englisch.

Ich war erschrocken, aber auch wütend. Es stimmte, ich stand vor dem NATO-Gelände, aber ich war doch alles andere als eine Bedrohung. Ich stand regungslos da und hielt mein Handy umklammert. Der Soldat hatte nicht damit gerechnet, dass ich Englisch sprach, und ich merkte, dass ich ihn überrumpelt hatte. Sein Schreck war nichts im Vergleich zu meiner Schockstarre, aber jetzt war er auch noch verärgert.

»Keine Bewegung, oder ich puste dir das Hirn aus dem Schädel«, sagte er drohend.

»Hören Sie: Sie sind in mein Land gekommen, um uns zu beschützen, nicht um uns zu erschießen«, argumentierte ich. »Ich bin für Sie doch keine Bedrohung. Ich habe nichts bei mir, kein Gewehr. Ich bin Zivilistin, und Sie halten mir grundlos eine Waffe an den Kopf.«

»Ich bin befugt, alle Maßnahmen zu ergreifen, die ich für notwendig halte, wenn ich mich bedroht fühle«, antwortete er mit unbeweglicher Miene.

Da hatte er recht. Aber er sollte uns eigentlich gegen die Taliban zu Hilfe kommen. Stattdessen war auch er ein Mann, der eine Frau bedrohte.

»Dieses Land ist mein Zuhause. Aber wenn ich mich in meinem Zuhause nicht sicher fühlen kann – wo dann?« Ich spielte mit dem Feuer, aber ich spürte, wie der Gegendruck des Metalls an meinem Kopf nachließ. Mein forsches Auftreten wirkte sich diesmal zu meinen Gunsten aus, ich hatte den Soldaten im übertragenen Sinn und auch ganz buchstäblich entwaffnet. Ich griff nach der Sporttasche, die ich auf den

Boden hatte fallen lassen, und machte mich aus dem Staub. Ohne mich noch einmal umzusehen, rannte ich davon.

Wir machten uns daran, unsere Mannschaft wieder aufzubauen und neue Mitspielerinnen zu rekrutieren. Dafür gingen wir mit Fußbällen, die wir von unserem eigenen Geld gekauft hatten, von Schule zu Schule. Wir meldeten uns als freiwillige Helferinnen für Turniere und Veranstaltungen und bauten so unser Netzwerk weiter aus.

Eines Tages stießen wir auf Jamila. Sie ging auf eine Schule im Norden der Stadt. Sie wurde unsere neue Linksverteidigerin, der wir wegen ihrer Schusskraft den Spitznamen »Roberto Carlos« verpassten. Für das Mittelfeld brauchten wir auch eine neue Besetzung, weil beide Spielerinnen nach unserem Turnier in Pakistan zwangsweise hatten aufhören müssen. Wir trafen auf Esini und Hajira. Die beiden waren beste Freundinnen und sprachen beim Training kaum, aber ihre Laufbereitschaft war unendlich.

Der harte Kern von uns, der noch übrig war, engagierte sich mit Leidenschaft für die Weiterentwicklung des Frauenfußballs und der Nationalmannschaft. Wir waren trotz des gestiegenen Risikos gewillt weiterzumachen. Ich durfte mich nur nicht zu sehr damit identifizieren, denn ich musste mich auch schützen. Ich wusste schließlich, dass jede Mitspielerin jederzeit wieder aus dem Team gerissen werden konnte. Es durfte mir nicht jedes Mal das Herz brechen, sonst hätte ich nicht weitermachen können. Und ich war entschlossen, die Dinge wirklich zu verändern.

Ich fing an, dem Fußballverband gegenüber fordernder aufzutreten. Als unser Team gebeten wurde, die Fußball-Nationalmannschaft der Männer am Flughafen zu begrüßen, protestierte ich: »Wieso? Wir sind doch keine Cheerleader. Wir zählen vielleicht nicht als Profis wie das Männerteam, aber wir sind offiziell die Frauen-Nationalmannschaft und verdienen entsprechenden Respekt. Wir werden uns ganz sicher nicht mit Blumen am Flughafen aufstellen, um die Männermannschaft willkommen zu heißen.«

Ich hatte das Gefühl, mein Leben war ein einziger Kampf, und je mehr ich kämpfte, desto mehr Widerstand kam von allen Seiten. Dann stand auch bald mein Examen in der Uni an. Oft traf meine Mutter mich schlafend an meinem Schreibtisch an – erschöpft, den Kopf auf dem Lehrbuch.

Obwohl ich fleißig studierte, begegnete mir auch hier heftigster Widerstand. Ein Dozent an der Uni drohte, mich in seinem Kurs durchfallen zu lassen. »Du wirst durchfallen, ganz gleich, was du tust«, sagte er schief grinsend. »Du kannst die Universität nicht abschließen, ohne meinen Kurs bestanden zu haben, und das werde ich niemals zulassen.«

Er stand dicht vor mir. Seine Augen bohrten sich hämisch in meine, und er konnte nicht verbergen, wie sehr er das genoss. Er wollte meinen Willen brechen und mich einschüchtern. Es gefiel ihm nicht, dass ich Fragen stellte; er mochte weder meine sportliche Kleidung noch die Art, wie ich meinen Hidschab trug – ich trug ihn, aber eben nachlässig um den Hals geschlungen. Das provozierte ihn offenbar, obwohl das gar nicht meine Absicht war.

Ständig versuchte er, mir Angst einzujagen. Dabei setzte er die Religion ein, denn in Afghanistan kann es das Leben kosten, wenn man sich nicht zum Glauben bekennt oder angeblich die Religion zersetzt. Er hielt mich für religiös, weil alle es waren, und glaubte, er könne mich mit seinen Drohungen einschüchtern. Er drohte mir mit dem Zorn Gottes und beschwor die Macht, die Gott über mich und mein Leben habe. Die Entscheidung, ob ich bestehen würde oder nicht, lag aber nicht bei Gott, sondern bei ihm. Und er war sich seiner Macht bewusst und setzte sie gegen mich ein.

Als ich ihn nach den Gründen fragte, warum er mich durchfallen lassen wollte, antwortete er: »Erstens ist mir deine Kleidung zuwider. Zweitens stellst du zu viele Fragen und weißt nicht, was sich gehört. Drittens vertrittst du eine ungläubige Kultur, und das ist nicht hinnehmbar. Du wirst deine Prüfungen niemals bestehen. Niemals. Auch wenn du dich noch so sehr bemühst – du wirst durchfallen.«

Ich geriet in Panik. Ich hatte zwei Semester lang Kurse bei diesem Dozenten belegt und musste diese Kurse bestehen; sonst würde ich meinen Abschluss tatsächlich nicht schaffen. Unter seinem verhassten Blick fühlte ich mich, als würde ich im Boden versinken. Beleidigungen und Beschimpfungen war ich gewohnt. Aber dass jemand mein Studium absichtlich gefährdete – jemand, der die Macht darüber hatte, egal wie hart ich arbeitete –, das hatte noch einmal eine ganz andere Dimension. Es machte mich fertig.

Mit meiner Familie konnte ich nicht darüber sprechen. Sie würde sich zu sehr sorgen. Deshalb beschloss ich, mich an die einzige Person an der Universität zu wenden, der ich vertraute. Es war ein junger Dozent namens Amir. Ich suchte ihn in seinem Seminarraum auf.

»Ich weiß nicht, was ich tun soll«, begann ich und ließ mir die wenigen Optionen, die ich hatte, durch den Kopf gehen. »Ich muss meinen Abschluss machen, aber dieser Dozent will mich daran hindern. Er hat gedroht, mich durchfallen zu lassen, ganz gleich, welche Ergebnisse ich abliefere.«

Amir hörte geduldig zu, bis ich schließlich meinen Redefluss stoppte und den Kopf in meinen Händen vergrub. »Ziehen Sie sich anders an«, empfahl er freundlich. Mein entgeisterter Gesichtsausdruck schien ihn ein bisschen zu amüsieren.

Konformismus gehört nicht gerade zu meinen Stärken – erst recht nicht dann, wenn ich mit etwas nicht einverstanden bin. Das war für mich eigentlich nie eine Option, und ich hatte deswegen auch nie darüber nachgedacht. Hier gab es eine neue Lektion zu lernen: Manchmal musst du, auch wenn die Regeln nicht fair sind, mitspielen, damit du gewinnst. Wenn du nach den Regeln der anderen spielst, weil es nicht anders geht, heißt das nicht, dass du dich geschlagen gibst – sofern du deine langfristige Strategie im Blick behältst.

»Wenn Sie seine Kurse besuchen, sollten Sie sich von Kopf bis Fuß bedecken«, riet Amir.

Noch sträubte ich mich gegen die Idee und war skeptisch, ob sie funktionieren würde. Ich sollte mich als jemand ausgeben, die ich nicht war?

»Sagen Sie ihm, Sie würden Ihr Handeln und Verhalten zutiefst bereuen. Zeigen Sie ihm, wie sehr Sie Ihre frühere Lebensweise hassen. Zeigen Sie ihm, dass Sie jetzt an sich arbeiten, weil Sie eine ehrbare muslimische Frau sein wollen. Ich werde ihm das meinerseits bestätigen und sagen, ich sei jetzt Ihr Mentor und könne bezeugen, dass Sie ihren Lebenswandel von Grund auf geändert haben.«

Die Idee ging mir völlig gegen den Strich. Aber sie leuchtete mir ein. Es gab wahrscheinlich keine andere Möglichkeit, diesen fanatischen Dozenten zu überzeugen. Ich musste ihn austricksen und mich zu diesem Zweck anpassen. Also passte ich mich an.

Ich traf die nötigen Vorbereitungen und zog mir ein bodenlanges Kleid über. Ich fluchte laut, als ich versuchte, mein Tuch ordentlich um meinen Kopf zu binden und die wilden Haarsträhnen darunter zu verstecken, bis sie möglichst nicht mehr zu sehen waren. Ich warf einen verzweifelten Blick in den Spiegel. Mein wahres Ich zu verbergen, fiel mir schon immer schwer. Ich konnte es nicht ertragen, mich in dieser Aufmachung zu sehen, es fühlte sich wie eine Lüge an. Aber ich sah den größeren Zusammenhang. Es war nur eine weitere Herausforderung, ein weiteres Match, das gewonnen werden musste. Und ich wollte es gewinnen.

Wie ich Amir versprochen hatte, entschuldigte ich mich bei dem anderen Dozenten. Ich stellte mir vor, wie sich eine unterwürfige afghanische Frau verhalten würde. Ich vermied jeglichen Augenkontakt, senkte den Blick zu Boden und sprach leise und ohne jede Anmaßung.

»Es tut mir leid, Herr Professor«, sagte ich ruhig. »Ich bin einfältig und verwirrt. Ich bin vom rechten Weg abgekommen. Ich nehme regelmäßig Beratungsgespräche bei einem anderen Dozenten, um mein Verhalten zu korrigieren. Wenn ich auch von Ihnen lernen kann, was es bedeutet, eine gute muslimische Frau zu sein, wäre ich für Ihren weisen Rat sehr dankbar.«

Innerlich fühlte ich ein Lachen aufsteigen, das fast etwas Wahnsinniges an sich hatte. Um 14 Uhr hatte ich Training. Es war jetzt schon klar, dass ich dort gegen jedes Wort, das ich hier von mir gab, verstoßen würde. Seltsamerweise gab mir dieser Rollenwechsel, bei dem ich das genaue Gegenteil von mir selbst spielte und mich genau so gab, wie die afghanische Gesellschaft mich haben wollte, Kraft. Ich hatte die Zügel in der Hand, ich spielte – und zwar ein Spiel, das ich gewinnen würde.

Der Dozent fiel auf mich herein. Warum auch nicht? Er war davon überzeugt, mich erfolgreich in die Knie gezwungen zu haben, weil er Frauen von Natur aus für schwach und fügsam hielt. Ich aber riss mir jedes Mal nach der Uni meine Verkleidung vom Leib und zog fürs Training das an, worin ich mich am wohlsten fühlte: mein Fußballtrikot.

Ich hielt mich so wenig wie möglich in der Nähe dieses Dozenten auf und ließ sogar meine Abschlussfeier ausfallen. Ich legte keinen Wert auf die Zeremonie, darauf, noch einmal meine Kostümierung zu tragen, weil mein Unterdrücker im selben Raum war. Stattdessen holte ich mir mein Abschlusszeugnis ein paar Tage später ab.

Diesen Kampf hatte ich gewonnen, und zwar nicht nur gegen die Tyrannei eines Mannes, der viel mehr Macht hatte, als ihm zustand, sondern auch gegen mich selbst. Denn ich hatte gelernt, meine Ziele zu erreichen, indem ich mich auf eine leisere und weniger aggressive Weise zur Wehr setzte. Es hatte mich viel Kraft gekostet, doch ich hatte mein Ziel erreicht und war jetzt gewappnet für die nächste Herausforderung.

Kapitel 9

Auf dem Platz musst du dich in deine Gegen- wie in deine Mitspielerinnen hineinversetzen. Du überlegst, was sie als Nächstes vorhaben. Du musst dich ständig anpassen, Intuition mit Erfahrung, Vorstellungskraft mit Wissen verbinden. Wenn du solche Momente im Team erlebst, fühlst du dich vollkommen lebendig, ganz Mensch. Mach die Augen auf.

»Khalida.«

Maryams Stimme am anderen Ende der Leitung klang gedämpft.

»Die beiden Frauen sind weg.«

Das schrille Klingeln des Telefons war in die Stille meines Hotelzimmers geplatzt und hatte mich aufgeschreckt.

Es war das Jahr 2010. Wir waren wieder für ein Trainingslager nach Deutschland gereist, diesmal mit dem ganzen Kader. Doch bei unserem Abflug am Flughafen in Kabul fehlten auf der Liste die Namen zweier Teamkolleginnen. Stattdessen standen dort zwei Namen, die ich nicht kannte. Als die beiden Frauen eintrafen, fiel mir erst nach einer Weile ein, wo ich ihnen schon einmal begegnet war: Sie hatten zwar an einem Kurs teilgenommen, aber nie für das Team gespielt. Die anderen waren ebenfalls verwirrt. Was ging hier vor sich? Die ausgeschiedenen Frauen waren nicht nur zwei unserer besten Spielerinnen, sondern auch menschlich zwei unentbehrliche Stützen für das Team. Diese zwei jungen Frauen waren praktisch Fremde.

Sie hielten sich abseits, sagten nichts und vermieden jeden Blickkontakt. Sie waren ganz andere Spielerinnentypen als wir, keine Athletinnen – das sah man an ihrer Statur und ihrem Verhalten. Wir hatten mehrere starke Charaktere im Team, die kräftig und sportlich und nicht sehr feminin waren. Die beiden Neuen waren das genaue Gegenteil. Niemand sprach mit ihnen, wir waren misstrauisch und machten sie dafür mitverantwortlich, dass unsere Mitspielerinnen nicht bei uns waren. Im Nachhinein denke ich, es war nicht fair.

»Sag mal, wer sind die beiden?«, fragte mich Maryam im Flüsterton.

Wir fanden heraus, dass einer der afghanischen Trainer die beiden Frauen eingeladen hatte, sich uns anzuschließen. Ich war sauer, dass zwei gute Spielerinnen ohne unser Wissen ausgetauscht worden waren, und hatte außerdem das Gefühl, dass hier irgendetwas faul war. Wer waren diese Frauen? Wie und warum waren sie eingeladen worden? Warum war der Trainer so freundlich zu ihnen?

Ich sorgte dafür, dass sie ein Zimmer mit Maryam teilten, und bat diese, die beiden im Auge zu behalten und mir alles zu melden, was ihr verdächtig vorkam. Ich wollte wissen, wohin sie gingen, wen sie trafen.

Als Kapitänin nutzte ich oft das Zimmertelefon, um mich im Hotel mit meinen Teamkolleginnen zu besprechen. Sie vertrauten mir. Wenn es ein Problem gab, riefen sie mich an oder kamen kurz vorbei. Dieses Vertrauen war über Monate und Jahre gewachsen. Unsere gemeinsame Fußballrebellion hatte uns zusammengeschweißt, und meine Mitspielerinnen respektierten mich, weil ich mich für das Team selbstlos engagierte.

Am ersten Abend klingelte also das Telefon. Die beiden Frauen waren verschwunden, und niemand wusste, wohin.

»Okay, Maryam«, sagte ich. »Schauen wir mal, was ist, wenn sie zurückkommen – in welcher Verfassung sie sind und wie sie sich verhalten. Wir müssen wissen, was es mit ihnen auf sich hat. Halt die Augen auf und bleib bitte wach, bis sie wieder auf dem Zimmer sind.«

Das Hotel war Teil eines Sportkomplexes weit außerhalb des Stadtzentrums. In der Nähe gab es nichts, wo man hätte hingehen können, um abzuhängen oder irgendetwas zu besichtigen.

Ich rief in den Zimmern an, von denen ich wusste, dass sie von unseren Spielerinnen belegt waren, doch dort waren die beiden Frauen nicht. Es ließ mir keine Ruhe, und ich fing an, mir Sorgen zu machen. Ich beschloss, die Zimmer der Trainer zu checken.

Selbstbewusst schritt ich den Korridor entlang und blieb vor dem Zimmer stehen, in dem der eine afghanische Trainer untergebracht war. Ich klopfte vorsichtig an. Auf der anderen Seite der Tür waren Stimmen zu hören. Der Trainer machte die Tür auf und schaute mich verlegen an. Hinter ihm lag eine der beiden Frauen auf dem Bett. Die andere lag auf dem Sofa. Als er meine Reaktion sah, lachte er. »Oh, wir hatten etwas zu besprechen«, sagte er. »Deshalb sind die beiden in mein Zimmer gekommen.«

Mir war klar, was da vor sich ging. Die Frau auf dem Bett hatte ein Glas in der Hand; die andere hatte ihr Glas auf einem Beistelltisch abgestellt, neben einer halb leeren Pralinenschachtel. Es roch nicht nur nach Alkohol, sondern seine Wirkung war den beiden Frauen auch anzusehen.

»Ich sehe, was hier los ist«, sagte ich.

Er wich einen Schritt zurück. Ich betrat das Zimmer und nahm mir eine Praline.

»Ich liebe Schokolade!«, schwärmte ich.

»Lass das, da ist Alkohol drin«, sagte er und machte eine abwehrende Handbewegung.

»Warum bietest du ihnen alkoholhaltige Pralinen und Drinks an? Sie sind Sportlerinnen. Wir sind hier, um zu trainieren.«

»Sie wollten probieren. Nur um zu wissen, wie es schmeckt.«

Er gab sich lässig, aber ich war nicht auf den Mund gefallen.

»Es ist doch klar, was hier abläuft«, entgegnete ich. Ich sah den beiden Frauen ins Gesicht und konnte sehen, wie sie erbleichten. Wenn in Afghanistan eine Frau im Schlafzimmer eines Mannes erwischt wird, ist das für sie gefährlich. Außerdem hatten sie Alkohol konsumiert, absolut verboten in Afghanistan. Sie sagten kein Wort und schauten nur den Trainer an. Aber auch der schwieg sich aus. Ich drehte mich um und ging.

Zurück in meinem Zimmer brauchte ich einen Moment, um nachzudenken. Ich setzte mich aufs Bett und hatte ein mulmiges Gefühl. Wie sollte ich diesen Frauen helfen? Ganz offensichtlich waren sie genau zu diesem Zweck nach Deutschland mitgenommen worden. Sie waren noch jung und konnten sich nicht wehren. Man hatte sie mit einer Auslandsreise geködert.

»Unglaublich!«, empörte sich Maryam, der ich berichtete. »Damit kommen sie nicht durch.«

Am nächsten Tag waren die beiden Frauen wieder verschwunden. Ich machte mir Sorgen um sie, aber ich ärgerte mich auch, dass die Trainer unsere Reise für eigenen Zwecke missbrauchten. Diesmal beteiligten sich mehr Mitspielerinnen an der Suche, doch die beiden Frauen waren nirgends zu finden, auch nicht im Zimmer des einen Trainers. Also versuchten wir es bei dem anderen Trainer. Er kam auf den Flur und versicherte uns, dass niemand bei ihm sei. Er versprach, uns bei der Suche zu helfen. Ein paar Stunden später kam er zu mir und meinte: »Die Frauen sind nur spazieren gegangen.« Es war offenbar unter seiner Würde, mit uns weiter darüber zu sprechen. Ich schäumte vor Wut. Offensichtlich machten die Männer gemeinsame Sache.

Maryam berichtete mir, die beiden Frauen seien nach der Rückkehr ins Zimmer ins Bad gegangen, hätten sich dort eingeschlossen und nacheinander geduscht. Das war seltsam.

Am nächsten Tag beobachtete ich sie aufmerksam beim Training. Am Hals der einen Frau war ein großer Fleck zu sehen. Die beiden achteten darauf, dass ihre Körper gut bedeckt waren. Ständig zogen sie sich die Ärmel über die Hände. Ihre Tücher hatten sie ungewöhnlich eng um sich geschlungen. Eigentlich wollte ich keine Frauen bloßstellen, aber so ein Skandal würde dem Fußballverband gerade gelegen kommen, um uns das Handwerk zu legen. Das war genau das, worüber die Leute reden würden. Ich war entschlossen, der Geheimniskrämerei ein Ende zu machen.

»Was ist mit deinem Hals passiert?«, fragte ich eine der beiden Frauen. Ich kam mir brutal vor, sie so direkt zu fragen, aber ich musste es wissen. »Wo kommt dieser Fleck her? Wo warst du letzte Nacht?«

Die Frauen bekamen es mit der Panik zu tun. Ihre Augen wurden feucht. Inzwischen hatten auch die anderen Spielerinnen sich zu ihnen umgedreht. Auch sie wollten wissen, was los war. Da kam auf einmal eine ältere Frau auf uns zu, sie war die Sicherheitsbeauftragte und uns vom NOC zugeteilt worden. Bisher hatte sie sich im Hintergrund gehalten.

»Sie hat diesen Fleck schon lange. Ein Muttermal«, unterbrach sie meine Befragung.

Maryam war außer sich. »Wir sind nicht dumm«, schrie sie. »Dieser Fleck war gestern noch nicht da. Hört auf, uns anzulügen!«

Unsere Suche nach der Wahrheit war gescheitert. Die beiden hatten zu viel Angst, um zu reden. Wir trainierten weiter, aber die Stimmung war gedrückt. Jeden Tag wiederholte sich der gleiche Ablauf: Die beiden Frauen verschwanden, kamen Stunden später zurück, versteckten die neuen Flecken, so gut sie konnten, und wollten uns nicht sagen, was mit ihnen passierte. Sie stecken die ganze Zeit zusammen und schwiegen sich aus.

Irgendwann hatte ich die Nase voll. Ich stellte einen der Trainer zur Rede. »Wir haben alle hart gekämpft und viele Opfer gebracht«, sagte ich. »Was in diesem Trainingslager passiert, ist nicht in Ordnung. Wir haben Augen im Kopf. Dafür sind wir nicht hier. Es sägt an dem Ast, auf dem wir sitzen. Ich werde es dem Verbandspräsidenten melden.«

Die Trainer drohten uns. Sie warfen uns vor, wir würden Gerüchte in die Welt setzen. Sie kündigten an, dass sie als Trainer aus Protest zurücktreten würden. Sie waren Meister der emotionalen Manipulation und stellten sich selbst als die eigentlichen Leidtragenden hin.

Nach diesem Vorfall gab es keinen Kontakt mehr zwischen den Trainern und uns Spielerinnen.

Nach unserer Heimkehr suchte ich sofort Karim, den Verbandspräsidenten, auf. Überall waren bewaffnete Sicherheitskräfte. Der Ort wirkte eher wie ein militärisches als wie ein staatliches Gebäude. Obwohl ich seit Monaten dort ein und aus ging, wurde ich noch immer neugierig beäugt, und die Männer tuschelten, wenn sie an mir vorbeigingen. »Komm doch nachher zu mir«, rief mir ein Mann hinterher.

Als ich die Treppen und Flure nahm, die zu den Räumlichkeiten des Fußballverbands führten, musste ich all das beiseiteschieben. Karims Büro lag am Ende des Trakts. Ich informierte seinen Sekretär, dass ich mit seinem Chef sprechen wolle. Er schlurfte davon und setzte sich anschließend wieder an seinen Schreibtisch. Karim rief mich mit dröhnender Stimme herein. Er war allein. Wie ein Walross saß er hinter seinem Schreibtisch.

»Ich bin hier wegen der Vorfälle in unserem Trainingslager in Deutschland«, sagte ich, noch bevor ich mich hingesetzt hatte. »Uns wurden zwei Coaches aufgezwungen, die nur mitgekommen sind, um es sich gut gehen zu lassen. Sie missbrauchen unsere Plattform. Ich will, dass diese Männer als Trainer entfernt und die beiden betroffenen Frauen befragt werden. Ich mache mir Sorgen um diese Frauen. Ihnen wurde eine Reise nach Deutschland versprochen. Natürlich waren sie begeistert davon. Das ist ja auch eine großartige Gelegenheit. Aber der Preis, den sie dafür bezahlen mussten, ist zu hoch. Das geht zu weit.«

»Moment mal«, sagte Karim. »Ich komme nicht ganz mit. Welche Frauen?«

Ich schilderte in Ruhe und der Reihe nach, was sich in Deutschland ereignet hatte.

Karim wirkte verärgert. »Das ist völlig inakzeptabel«, rief er. »Das wird für diese Männer Konsequenzen haben. Sie werden ihre Jobs verlieren.«

Er bat seinen Sekretär, jemanden anzurufen, und ich hörte, wie er seinen Gesprächspartner in meiner Anwesenheit am Telefon herunterputzte.

»Das war einer der Trainer. Ich verspreche, dass wir alles in Ordnung bringen werden«, versicherte mir Karim mit milder

Stimme. »Aber es darf nichts nach außen dringen. Damit würdet ihr alles auf Spiel setzen und wieder bei null anfangen. Niemand könnte mehr darauf vertrauen, dass Fußballspielen für Mädchen ungefährlich ist.«

Aufgeregt und erleichtert verließ ich Karims Büro. Obwohl jeder die Gerüchte über seinen Umgang mit Frauen kannte, stimmten sie vielleicht doch nicht ganz. Ich hatte das Gefühl, dass Karim mich – und grundsätzlich auch das Frauenteam – ernst nahm.

Die Trainer allerdings wurden nicht wirklich gefeuert, sie wurden nur vom Frauenfußball abgezogen und mit anderen Aufgaben betraut. Das war in ihren Augen eigentlich eine Belohnung, denn für sie gab es keine schlechtere Arbeitsstelle als den Frauenfußball. Ich nahm diesen kleinen Rückschlag hin. Die Hauptsache war, dass sie aus unserem Umfeld verschwanden.

Die beiden Frauen, die nach Deutschland mitgekommen waren, sahen wir nie wieder.

Danach war Karim unserem Team gegenüber zuvorkommender. Er lud uns alle in sein Büro ein und meinte, wir sollten ihn wie einen Vater betrachten. Es war das erste Mal, dass er sich ohne unseren Trainer mit uns allen unterhielt. »Ich werde nie verzeihen, was in Deutschland passiert ist, und möchte mich für den Frauenfußball engagieren«, versprach er. »Ich will dafür sorgen, dass ihr das Bestmögliche bekommt.« Einmal standen ihm beim Reden sogar Tränen in den Augen. Wir vertrauten ihm.

Ich nutzte die Gunst der Stunde. Zu diesem Zeitpunkt hatte ich mein zweites Studium in Marketing und Wirtschaft begonnen. »Ich spiele Fußball, und ich kenne den Frauenfußball durch und durch«, erklärte ich Karim eines Tages. »Ich weiß, wie man einen Computer benutzt, ich spreche Englisch. Ich habe eine solide Ausbildung, Abschlüsse und gute Noten. Ich habe alles, was man braucht, um den Frauenfußball zu repräsentieren. Ich sollte Leiterin des Frauenfußballs sein. Was ich nicht habe, ist Büroerfahrung.«

Karim konnte meine Qualifikationen für den Posten nicht bestreiten.

»Ich kann als Frau das Team repräsentieren und im Namen des Frauenfußballs sprechen«, fuhr ich fort. »Die Menschen vertrauen mir. Das sorgt für sichere Rahmenbedingungen für die Spielerinnen, weil ihre Familien dann wissen, dass eine Frau die Zügel in der Hand hält.«

»Du kannst aber nicht Leiterin des Frauenfußballs werden. Das geht nicht. Das würde einen Aufstand geben«, sagte Karim.

»Im Gegenteil, es hätte eine sehr positive Außenwirkung«, hielt ich dagegen. »Vor allem für denjenigen, der diese Veränderung vorantreibt …«

Karim wirkte immer noch skeptisch. Also spielte ich meinen letzten und stärksten Trumpf aus. »Es wird auch unsere Attraktivität für Investitionen aus dem Ausland deutlich erhöhen.«

Karim gab sich weiter skeptisch, aber ich sah an seinem Blick, dass ich ihn überzeugt hatte.

Als ich nach diesen langwierigen Verhandlungen Karims Büro verließ, hatte ich gleich zwei neue Posten in Aussicht: Leiterin des Frauenfußballs – und Finanzdirektorin des Verbands.

© privat

Mein erster Pokal: Die Freude über den ersten Titel als Fußballspielerin ist verhalten, als ob ich es noch gar nicht richtig glauben könnte!

Neue Heimat Dänemark: Auf einem Turnier in Roskilde spielte ich in einem Flüchtlingsteam.

Mein Team: Mit der afghanischen Frauennationalmannschaft 2010 während eines Fußballturniers in Südostasien

Karriere als Funktionärin: Als Sportdirektorin der afghanischen Frauen-Nationalmannschaft im Trainingslager in Indien 2017

United by Football: Mit den Mädchen vom afghanischen Nachwuchsteam
bei der Fußballeuropameisterschaft 2024 in Berlin

Mit Kindern zu arbeiten, ist besonders erfüllend. Sie sind die Zukunft!

Auswärtsspiel Down Under: Die afghanische Frauenfußballnationalmannschaft in Melbourne, Australien

Botschafterin in Sachen Frauenrechte: Auf einem internationalen Forum in Medellin, Kolumbien, berichte ich über meine Erlebnisse und werbe um Unterstützung für meine Aktivitäten.

Zu Gast in Europa:
Fotoshooting in Manchester

Die Zukunft fest im Blick: Auf der Tribüne des FC Nordjælland Football Club in Dänemark, dem Land, in dem ich heute lebe

Kapitel 10

Fußball ist ein Spiel mit dem Raum. Du musst lernen, ihn zu öffnen, wenn du angreifst, und zu schließen, wenn du verteidigst. Aber das funktioniert nur, wenn alle zusammenarbeiten. Mach die Augen auf.

»Versteh mich bitte, das ist nicht meine Entscheidung«, sagte Wahidullah. Der Trainer sah mich flehend an. »Ich kann dich nicht spielen lassen. Sie setzen mich unter Druck.« Er schwitzte und hatte offensichtlich Angst. »Wenn ich dich spielen lasse, machen sie meiner Familie massive Probleme.«

Ich hätte wissen müssen, dass es so kommt. Angesichts meines Aufstiegs mussten sie mir einen Dämpfer verpassen.

»Wir sind ein Team«, antwortete ich ihm. »Ich habe dich als Coach reingebracht und vertraue dir. Natürlich bin ich Fußballerin mit Leib und Seele und möchte spielen. Aber ich verstehe, dass du diesen Job und das Geld brauchst, um deine Familie zu ernähren. Es ist in Ordnung.«

Ich hatte Karims Büro voller Vorfreude auf die beiden Jobs verlassen, die er mir in Aussicht gestellt hatte. Doch bevor es dazu kam, mussten mich die Mitglieder des afghanischen Fußballverbands durch ihre Wahl offiziell bestätigen. Also stand ich eines Morgens in der Toilette eines Hotels, versteckte mein Haar unter einem Kopftuch und vergewisserte mich, dass meine Ärmel bis über die Handgelenke reichten. Ich hatte meinen Eltern nicht gesagt, wohin ich ging, und meine ungewohnt traditionelle Kleidung erst aus der Tasche geholt, als ich weit genug von zu Hause entfernt war.

Ich prüfte im Spiegelbild, ob alles regelkonform saß, und atmete tief durch. Ich wappnete mich innerlich gegen das, was mir bevorstand, holte noch einmal Luft. Dann öffnete ich die Tür und trat hinaus.

Der große Sitzungssaal war schon voll, als ich hereinkam, und ich spürte, wie sich alle Blicke durch meine Verkleidung bohrten, voller Verachtung für das unwürdige Wesen darunter. Aber ich konnte mich jetzt nicht in einer Ecke verkriechen. Als zukünftige Leiterin des Frauenfußballs gehörte ich automatisch dazu und hatte meinen Platz auf dem Podium. Ich musste den Saal würdevoll durchqueren. Kopf hoch, Schultern zurück, dachte ich, und setzte einen Fuß vor den anderen.

Karim saß am Kopfende des Tisches. Der Fußballverband gehört zu den eher konservativen und restriktiven Institutionen in Kabul. Doch verglichen mit den Fußballvertretern aus den verschiedenen Provinzen sahen diese Männer hier direkt fortschrittlich aus. Bis jetzt hatte noch nie eine Frau für den Verband gearbeitet – und da kam ich und beanspruchte sogar eine Machtposition. Sie betrachteten mich mit einer Mischung aus Erstaunen, Entsetzen und unverhohlener Neugier. Die Anwesenheit der FIFA-Vertreter hätte mir eigentlich etwas Sicherheit geben können. Aber angesichts der Welle von Lüsternheit, Fassungslosigkeit und Verachtung, die mir entgegenschlug, half mir das auch nichts.

Später erfuhr ich, dass Karim den Verbandsmitgliedern – aus welchen Gründen auch immer – nichts von seiner Absicht, mich auch als Finanzdirektorin des Verbands einzustellen, erzählt hatte. Hier im Saal machte er nun seine Position deutlich. Ein Mitglied nach dem anderen ging zu ihm und diskutierte aufgeregt mit ihm. Manche kehrten kopfschüttelnd an ihren Platz zurück und warfen mir böse Blicke zu. Als die Stimmen dann in Anwesenheit der FIFA-Beobachter ausgezählt wurden, bestätigte das Ergebnis meine Wahl. Das war nicht allzu erstaunlich – keiner hätte gewagt, sich gegen die von Karim empfohlene Person zu stellen.

Die Versammlung löste sich langsam auf. Ich ging durch den Saal zum Ausgang und spürte immer wieder Hände an meinem Körper. Ich versuchte, den fleischigen Fingern auszuweichen, die mich an meine Stellung erinnern wollten. Einige gratulierten mir zwar auch zu meinen beiden neuen Positionen. Doch ihre Glückwünsche hätten sich kaum falscher anfühlen können. Manche fragten nach meiner Telefonnummer. Am größten war die Anzahl derer, die ihre Feindseligkeit offen zeigten.

Am Tag darauf spazierte ich ins Büro, um der Arbeit nachzugehen, die mir keiner gönnte. Dass Karim verschwiegen hatte, wer seine Kandidatin war, hatte viele Mitarbeiter aufgebracht. Das musste ich jetzt ausbaden, nicht er. Der frühere Finanzdirektor war ein Freund unseres ehemaligen Trainers und beide zusammen hatten jede Menge Verbündete im Verband. In ihren Augen hatte ich ihnen ihre Stellung gestohlen. Ich konnte ihren Hass und den ihrer Anhänger förmlich spüren. Sie waren überzeugt davon, dass ich Karims Geliebte war – in ihren Augen die einzige Erklärung dafür, dass er mich befördert hatte.

Ich beschloss, die ungute Atmosphäre um mich herum zu ignorieren und mich ganz auf meine Arbeit zu konzentrieren. Meine erste Amtshandlung war, einen neuen Coach zu verpflichten, den ich in einem Trainerkurs kennengelernt hatte. Ich wusste, dass Wahidullah gut war und echtes Interesse am Frauenfußball hatte. Dann kontaktierte ich sämtliche Leute in NGOs und Fußballvereinen, mit denen ich jemals zu tun gehabt hatte, und bat sie um Hilfe. Ich bombardierte jede Person mit Anrufen und E-Mails, die mir in der Lage schien, Frauenfußball zu fördern. Wir brauchten Geld, und wir brauchten Sachverstand.

Mein Leben fühlte sich an wie ein Traum. Ich hatte nun die Macht, den Frauenfußball offiziell voranzubringen und die Spielerinnen zu unterstützen. Aber das alles hatte einen bittersüßen Beigeschmack: Ich war die erste Frau, die im Verband eine höhere Position innehatte, und das war überall zu spüren. Meine Kollegen standen auf, wenn ich mich zum Mittagessen an den Tisch setzte. Sie verließen das Zimmer, wenn ich hereinkam, und weigerten sich, mit mir zu reden. Bei Meetings machten sie derbe Witze und versuchten, mit entsprechenden Bemerkungen meine Intelligenz infrage zu stellen. In einer der ersten Versammlungen fragte mich ein jüngerer Kollege, ob ich wüsste, was 4 plus 4 sei, was für allgemeine Heiterkeit sorgte. Ich musste kurz vor die Tür gehen und ein paarmal tief durchatmen, um mich wieder unter Kontrolle zu bekommen.

Meine Eltern dachten, ich würde als Lehrerin unterrichten und von Ort zu Ort fahren. Sie machten sich Sorgen um mich, weil ich so wenig schlief und bis tief in die Nacht hinein für meine zweite Prüfung lernte. Beide fragten, ob mit mir alles in Ordnung sei. Ich erzählte ihnen nichts von meinem neuen Job, weil ich Angst hatte, sie würden mir diese Arbeit ausreden. Es war allgemein bekannt, wie es im Fußballverband zuging, dass Frauen dort höchstens als Putzkraft oder Köchin arbeiteten. Meinen Eltern wäre klar gewesen, wie mein Arbeitsumfeld aussah. Doch ich glaubte, dazu berufen zu sein, etwas zu verändern, die Stimmen der Frauen in Entscheidungsprozesse mit einzubringen, das System herauszufordern und dafür zu sorgen, dass Frauenfußball zu einem sicheren Raum wurde. Dafür musste ich Teil der Verbandsstruktur sein.

Als ich wenige Tage darauf nach Hause kam, saßen meine Mutter und mein Vater mit versteinerter Miene am Küchentisch. »Khalida, wir haben dein Foto in der Zeitung gesehen. Was ist da los?«

So erfuhr ich, dass meine Ernennung in den Medien verkündet worden war. Das haute mich um. Alle konnten sehen, wie ich zwischen schwerfälligen alten Männern saß.

»Ja, ich habe den Job beim Fußballverband angenommen. Nur so können die Frauen gefördert werden«, erklärte ich.

Meine Mutter sah mich nur kopfschüttelnd an. »Khalida, ich habe dich immer unterstützt«, sagte sie. »Vielleicht zu sehr. Was soll das? Du machst dich zur öffentlichen Zielscheibe. Das ist zu gefährlich.«

»Genau deshalb muss ich es doch tun! Ich kenne die Risiken und weiß, dass alles seinen Preis hat. Aber ihr habt mich dazu erzogen, meine Stimme zu erheben und andere zu beschützen, die dazu selbst nicht in der Lage sind. Ich könnte es mir nicht verzeihen, jetzt zu kneifen.«

Mein Vater sah eher besorgt als verärgert aus. »Das ist das Gefährlichste, was du je getan hast.« Er hielt kurz inne und senkte seine Stimme. »Karim ist ein gefährlicher Mann. Du kennst seinen Ruf. Wir können dich nicht vor ihm schützen.«

»Du hast uns zurück nach Afghanistan gebracht. Du wolltest uns die Heimat wiedergeben. Ja, ich habe auf dem Fußballfeld in Pakistan gestanden und geweint, als ich unsere Nationalhymne sang. Das ist meine Art, mein Vaterland zu ehren. Ich versuche, es zu einem besseren Ort für alle zu machen.«

Daraufhin stand meine Mutter auf und sagte: »Ich kann nicht mehr mit ihr reden.« Ohne mich anzuschauen, verließ sie den Raum.

Sogar Idris ignorierte mich eine Zeit lang, weil unsere Mutter so wütend auf mich war. Mein ruhiger, gutmütiger Bruder, der mich zu jedem Thema um meine Meinung bat, sah mich jetzt feindlich an. Er warf mir vor, unsere Mutter unnötig unter Stress zu setzen. Das brach mir das Herz.

Aber ich wusste auch, dass er noch zu jung war, um mich zu verstehen.

Das Medieninteresse an meiner Ernennung öffnete mir ein kleines Fenster der Macht. Als Finanzdirektorin war ich verantwortlich für die Gehälter aller Angestellten, die persönlich ausbezahlt wurden. Jeden Monat kamen sie ins Büro, um ihre Lohntüte abzuholen. Aber nun weigerten sie sich. »Das ist gegen die Ehre, sich von einer Frau bezahlen zu lassen«, erklärten sie. »Wir reden nicht mit ihr. Warum sollten wir zu ihr gehen, um uns unser Gehalt geben zu lassen? Das widerspricht unserer Religion und verletzt unser Ansehen.«

Im ersten Monat streikten sie; nur ein paar kamen, um ihr Gehalt zu kassieren. Die Übrigen versuchten, andere an ihrer Stelle zu schicken. Aber ich blieb eisern. »Das ist kein Restaurant oder Café, wo man etwas bestellen kann und ein Freund es dann abholt.« Ich war fest entschlossen, nicht nachzugeben, selbst wenn ich meinen Job nur ein paar Monate behalten sollte.

Ich vermutete, dass Karim mich aus taktischen Gründen zum Finanzvorstand des Verbands gemacht hatte. Er hatte genug von den Männern, welche die Position vorher innegehabt hatten. Die Korruption war allgegenwärtig und beherrschte den Verband auf allen Ebenen. Karim wollte die Korruption nicht beseitigen, er wollte sie nur unter Kontrolle bekommen. Und dafür war eine weibliche Finanzdirektorin seine Lösung. Er war überzeugt, dass eine Frau es nicht wagen würde, den Verband zu betrügen, sich aber leicht von ihm manipulieren und lenken lassen würde. Außerdem glaubte er offensichtlich, er könne mich kaufen. Mir diese Positionen zu verschaffen, bedeutete, dass ich ihm dienen sollte.

Den Absturz hatte ich damit immer vor Augen. Sollte irgendwo Geld verschwinden, würde man mich dafür verantwortlich machen. Das war eine einfache, schnelle Lösung, mich loszuwerden, falls es nötig wurde. Als Leiterin des Frauenfußballs war ich nicht so einfach auszuhebeln, aber als Finanzdirektorin konnte er mir alle möglichen Fallen stellen.

Mich an die Spitze des Frauenfußballs zu setzen, war dagegen ein Risiko für Karim. Ich war qualifiziert, nahm aber kein Blatt vor den Mund und ließ die von meinem Geschlecht zu erwartende Bescheidenheit missen. Bevor ich für den Verband als Angestellte arbeitete, war ich ihm ein ständiger Dorn im Auge gewesen. Karim wollte mich auf lange Sicht schwächen. Aber dafür musste er mich erst – zumindest nach außen hin – zu einer der Seinen machen. Von all den Überlegungen ahnte ich nichts.

Ich trug dem Vizepräsidenten eine Botschaft an Karim auf. »Sagen Sie dem Präsidenten: Wer mich nicht respektiert, bekommt kein Geld. Wer mir nicht vor meinem Schreibtisch höflich entgegentritt, dem bezahle ich das Gehalt nicht aus. Anders läuft es nicht.«

Ich drohte auch damit, sofort zurückzutreten und die Presse zu informieren, falls er versuchen würde, diese Angelegenheit anders zu regeln. Ich hatte ein kleines Zeitfenster, innerhalb dessen der Ruf des Verbands schweren Schaden nehmen würde, wenn ich so schnell nach meiner Ernennung wieder gehen würde, und das nutzte ich für mich. Erstmals für eine Führungsposition im Verband eine Frau zu engagieren, war ein Skandal. Aber ihr sofortiger Rücktritt wäre ein noch größerer Skandal.

Es war wichtig, dass ich mir Respekt verschaffte. Wenn ich jetzt nachgab, würde ich genau das Gegenteil bewirken und alle Vorurteile gegenüber Frauen bestätigen.

Viele Mitarbeiter fügten sich. Aber vier von ihnen weigerten sich standhaft, in mein Büro zu kommen. Eigentlich gab es nur Großraumbüros, doch weil keiner in nächster Nähe zu mir arbeiten wollte, hatte man mir einen eigenen Raum gegeben. Ich hatte den längeren Atem, und einer nach dem anderen kam schließlich, um sein Geld abzuholen. Ein Mitarbeiter blieb vier Monate lang stur und folglich ohne Gehalt, bis er schließlich nachgab, trotzig durch die Tür marschierte und mich wütend anstarrte, während er seinen Umschlag mit den aufgelaufenen Gehältern in Empfang nahm, die er mittlerweile bitter nötig hatte.

Ich war auch für die Spesenabrechnungen zuständig. Manche präsentierten mir überhöhte Rechnungen. Sie dachten, ich hätte keine Ahnung von den Preisen und würde ihnen jeden angegebenen Betrag erstatten. Aber ich prüfte alles bis ins kleinste Detail, weil ich mir keinen Fehler erlauben konnte. Ich war immer auf der Hut, versuchte, alles mitzubekommen und ja alles richtig zu machen. So, wie ich schon in der Schule mit doppeltem Eifer gelernt hatte, um keinen Anlass zu liefern, mir das Fußballspielen zu verbieten, strengte ich mich auch jetzt an, damit man mich nicht für irgendwelche Fehler verantwortlich machen konnte.

Einmal kamen zwei Mitarbeiter zu mir, um Quittungen für Benzin, das sie für die Fahrt zu einem Match getankt hatten, einzureichen. Als ich nachrechnete, merkte ich, dass Benzinpreis, Entfernung und Betrag nicht zusammenpassten.

»Da stimmt etwas nicht. Der aktuelle Benzinpreis ist ganz anders.«

Sie schauten erst mich an und wechselten dann einen Blick.

»Entweder rufen Sie bei der Tankstelle an, oder ich fahre selbst dorthin und prüfe, ob das seine Richtigkeit hat. Denn dieser Preis« – ich zeigte auf ihre Quittung – »ist nicht korrekt. Warum versuchen Sie zu betrügen? Das sind nur zehn Afghani Differenz, warum riskieren Sie Ihren Ruf für so einen lächerlichen Betrag?« Ich hatte keine Angst vor solchen Konfrontationen, auch wenn die Männer, die ich zur Rede stellte, oft älter waren als ich.

Karim ließ über meinem Schreibtisch eine Kamera installieren, damit er alles verfolgen konnte, was in meinem Raum geschah. Er wolle sicherstellen, dass ich nichts unterschlug. Ich fuhr ihn an, dass ich so etwas sicher nicht täte. Aber sollte er mich ruhig beobachten, ich hatte nichts zu verbergen.

Doch immer, wenn ich hochsah, bemerkte ich die Kamera, die auf mich gerichtet war. Jedes Mal. Das war sehr unangenehm. Trotzdem war die Kamera tatsächlich auch ein Schutz. Ich war zum Beispiel dankbar dafür, als ein Coach hereinkam, der die Frauenmannschaft trainieren wollte und beteuerte, er wolle sich gern »um die Spielerinnen und ihre Körper kümmern«. Dann meinte er, als mein »Assistent« würde er mir jederzeit gerne »eine Massage zukommen lassen«. Da platzte mir der Kragen. Meine ganze unterdrückte Wut über die zahllosen Blicke und Bemerkungen in diesem Gebäude brach sich auf einen Schlag Bahn. Ich packte einen steinernen Stiftehalter und schleuderte ihn in seine Richtung. Der Gegenstand flog knapp an ihm vorbei und durchbrach das Fenster mit einem lauten Krachen. Leute stürmten in mein Büro und fragten, was passiert sei.

»Dieser Hurensohn!«, schrie ich unverblümt und wiederholte wortwörtlich, was er zu mir gesagt hatte.

Danach beschloss ich, nicht mehr länger alles mit einem höflichen Lächeln hinzunehmen. Ab jetzt würde ich dieselbe Sprache sprechen wie all diese Männer um mich herum. Ich hatte keine Hemmungen mehr. Ich fluchte, schrie und schockte sie mit meinen Kraftausdrücken. Karim gab dem fraglichen Coach zwar Hausverbot, aber ich sah genau, dass er das alles genoss. Für ihn war es ein Spiel, eine Form von Unterhaltung. Wenn er allein in seinem Büro saß, zoomte er sicher mein Gesicht auf seinem Bildschirm heran und lachte.

Ich wusste, dass sich die Strukturen in diesem Gebäude ändern mussten und dass ich die Einzige war, die daran ein Interesse hatte. Nachdem ich einen neuen Trainer verpflichtet hatte, begann ich deswegen, diverse Posten innerhalb des Verbands mit Spielerinnen der Nationalmannschaft zu besetzen.

Ich arbeitete auch mit Schulen und Universitäten zusammen, um Spielerinnen Stipendien zu verschaffen. Beide Maßnahmen waren äußerst wichtig, weil die größte Schwierigkeit für unsere Spielerinnen die finanzielle Absicherung war. Alle diese Frauen waren höchst motiviert und nahmen nach der Schule oder Uni stundenlange Märsche in Kauf, um zum Training zu kommen, denn die meisten konnten sich kein Taxi und oft nicht einmal den Bus leisten. Viele trainierten mit leerem Magen, weil sie kein Geld hatten, um sich unterwegs etwas zu essen zu kaufen.

Vom Staat erhielten die Nationalspielerinnen eine kleine Unterstützung, die aber nicht zum Leben reichte. Vom Verband bekamen sie nach wie vor nichts. Durch meine Anstrengungen gab es dann etwas Geld von internationalen Organisationen und NGOs, die ich angeschrieben hatte.

Obwohl Karim sich kooperativ gezeigt hatte und selten einen Antrag von mir ablehnte, beschlich mich allmählich das Gefühl, ihm nicht trauen zu können. Wir hatten zunehmend Frauen in höheren Positionen eingestellt, was in der Presse ein positives Echo fand. Ich sah, dass er als Verbandspräsident von unseren Fortschritten profitierte. Aber irgendetwas an ihm störte mich – die Art, wie er mit den Spielerinnen redete, wie er uns mit Blicken abschätzte, all das verursachte ein ungutes Gefühl. Noch ignorierte ich das, nahm es als Preis dafür in Kauf, was wir erreichten.

Nach einiger Zeit arbeiteten fünf Frauen mit mir im Gebäude auf bezahlten Posten. Irgendwann konnte ich Karim auch davon überzeugen, dass der Verband den Spielerinnen ein monatliches Gehalt bezahlte: 100 US-Dollar für Mitglieder der Nationalmannschaft und 50 US-$ für Mitglieder der Jugendauswahl. Das war unglaublich wichtig, weil es den Spielerinnen zu Hause eine andere Stellung gab. Sie verdienten Geld mit dem Fußballspielen und trugen zum Familieneinkommen bei. 100 US-$ entsprachen 5.000 bis 6.000 Afghani – mehr, als viele ihrer Eltern verdienten. Anstatt der Familie auf der Tasche zu liegen, verbesserten sie also ihren Lebensstandard. Das verlieh diesen Frauen ein unglaubliches Gefühl der Stärke.

Ich ging taktisch vor, redete nie von Geschlechterrollen oder Diskriminierung, weil ich wusste, dass Karim das völlig egal war. Dafür versuchte ich, ihm in allen Farben zu schildern, wie sehr er persönlich an öffentlichem Ansehen gewinnen würde. Ich verkaufte ihm ein Produkt, das ich ihm so schmackhaft gemacht hatte, dass er nun davon überzeugt war, es unbedingt zu brauchen, um seinen Einfluss zu vergrößern.

Als es hieß: »Für euch gibt es kein Budget. Geht und sucht euch einen Sponsor«, machte ich genau das. Ich schrieb alle Firmen an, die mir einfielen. Nur wenige antworteten, darunter Hummel, ein dänischer Sportartikelhersteller. Die Firma erklärte sich bereit, unser Team zu unterstützen. So kam zum ersten Mal ein echter Sponsor nach Afghanistan. Und er förderte nicht nur das Frauen-, sondern auch das Männerteam: Ich hatte *Hummel* davon überzeugen können, die gesamte Spiel- und Trainingsausrüstung für die Männer-, Frauen- und Jugendmannschaften bereitzustellen.

Eines Abends zu Hause klingelte mein Handy. Als ich das Gespräch annahm, hörte ich ein Schluchzen.

»Khalida, Khalida, du musst uns helfen. Sie haben Maryam verhaftet.«

Maryam hatte sich immer lauthals darüber aufgeregt, dass nicht ein Fußballer, sondern ein ehemaliger Militär den Fußballverband führte. Diese Meinung hatte sie auch in Interviews zum Ausdruck gebracht, und das hatte Karim wohl auf sie aufmerksam gemacht. Sie hatte einen Teilzeitjob als Dolmetscherin für einen australischen Journalisten. Wir waren immer noch eng befreundet.

Ihre Verhaftung war ein Schock für mich. Es stellte sich heraus, dass sie beschattet worden war. Eines Tages hatte sie einen Mann nach Hause zum Essen eingeladen. Die Mutter kochte, und auch ihre Schwester war anwesend, aber ihr Vater war nicht da. Es hatte wilde Gerüchte gegeben, dass sie eine Affäre mit diesem Mann habe. Gleich nachdem er ihr Haus betreten hatte, informierten die Spitzel die Polizei; Maryam, ihre Schwester und ihre Mutter wurden festgenommen.

Ich war entsetzt. Die rosarote Brille des Vertrauens, die mir Karim aufgesetzt hatte, wurde jäh heruntergerissen. Ich ging zu Karim und setzte mich bei ihm für ihre Freilassung ein. Andere Mitarbeiter bat ich, einen Beitrag zu leisten, damit Maryam und ihre Angehörigen auf Kaution freikämen.

Ich besuchte meine Freundin täglich. Noch nie vorher hatte ich ein Gefängnis von innen gesehen. Am Eingang wurde ich von den Wachen belästigt, die mir anboten, bei der Befreiung meiner Freundin und ihrer Familie zu helfen, wenn ich ihnen gefügig wäre. Ich checkte, wo die Ausgänge lagen, falls man mich daran hindern wollte, das Gebäude wieder zu verlassen. Hier galten keine Regeln und Gesetze, und es war durchaus denkbar, dass ich selbst im Gefängnis endete, ohne überhaupt eine Straftat begangen zu haben.

Maryam und ihre Angehörigen saßen in einem Untersuchungsgefängnis im Stadtzentrum, nur einen Steinwurf vom Regierungspalast entfernt. Sie waren in eine Massenzelle gesteckt worden, ohne elektrisches Licht, mit zwei kleinen Fenstern und einer Toilette. Der Boden, auf dem sich die Frauen, teils mit Kindern, drängten, war feucht.

Ich kannte meine Freundin als laute Teamkameradin mit schalkhaftem Humor, die gerne die männlichen Trainer nachäffte und auf das System schimpfte. Hier hatte man sie gebrochen, alle Farbe war von ihr gewichen. Ich suchte nach dem Funken in ihr, wollte ihn wieder entfachen, indem ich ihr versicherte, dass wir kämpfen und gewinnen würden, als Team. Aber sie schüttelte nur den Kopf und drehte sich zur Wand.

Ich begann, mit anderen Frauen in der Zelle zu reden, und was sie mir erzählten, war entsetzlich. Eine Frau mit Kleinkind war verhaftet worden, weil ihr Mann, ein Anhänger der Taliban, aus dem Gefängnis ausgebrochen war. Eine andere junge Frau war hier, weil sie vor einer drohenden Zwangsheirat geflohen war. Ihr Geschichten glichen jenen, die ich von den Frauen und Mädchen im Training gehört hatte. Ihr Leben wurde von Männern bestimmt. Es war überall das Gleiche. Und wenn die Realität von Frauen in der Stadt schon so aussah, wie mochte es dann erst draußen in den ländlichen Gebieten zugehen?

Jedes Mal, wenn ich durch das Tor ins Gefängnis ging, überfiel mich Angst. Doch ich war Maryams einzige Hoffnung.

Einen Monat lang bearbeitete ich Karim und andere Leute im Verband; schließlich wurden Maryam, ihre Schwester und ihre Mutter freigelassen. Es gelang mir nicht, sie zu sehen, weil sie mithilfe der australischen Regierung sofort das Land verließen. Ich hatte mich nicht von Maryam verabschieden können, und alle meine Versuche, wieder Kontakt mit ihr aufzunehmen, blieben erfolglos. Wo immer sie auch gelandet ist, hat sie hoffentlich ihre Lebensfreude wiedergefunden.

Aber mir war einmal mehr ein Mensch, zu dem ich eine enge Beziehung aufgebaut hatte, genommen worden.

Trotz allem machte mich Maryams Schicksal nur noch entschlossener. Wenn es ihnen gelungen war, so eine starke Persönlichkeit wie sie zu brechen, wie musste es dann all den anderen Mädchen ergehen, die nicht so stark waren? Wir mussten uns noch intensiver für sie einsetzen.

Also begannen wir, die Zielgruppen für unsere Trainingscamps zu erweitern und unser Angebot aufzustocken. Es ging nicht mehr ausschließlich um Fußball. Die Präsenz und Unterstützung der NGOs ermöglichte es uns, Mädchen Workshops anzubieten, in denen über Zwangsheirat, Kinderehe und Kommunikation mit den Eltern gesprochen wurde.

Ich arbeitete von morgens bis abends; nachts lernte ich. Ich musste aus den mir gegebenen Möglichkeiten das Beste machen, denn ich wusste, dass sich die Situation schnell ändern konnte. Ich wollte so viele Türen wie möglich aufstoßen, bevor ich durch eine davon hinausgeworfen wurde.

Ich versuchte, meiner Aufgabe als Vorbild nachzukommen und dabei ständig Neues zu lernen. Es gab Abende, an denen ich nach Hause kam und mich sofort in mein Zimmer verkroch, so erschöpft, dass ich kurz vor dem Zusammenbruch stand. Mit den Teamkameradinnen konnte ich nicht reden, weil sie nicht erfahren sollten, wie es um mich stand. Und mit meinen Eltern konnte ich nicht reden, weil sie mich aus gut gemeinter Fürsorge von meinen Zielen abhalten würden. Ich konnte auf meinem Weg aber keine weiteren Hürden brauchen. Also schlich ich in mein Zimmer, vergrub mein Gesicht im Kopfkissen und heulte.

Shapoor, mein ältester Bruder, hatte eine Arbeit gefunden und war ausgezogen. Aber Idris war noch da, und er sah, wie es mir ging. Er kam in mein Zimmer und setzte sich zu mir. Meine Tränen flossen, und ich schlief irgendwann ein. Am nächsten Morgen kam ich wieder auf die Füße, und alles begann von vorne. Nur, dass ich nicht wirklich auf den Füßen stand, sondern auf Zehenspitzen, immer auf Zehenspitzen, um über all den Spielchen zu stehen, die um mich herum gespielt wurden. Ich musste allen stets um eine Nasenlänge voraus, immer etwas schlauer als die anderen sein.

Das Fußballspielen war meine Zuflucht vor den Kämpfen. Die Auseinandersetzungen im Verband und Maryams Abwesenheit wurden erträglicher, wenn ich mit meinem Team zusammen war. Da musste ich mir keine Gedanken darüber machen, was man über mich dachte. Ich musste nur die Gegenspielerin daran hindern, den Ball in unser Tor zu befördern.

In dem Moment, als der Trainer mir dann erklärte, ich dürfe nicht mehr in der Mannschaft mitspielen, wusste ich: Es war ihre Art, mich zu bestrafen. Ich tat so, als ob es mir nichts ausmachen würde, schluckte aber schwer bei dem Gedanken. Wie schön wäre es, jetzt mit Maryam zu reden, Witze mit ihr zu machen und über die Männer zu fluchen. Aber ich stand allein da und kämpfte mit den Tränen.

Na gut, dachte ich, wenn sie mich vom Feld nehmen, muss ich eben andere Wege finden, meinen Kampf zu gewinnen.

Kapitel 11

Fußball ist ein einfaches Spiel. Aber wie alle einfachen Dinge braucht es Übung, um es wirklich gut zu machen. Du musst so lange trainieren, bis du das Spiel instinktiv beherrschst. Irgendwann sagt dir nicht mehr dein Verstand, dass deine Mitspielerin genau da stehen wird. Du weißt es. Mach die Augen auf.

Mein Handy klingelte, während sich das Taxi auf dem Weg zur Arbeit durch den Morgenverkehr in Kabul schlängelte. Das Hupen der Autos und Roller war ohrenbetäubend. Seltsamerweise war der Anrufer ein Kollege vom Fußballverband. Konnte er nicht warten, bis ich im Büro war?

»Ja, bitte?«

»Khalida, die Polizei sucht dich. Heute Morgen hat es eine Explosion im Gebäude gegeben. Staatspräsident Karzai sollte eigentlich hier sein für eine Zeremonie. Man redet von einem Attentatsversuch. Sie haben die Arbeiter, die du beauftragt hast, verhaftet und in eines der Büros gebracht, um sie zu verhören. Sie stellen ihnen Fragen über dich. Es gibt einen Haftbefehl auf deinen Namen. Du darfst auf keinen Fall herkommen!«

Shit, shit, shit.

Ich bat den Taxifahrer, anzuhalten und mich aussteigen zu lassen. Ich rannte in eine Seitenstraße, schwer atmend. Es war ein sonniger Aprilmorgen, und ich begann zu schwitzen. Ich hatte das Gefühl, keine Luft zu bekommen. Dann rief ich Karim an, aber er nahm nicht ab. Ich hinterließ ihm eine Sprachnachricht nach der anderen: »Was ist da los? Sie hatten mir den Auftrag gegeben, das Büro zu räumen.«

Doch Karim war nicht erreichbar.

Ich streifte durch Gassen, versteckte mich in Eingängen, versuchte, mir den ganzen Ablauf von Ereignissen ins Gedächtnis zu rufen, die zu dieser Situation geführt hatten. Alles hatte mit einem Fußballspiel begonnen, dem »Game of Friends«.

Im vergangenen Herbst, 2010, hatte ich mithilfe von *Hummel* für mein Team ein Spiel gegen eine Mannschaft von NATO-Soldatinnen organisiert. Es war unser erstes Freundschaftsspiel in Afghanistan, und ich wollte damit auf unser Nationalteam aufmerksam machen. Ich war nicht davon ausgegangen, dass das eine große Sache werden würde. Doch die Idee schien Feuer zu fangen, und es erschien internationale Presse zum Match.

Bei dieser Gelegenheit traf ich erstmals Christian Stadil, den Besitzer von *Hummel*. Er war gekommen, um das Team kennenzulernen und zu sehen, welche Erfolge sein Sponsoring hatte.

Es kamen mehrere, meist männliche Zuschauer, die als Soldaten, Übersetzer oder anderweitig für die International

Security Assistance Force (ISAF) tätig waren. Die Soldatinnen hatten gar nicht realisiert, dass sie gegen eine Mannschaft afghanischer Frauen spielen würden, und waren überrascht und neugierig. Sie hatten selten Gelegenheit, eine Afghanin zu treffen, da sie ihr Camp nur im Rahmen von Militäraktionen verließen und anschließend sofort wieder in die relative Sicherheit ihrer Basis zurückkehrten. Sie stellten uns Fragen zur Mannschaft und zu uns persönlich, und wir gaben gerne Auskunft.

Mein Hintergedanke bei der Aktion »Game of Friends« war gewesen, diesen Soldatinnen zu zeigen, für was oder besser: für wen sie kämpften. Ich wollte ihnen klar machen, dass es in meinem Land viele Menschen gab, die Frieden wollten. Sie begegneten sonst nur afghanischen Männern – Kämpfern und Fundamentalisten. Ich fand es wichtig, ihnen zu zeigen, dass mein Land auch eine menschliche Seite hatte. Viele hatten vorher noch keine Afghanin getroffen, schon gar keine, die Englisch sprach.

Gleiches galt für uns. Auch wir hatten immer nur männliche Soldaten gesehen und fanden den Anblick dieser Frauen in Uniform ungewohnt. Nun trafen wir Frauen verschiedensten Alters und aus verschiedensten Verhältnissen.

»Es ist echt verrückt«, sagte Sarah, eine der Soldatinnen, nachdem wir eine Zeit lang einen Ball hin- und her gekickt hatten. »Seit ich hier bin, habe ich keine einzige einheimische Frau gesehen.« Sie erzählte mir, sie sei aus einer amerikanischen Kleinstadt, wo es immer grün sei. Die Farben Afghanistans, die Erde und der Sand, waren für sie ungewohnt. *Soccer*, wie sie es nannte, hatte sie am College gespielt.

Zu Anfang des Matchs schienen die Soldatinnen gehemmt zu sein, als ob wir zerbrechlich wären. Aber nach dem ersten richtigen Tackling war es damit vorbei. Wir rannten und schrien. Wir lachten und jubelten. Nach dem Match umarmten sich einige Spielerinnen. Sarah kam und schüttelte mir die Hand.

»Gut gespielt«, sagte sie.

Die Aufmerksamkeit, die das Match bekam, war eine gute Werbung für das Frauenteam, aber sie war auch nicht ungefährlich. Ich als Organisatorin war die Ansprechpartnerin, egal, ob es den Fußballverband, das Team oder das Spiel betraf. Also gab ich ein Interview nach dem anderen, und mein Gesicht war überall präsent.

»Und was, wenn die Taliban auftauchen?«, fragte ein Reporter.

»Das ist mir egal, wir spielen weiter.«

Natürlich war es mir nicht egal, natürlich machte ich mir Sorgen um die Sicherheit jeder einzelnen Spielerin. Aber anscheinend war es schwierig zu verstehen, was ich auch meinem Vater immer wieder erklärte: Wir waren sowieso ständig in Gefahr, egal, was wir taten. Die Bedrohung durch die Taliban war kein Grund, etwas nicht zu tun. Denn dann würden sie gewinnen.

Als Karim von dem Match erfuhr, war er außer sich. »Was hast du getan?«, tobte er. Er wusste von einem

Freundschaftsspiel, hatte sich aber nicht weiter damit befasst. Das öffentliche Interesse daran traf ihn völlig unerwartet. »Dass wir die Frauenmannschaft gegen NATO-Soldatinnen spielen lassen, bringt uns in eine gefährliche Lage. Jetzt wird der Fußballverband zur Zielscheibe der Taliban. Das ist das Gefährlichste, was du jemals angestellt hast.«

Viel größere Sorgen als Karims Vorwürfe bereitete mir jedoch, dass sich Zahir Aghbar, Ex-Polizeichef und neuer Präsident des afghanischen NOC, über das Spiel aufregte. Der dynamische und ehrgeizige Mittvierziger war ein Jahr zuvor schon auf mich aufmerksam geworden, als ich auf dem verbandseigenen Platz Tennis zu spielen begann und einen der Tennistrainer engagierte, um mir morgens vor der Arbeit Unterricht zu geben. Als Aghbar davon erfuhr, kam er öfter vorbei. Ich trug stets die weiteste, unweiblichste Tenniskluft, die ich finden konnte, weil ich mich darin sicherer fühlte. Immer wieder bot er mir an, einmal gegen mich zu spielen.

Karim war mittlerweile zum Gouverneur einer der afghanischen Provinzen ernannt worden. Er wurde zusehends mächtiger und ließ sich immer seltener im Verbandsgebäude blicken. Die Geschäfte erledigten mittlerweile ich und zwei Kollegen. Karim rief ab und zu an, um uns zu kontrollieren, aber im Großen und Ganzen überließ er alles uns. Ich war sieben Tage die Woche im Büro, von frühmorgens bis spätabends.

Es hatte schon immer Spannungen zwischen dem NOC und dem Fußballverband gegeben. Aghbar dachte vielleicht, er könne nun, wo Karim oft weg war, seinen Machtbereich ausdehnen. Vielleicht war er aber auch nur neugierig auf diese Frau, die sein Rivale so protegierte. Als er erkannte, wie sehr Karim sich auf mich verließ, wurde sein Interesse noch größer. Ich bekam mit, dass er alle möglichen Fragen über mich und meine Familie stellte. Immer wieder kam er auch zu mir ins Büro. Auf Auslandsreisen kaufte ich oft originelle Servietten in den verschiedenen Städten und brachte sie nach meiner Rückkehr mit ins Büro. Da stand er im Türrahmen, bat um eine Serviette und nahm sie sich, obwohl ich Nein sagte. Sogar die hübsche Schachtel, in der sie lagen, wollte er haben. Je abweisender ich reagierte, desto dreister wurde er.

Seit auf dem NATO-Stützpunkt eine Bombe explodiert war – das war noch vor dem »Game of Friends« –, durften Einheimische das Gelände nicht mehr betreten. Also konnten wir dort nicht mehr trainieren. Ich beantragte mit Nachdruck beim Verband und beim NOC, irgendwo anders trainieren zu dürfen. Schließlich stimmten sie zu. Sie erlaubten uns nicht, das Stadion zu benutzen, stattdessen wies man uns das asphaltierte Basketballfeld direkt daneben zu. Wir durften außerdem in der Halle trainieren. Es war ein kleiner Fortschritt, bedeutete aber auch, dass wir angreifbarer wurden, weil hier mehr Leute unterwegs waren. Wir waren sichtbarer.

Die Sicherheit meiner Spielerinnen war mir extrem wichtig. Wenn sich ihnen jemand näherte, rief ich: »Wer sind Sie? Warum beobachten Sie uns? Wir trainieren. Gehen Sie, sofort!«

Das Team entwickelte sich und war glücklich in der neuen Umgebung. Aber Aghbar beobachtete meine Aktivitäten mit unverhohlenem Interesse.

Zum »Game of Friends« bekam er seine Einladung von einem Boten persönlich überreicht. Er öffnete das Kuvert, las, ließ mich rufen und schleuderte mir das Blatt ins Gesicht. »Ich bin der Präsident des NOC. Warum wusste ich nichts davon? Keiner hat mich um Erlaubnis gefragt, und jetzt lädt man mich zu einem Event ein, das ich gar nicht genehmigt habe. Verflucht noch mal, was soll das?«

»Ich beziehe mein Gehalt nicht vom NOC«, antwortete ich. »Ich bin nicht Ihre Angestellte. Sie haben kein Recht, mich so zu behandeln. Wenn Sie Vorschläge oder Beschwerden haben, wenden Sie sich an meinen Chef Karim. Sie sind zu dieser Veranstaltung eingeladen. Wenn Sie nicht kommen wollen, ist das Ihre Sache.«

Ich nahm die Einladung und ging. Sein ungläubiger Blick brannte sich in meinen Rücken, als ich den Raum verließ. Er war es nicht gewohnt zu verlieren.

Aghbar versuchte alles, um mich zu manipulieren. Er begann, mich in sein Büro einzuladen, rief mich ständig an und wollte über jede einzelne meiner Aktionen und Entscheidungen diskutieren. Aber ich antwortete stets, dass ich nicht seine Angestellte sei.

Manchmal tauchte er während unseres Trainings auf. Er wusste genau, wann wir uns trafen, marschierte in die Halle, gefolgt von seinen Bodyguards, und knallte laut die Tür hinter sich zu. Wir trugen beim Training kein Kopftuch, weil keine Männer anwesend waren oder zumindest nicht sein sollten. Aber er warf uns die fehlende Kopfbedeckung sofort vor und brüllte: »Wer führt hier unislamische Sitten ein? Ihr seid Muslimas und verpflichtet, einen Hidschab zu tragen.« Er machte mich für alles zum Sündenbock. Als Leiterin des Frauenfußballs war ich für die fehlende Kopfbedeckung verantwortlich. Vor meinen Teamkameradinnen bezeichnete er mich als desorganisiert, ungebildet, unzuverlässig.

Die Mädchen konnten nur staunen. »Was hast du diesem Typ getan, dass er so grob zu dir ist?«, fragte Jamila, unsere linke Außenverteidigerin, die zu einer echten Säule der Mannschaft geworden war. »Sag doch Karim Bescheid. Warum hat Aghbar es so auf dich abgesehen?«

Aber ich wusste, dass ich damit alleine fertig werden musste.

Durch den permanenten psychischen Stress war ich irgendwann so ausgelaugt, dass ich während einer Trainingsstunde einen Schwächeanfall bekam. Ich dribbelte den Ball langsam vor mich hin und sah plötzlich nichts mehr. Es war, als hätte man vor meinen Augen einen schwarzen Vorhang heruntergelassen. Mir wurde schwindelig, ich verlor das Gleichgewicht, konnte nicht mehr atmen. Ich war erschöpft – körperlich und seelisch. Aber ich versuchte, meinen Zustand vor den anderen zu verbergen. Ich stolperte mit gesenktem Kopf zum Spielfeldrand, um dort Luft zu schnappen und meinen Atemrhythmus wiederzufinden. Es war eine Panikattacke und fühlte sich an, als ob mir jemand den Hals zudrücken würde. Mir brannte die Brust, als würde sie auseinandergerissen. Sobald ich mich gefangen hatte, verließ ich das Training.

Der einzige Ort, der mir eine Art Frieden und Freiheit gewährte, wo ich mich lebendig und glücklich fühlte, hatte seine Zauberkraft verloren. Mit jedem Auftauchen hatte Aghbar ihn langsam, aber sicher zerstört.

Einmal, als die Mädchen zum Training kamen, verwehrte ihnen einer von Aghbars Leibwächtern den Zutritt und schickte sie weg. Sie warfen mir vor, mit meinem Benehmen hätte ich ihnen den Trainingsplatz und das Fußballspielen genommen. Dass sich meine Teamkameradinnen gegen mich stellten, war für mich das Schlimmste. Ich kämpfte wie eine Löwin, um Möglichkeiten für Frauen zu schaffen. Wurde all das nun zerstört, gerade weil ich so kämpfte?

Das NOC und der Fußballverband versuchten ständig, die Mannschaft zu spalten und uns gegeneinander auszuspielen. Sie verstärkten ihren Einfluss im Team, indem sie sich diejenigen vornahmen, die sich am leichtesten manipulieren ließen, und sie mit Versprechungen oder Drohungen fügsam machten. Man begann, mich systematisch zu diskreditieren, nannte mich selbstsüchtig, aggressiv, machthungrig, inkompetent und egoman. Dieses Gift träufelten sie dem Team ein, während sie sich selbst als Retter darstellten.

Als dann 2010 ein Trainingslager anstand, das uns auf die Spiele der Südasienmeisterschaft vorbereiten sollte, ließ Aghbar meinen Dienstausweis sperren, damit ich das Team nicht begleiten konnte. Nur ganz wenige Frauen in

Afghanistan haben einen Dienstausweis. Unserer wurde von der Regierung ausgestellt und erlaubte den Spielerinnen, zu internationalen Fußballspielen zu reisen, was dennoch jedes Mal genau überprüft wurde. Als unsere Ausweise für den Visumsantrag an die ausländische Botschaft geschickt wurden, hielt man meinen zurück. Ich hatte damit schon gerechnet und meinen Plan B in der Tasche: Ich besaß auch einen normalen Reisepass und beantragte mein Visum damit.

Es wurde immer schlimmer. Schon seit ich meinen Job beim Verband angetreten hatte, bekam ich Drohbotschaften. Jetzt wurden ich und meine Familie ständig mit Anrufen und Textnachrichten belästigt, jeden Tag. Es hörte nie auf. Man drohte, man würde mich umbringen, vergewaltigen und Nacktfotos von mir verbreiten.

Ich bemerkte, dass ich auf der Straße immer dieselben Gesichter sah. Offensichtlich wurde ich überwacht. Angesprochen wurde ich nie, aber ihre Gegenwart war Drohung genug. Dann gab es eine Reihe von Vorfällen auf dem Weg zum und vom Training. Obwohl man mich aus dem Team geworfen hatte, ging ich immer noch zum Training, auch um zu demonstrieren, dass sie mich nicht kleinkriegten. Aber vor allem wollte ich meinen Mitspielerinnen zeigen, dass ich mich von den Repressalien nicht einschüchtern ließ. Doch immer öfter kreisten mich die Beschatter ein, verstellten mir wortlos den Weg und versuchten, mir Angst zu machen.

Das waren aktive Eingriffe in mein Leben; sie beeinträchtigten meine Bewegungsfreiheit und mein Sicherheitsempfinden massiv. Nirgends in der Stadt konnte ich mehr hingehen, ohne ständig dieser drohenden Präsenz ausgesetzt zu sein. Ich konnte nicht mehr zu Fuß in Geschäfte oder Restaurants gehen. Und ich hatte furchtbare Angst, dass sie auch meine Familie zersetzen würden, vor allem meine Brüder.

Karim tat in der Zeit sein Bestes, um mich zu schützen, und dafür war ich ihm dankbar. Damit gewann er mein Vertrauen zurück. Er organisierte einen Wagen und einen Chauffeur, der mich sicher zum Arbeitsplatz und wieder nach Hause brachte. Naiv, wie ich war, dachte ich, das entspränge seinem Wunsch, für meine Sicherheit zu sorgen.

Ich war mittlerweile mit allen Bereichen der Verbandsarbeit vertraut, auch mit dem Männerfußball und der Nachwuchsförderung. Wenn Karim nicht da war, übernahm ich oft die Leitung. Meine Kollegen akzeptierten das notgedrungen, doch mir war klar, dass es ihnen nicht gefiel. Ich traute fast keinem mehr und wusste, dass meine Mitarbeiter keine Freunde waren – im Gegenteil.

Dann bekam auch unser Trainer Drohungen und musste um sein Leben fürchten. Ich hatte ständig Angst – um mich, unseren Coach, meine Familie. Ich konnte nicht mehr nach rechts oder links schauen, ohne misstrauisch zu werden. Die Angst war überall und hörte nie auf. Ich wechselte regelmäßig meine Telefonnummer, um den ständigen Textnachrichten zu entkommen. Es gelang nicht.

Eines Nachmittags, als ich mit dem Wagen unterwegs war, fiel mir ein Auto auf, das hinter uns fuhr. Ich behielt es im Auge, und eine innere Stimme sagte mir, dass es uns folgte.

Dann sah ich, wie das Auto beschleunigte, aber alles ging so schnell, dass ich nicht wirklich realisierte, was da passierte. Der Schock des Aufpralls nahm mir den Atem. Er klang wie ein Gewehrschuss. Meine Ohren dröhnten. Durch die Wucht des aufprallenden Autos war ich nach vorne geschleudert worden. Ich versuchte, klar zu denken. Ich berührte meine Lippe, die ich mit der Armbanduhr gestreift hatte, aber sie blutete nicht. Dann sah ich nach dem Fahrer, der ganz benommen schien. Ich schaute aus dem Rückfenster. Das Auto, das uns gerammt hatte, stand direkt hinter uns und hatte eine eingedrückte Motorhaube. Ein Schütze kletterte aus einem der Fenster. Der Anblick, wie er sich aus dem Auto wand, gab mir den Rest. Ich dachte: Der Moment ist gekommen, ich werde sterben.

Ich griff nach den Gurten meines Rucksacks, drückte die Wagentür auf und stolperte ins Freie. Ich konnte nicht richtig stehen, verlor fast das Gleichgewicht, riss mich zusammen und rannte los. Wir waren mitten in Kabul, und es herrschte dichter Verkehr, was dieses Mal von Vorteil war. Geduckt schlängelte ich mich zwischen den Fahrzeugen hindurch, bis ich mich so weit entfernt hatte, dass sich keiner mehr für mich interessierte. Ich versuchte, mich vor meinen Verfolgern zu verbergen, wusste aber nicht, wo und wer sie waren. Ich wartete, bis ich den Eindruck hatte, ungesehen um die Ecke verschwinden zu können, und lief weiter. Ich wusste nur: Ich darf nicht anhalten.

Irgendwann kam ich in eine ruhigere Gegend und fand einen Ort zum Verschnaufen. Ich wartete noch etwas ab und fühlte mich dann sicher genug, um meinen Vater anzurufen, damit er mich abholte. Als sein Wagen heranrollte, warf ich mich hinein, ließ mich quer über die Rückbank sinken und konnte zum ersten Mal seit Stunden wieder ruhig atmen.

Später am Abend saß ich mit meinen Eltern zusammen.

»Hast du eigentlich auch einmal an uns gedacht?«, fragte mein Vater. »Die können dich umbringen. Du bist eine Spielfigur, du wirst benutzt. Hast du dir das schon einmal klargemacht?«

»Ich muss das Spiel mitspielen«, antwortete ich.

»Du wirst benutzt. Du könntest im Gefängnis landen, Khalida. Dann kann ich nichts für dich tun, denn in deinem Alter bin ich nicht mehr dein gesetzlicher Vertreter. Sie dagegen können im Gefängnis mit dir tun, was sie wollen.« Er machte eine Pause. »Hast du auch mal an uns gedacht?«

Ich fühlte mich verloren. So unglaublich verloren. Ich hatte keine Antworten. Schweigend saß ich da und kämpfte mit der Bürde der Fragen, die zu stellen mein Vater jedes Recht hatte. Trotzdem kam Aufhören für mich nicht infrage. Ich konnte nicht aufgeben. Also machte ich einfach weiter.

Ich erhielt einen Brief nach dem anderen von Aghbar und seinen Vasallen, die mich aufforderten, vor dem NOC zu erscheinen und zu erklären, mit welchem Recht ich die »Game of Friends« organisiert hatte. Man warf mir vor, ich hätte damit Menschenleben in Gefahr gebracht, und indirekt auch den Fußball diskreditiert. Ich ignorierte die Briefe. Fuck you, dachte ich nur.

Ich hatte versucht, das NOC bei der Förderung des Frauenfußballs mit einzubeziehen, und war abgewiesen worden. Nun versuchten sie, meine Arbeit zu untergraben.

Als das Team seinen Trainingsplatz aufgeben musste, trommelte ich meine Verbündeten in den Medien zusammen, damit sie darüber berichteten. Die Nachricht machte Schlagzeilen. Ich hatte ein Live-Interview in den 18-Uhr-Nachrichten und gab darin offen zu, Angst zu haben.

»Ich weiß, dass ich verfolgt werde«, erklärte ich. »Jeder Moment kann mein letzter sein. Ich weiß, dass alles ständig schlimmer und gefährlicher wird, und deshalb kann ich mir gut vorstellen, dass man mich erschießen, entführen oder vergewaltigen wird.«

In der Sendung nannte ich die Namen aller Beteiligten und erzählte, was alles vorgefallen war. Meines Wissens war ich die erste Frau, die im Fernsehen so offen sprach. Aber in der afghanischen Gesellschaft wird das nicht positiv bewertet, es hagelte Vorwürfe. »Warum hast du nicht gekündigt? Warum kämpfst du immer weiter?« In ihren Augen war alles mein Fehler. Selbst meine Großmutter mütterlicherseits fragte mich, warum ich das täte. Ich blieb ruhig. Das konnte ich ganz gut, nach außen hin sachlich wirken. Aber innerlich tat es verdammt weh.

Ich wusste, meine Zeit im Verband war begrenzt, deshalb wollte ich sie nach besten Kräften nutzen. Ich hatte eine Machtposition erreicht und weitere Frauen in den Verband gebracht. Ich hatte Geld aufgetrieben, und auch wenn das meiste davon nie auch nur in die Nähe des Frauenfußballs gelangte, half es uns, Events im ganzen Land zu organisieren. Dass so viele Mädchen Fußball spielten, hatte es in der Geschichte Afghanistans noch nie gegeben. Eine ganze Generation von ihnen entdeckte nun, was es bedeutete, Teil eines Teams zu sein.

Ich hatte viele Opfer gebracht, um Frauen neue Wege zu eröffnen, ihnen einen anderen Blick auf die Welt zu ermöglichen. Wenn meine Zeit vorbei war, würden sie sich entscheiden müssen, ob sie meinen Kampf weiterführen wollten oder nicht. Der Grundstein war gelegt, und wenn man mich umbrachte, war das der Preis, den ich dafür bezahlen musste – und der es mir wert war. So hatte ich das mental für mich geklärt und deshalb irgendwann auch weniger Angst – zumindest um mich selbst.

Am Jahrestag der Vertreibung der Russen aus Afghanistan hatte Aghbar das Fußballstadion für eine Veranstaltung vermietet. Ganze Armeen marschierten über den Rasen bis vor die Tribüne, auf der Präsident Karzai saß. Ihre Stiefel gruben sich tief in den Boden. Uns hatte man gesagt, mit unserem Spiel würden wir den Rasen ruinieren. Nun sah ich, wie Hubschrauber darauf landeten. Ich war so wütend, dass ich einen der größten Fernsehsender anrief und sagte: »Die Frauen-Nationalmannschaft durfte nicht in dem Stadion spielen, und jetzt vermieten sie es für Feste und Events.«

TV-Leute kamen und filmten die landenden Helikopter und die marschierenden Soldaten. Sie interviewten mich und die Spielerinnen, und ich wetterte wiederholt gegen Aghbar.

Ich beschuldigte ihn, meinen Ausweis eingezogen zu haben und mich für seinen Feldzug gegen Karim zu benutzen. Die Welt sollte endlich wissen, was hier passierte.

Doch dann wurde mein Bruder Shapoor auf dem Gelände seiner Universität von einem Unbekannten mit einem Messer angegriffen. Seine Lederjacke wurde zerfetzt, und er erlitt schwere Verletzungen. Er überlebte zum Glück.

Parallel dazu kamen Aghbar und ein Vertreter des Verteidigungsministeriums in mein Büro gestürmt, flankiert von teils bewaffneten Leibwächtern. Der NOC-Präsident streckte den Arm aus, packte meine Hand und zerrte mich von meinem Bürostuhl. Ein Schmerz durchzuckte mich vom Handgelenk bis hoch zur Schulter. Ich versuchte, mich zu befreien. »Du beschuldigst mich. Du holst die Medien dazu. Du weißt, welche Folgen das hat. Hast du das bedacht?«

»Haben Sie das bedacht?«, erwiderte ich und deutete auf Karims Kamera über uns. »Alles in diesem Büro wird aufgenommen.«

Sein Blick wanderte zwischen der Kamera und mir hin und her. Dann sagte er, während er meine Hand immer noch fest gepackt hielt: »Du hast mit diesem Spiel begonnen. Wir werden ja sehen, wer gewinnt.« Danach verließ er mein Büro und schlug die Tür hinter sich zu.

Ich sank auf meinen Bürostuhl und massierte meine schmerzende Hand. Aber ich hatte nicht viel Zeit zum Nachdenken, denn schon ein paar Stunden später kam ein Brief mit der Anweisung, der Fußballverband hätte seine Büroräume im Gebäude des NOC sofort zu verlassen.

Ich rief Karim an und erzählte ihm, was vorgefallen war. Karim wies mich an, andere Räumlichkeiten zu suchen, wo ich und ein Kollege vorübergehend arbeiten könnten, bis das neue Gebäude, in das der Verband ohnehin bald umziehen würde, bezugsfertig war. Er versicherte mir, dass ich als Finanzdirektorin autorisiert war, etwas anzumieten und die alten Büros auszuräumen. »Nimm alles mit, lass nichts zurück. Ein paar Schreiner sollen alles ausbauen.«

Also organisierte ich den Abbau unserer Büros und half auch selbst mit. Ich stieg auf einen Stuhl, um ein großes Poster von meinem Helden Ronaldinho von der Wand neben dem Fenster abzunehmen. Ich glitt mit einem Messer unter die Ecken, wo der Klebestreifen schon ganz hart geworden war, und versuchte, ihn abzulösen. Ich liebte Ronaldinho. Ich liebte das brasilianische Team, dieses Flair, diese Farben. Das alles stand in solch einem Kontrast zu meinem Leben in Afghanistan. Ich träumte von einer Samba-Explosion, wenn ich die erstickenden Lebensumstände der Frauen in meinem Land betrachtete.

Während ich noch mit dem Poster beschäftigt war, fiel mein Blick aus dem Fenster auf einen Mann, der auf der Straße stand und eine Videokamera auf mich richtete. Ich wusste nicht, was das zu bedeuten hatte, und stürmte hinaus, war aber zu langsam. Ich sah ihn nur noch davonrennen.

Dann machte ich mich wieder ans Ausräumen, löste auch ein Poster von der Wand im Flur und nahm einen weiteren Mann wahr, der mich filmte. Ich rief »Hey!« und sprang vom Stuhl, um ihn zur Rede zu stellen, aber auch er entwischte mir. Als die Büros leer waren und ich die Schreiner dafür bezahlt hatte, auch die Trennwände noch abzubauen, ging ich nach Hause.

Am nächsten Morgen fuhr ich wie üblich zur Arbeit, als der Kollege mich anrief und warnte, die Polizei würde mich suchen.

Die nächste Stunde verbrachte ich damit, mich in Nebenstraßen zu verstecken. Dann rief ich Amir an.

Vor ungefähr einem Jahr hatten wir uns ineinander verliebt. Jedenfalls hielt ich es für Liebe. Es hatte damit begonnen, dass er mir Unterricht darin geben sollte, wie sich eine gläubige Frau verhält, damit mich der andere Dozent an der Universität nicht durchfallen ließ. Nach meinem Abschluss waren Amir und ich in Kontakt geblieben. Wir trafen uns in Cafés und Restaurants, wo uns keiner kannte. Es war riskant. Ich war weit entfernt von der Art Frau, die sich seine Familie für ihn wünschte. Und ich wusste, wie gefährlich es gewesen wäre, wenn Karim von unserer Beziehung erfahren hätte. Eine unverheiratete Frau, die sich mit einem Mann trifft, allein! Das hätte dem Ansehen des Verbands geschadet und meinen Ruf vollends ruiniert.

Amir arbeitete für die Regierung. Wir versuchten, uns jeden Tag zu sehen, in irgendeinem Café abseits der Hauptstraßen, um über Gott und die Welt zu reden. Dann bestellte er mir ein Taxi nach Hause und ging. Keiner wusste davon. Dass ich ihn so heftig liebte, lag vielleicht daran, dass mir klar war, es würde nicht ewig dauern. Vielleicht war es auch gar keine Liebe; vielleicht war ich einfach nur glücklich, jemanden gefunden zu haben, mit dem ich reden und dem ich vertrauen konnte.

Meine Mutter und meine Großmutter setzten mich mittlerweile ziemlich unter Druck, endlich einen Ehemann zu finden und ein geregeltes Leben zu führen. Für eine Frau war es ungewöhnlich, in ihren Zwanzigern noch solo zu sein. Sie hätten mich gern verheiratet gesehen, nicht zuletzt, weil mir der Ring am Finger einen gewissen Schutz verleihen würde. Meine Mutter machte sich große Sorgen um mich und war überzeugt, die Heirat würde mir zu einem besseren Ruf verhelfen, dann würden die Schikanen und Demütigungen abnehmen. Im Verband wurde ich ständig angebaggert. Nicht wenige dachten, sie könnten eine Affäre mit mir haben – warum sonst war ich dort? Ich war in ihren Augen eine Prostituierte, die dem Verbandspräsidenten zu Willen war, also konnten sie das auch für sich erwarten. Obwohl es mir nicht wirklich gefiel, kleidete und verhielt ich mich betont unweiblich, um ja keine falschen Signale zu senden. Meine Stimme und meine Redeweise wurden sehr maskulin, ich versuchte, so unattraktiv wie möglich zu wirken.

Die Kandidaten, die meine Mutter und meine Großmutter zu uns nach Hause einluden, ließ ich stundenlang warten. Ich erklärte offen, wie ich mir meine Zukunft vorstellte. Irgendwann gaben die beiden die Hoffnung auf. Mein Vater dagegen verurteilte die traditionellen Erwartungen, die man in Afghanistan an eine Tochter stellte. Er und mein Großvater fanden überhaupt nicht, dass ich heiraten sollte. Jedes Mal, wenn meine Mutter und meine Großmutter wieder einen potenziellen Ehemann einluden, konnte man ihnen ansehen, wie traurig sie das machte.

»Lasst sie doch ungebunden sein. Sie braucht keinen Mann«, sagte mein Vater immer. Er wollte nicht, dass ich ging. Die Männer und Frauen meiner Familie verhielten sich wie zwei gegnerische Teams, ich stand dazwischen wie eine Schiedsrichterin.

Fast mein gesamtes bisheriges Leben hatte ich meine wahren Gefühle verbergen müssen. Es kam mir vor, als seien die Treffen mit Amir die einzigen Gelegenheiten, einfach ich selbst zu sein. Damit wir Zeit miteinander verbringen konnten, fuhren wir auch ins Ausland, nach Indien, Dubai oder Pakistan, wo wir uns unbedenklich gemeinsam in der Öffentlichkeit zeigen konnten. Er bat mich immer wieder, den Fußballverband zu verlassen, weil es dort zu gefährlich für mich sei. Aber ich wusste, dass ich es nicht übers Herz bringen würde, mein Engagement für den Sport und die Rechte der Frauen aufzugeben.

Als ich Amir an jenem Morgen in Panik anrief, ging er sofort ans Telefon.

»Wo steckst du? Ich habe eben die Nachrichten gesehen.«

»Ich weiß nicht, was ich tun soll«, keuchte ich verzweifelt und erzählte ihm alles.

»Okay, such dir einen Ort, wo sie dich nicht finden können. Geh in den Park. Sie werden dich nicht an einem öffentlichen Platz vermuten, sondern davon ausgehen, dass du dich zu Hause, bei Freunden oder Verwandten versteckst.«

Er klang besorgt. »Setz dich einfach unter einen Baum. Dann überlegen wir weiter und versuchen, Karim zu erreichen.«

Aber er machte mir auch Vorwürfe: »Warum hast du keinen schriftlichen Auftrag von Karim für den Abbau der Büros verlangt? Wie willst du beweisen, dass diese Explosion nicht auf dein Konto geht? Das ist ein Gebäude auf Regierungsgelände. Hast du einen schriftlichen Beweis dafür, dass Karim dich beauftragt hat, die Büros auszuräumen und Arbeiter für den Abbau zu engagieren?«

»Ich habe keinen Beweis«, sagte ich niedergeschlagen.

Im Frauengarten saß ich mit dem Rücken an einen Baumstamm gelehnt, mir wurde die Gefährlichkeit meiner Situation nun erst richtig klar.

Ich wählte wieder Karims Nummer, und dieses Mal nahm er ab. Eine Welle der Erleichterung durchflutete mich, sie ebbte aber schnell ab. Er drängte mich, in die Stadt zurückzukommen, und ich folgte seinem Rat, auch wenn ich Gefahr lief, gesehen zu werden. Karim erwartete mich in der Nähe des alten Büros an einer versteckten Stelle.

»Warum hast du das getan?«, bellte er.

»Was?« Ich prallte zurück. Was meinte er? Dachte er etwa, ich hätte tatsächlich das Gebäude in die Luft gejagt? »Sie hatten mir aufgetragen, die Büros auszuräumen und Schreiner anzuheuern, um die Trennwände abzubauen.«

»Du hast es vermasselt«, zischte er. »Sie haben Videos, die beweisen, dass du es warst. In einem Video sieht man dich sogar mit einem Messer in die Wand stechen. Das ist ein eindeutiger Beweis, ich kann dir nicht helfen. Warum hast du das getan? Warum hast du dich auf so etwas eingelassen?«

Die Videos. Die Männer, die ich wegrennen sah. Es war ein abgekartetes Spiel gewesen.

»Sie haben Anweisung gegeben, die Räume völlig leer zu hinterlassen«, sagte ich.

»Ich sagte: Pack die Ordner ein und geh«, meinte er ungerührt. »Ich habe dich nicht angewiesen, alles abzubauen. Wann soll ich das gesagt haben? Hast du Beweise dafür?«

Da erkannte ich, dass ich hereingelegt worden war. Jetzt verstand ich alles. Ich war zu einer Belastung geworden.

Ich zerbrach mir den Kopf. Wohin sollte ich gehen, was sollte ich tun? Die Zeit rannte mir davon. Ich ließ Karim stehen. Meine Hände waren gebunden, ich hatte für meine Unschuld keine Beweise. In den Medien erzählten die Arbeiter den Reportern, eine Frau namens Khalida Popal hätte sie angewiesen, alles zu zerstören, und sie auch dafür bezahlt. Sie selbst seien unschuldig und hätten nur ihren Auftrag ausgeführt.

Auf meinem Handy traf eine Nachricht nach der anderen ein, und auch meine Eltern wurden von Anrufen überschwemmt. Sie wurden von allen Seiten angegriffen. Überall prangte mein Foto, zusammen mit denen zweier Kollegen. Man warf uns vor, ein Attentat auf den Präsidenten geplant zu haben. Es gab eine offizielle Ermittlung. Das Event, zu dem der Präsident erwartet worden war, hatte man vorher bereits verschoben, er war an dem Morgen gar nicht im Haus gewesen. Ich erkannte, dass alles sorgfältig geplant und vorbereitet worden war. Die Presse kreuzigte mich als Landesverräterin und Verfechterin einer religionsfeindlichen Kultur und mutmaßte, der Westen hätte mich einer Gehirnwäsche unterzogen.

Ich war im Gefängnis gewesen, um Maryam zu besuchen. Dort waren Frauen, die aufgrund noch viel fadenscheinigerer Gründe verurteilt worden waren. Wir alle kannten Fälle, in denen Frauen verschwunden waren, weil sie angeblich Schande über die Familie gebracht hatten. Es wäre ein Leichtes, auch mich verschwinden zu lassen.

»Egal, was du tust, du musst so schnell wie möglich fort. Ich kann dich nicht retten«, sagte mein Vater hastig am Telefon. Mit meinen Brüdern konnte ich keinen Kontakt aufnehmen, denn das hätte sie gefährdet.

Ich versuchte, mich so unauffällig wie möglich zu verhalten. Keiner durfte darauf aufmerksam werden, dass ich meine Flucht plante. Ich ließ alle meine Kontakte zu vertrauenswürdigen Leuten spielen, die mir helfen konnten, einen gültigen Ausweis auf einen falschen Namen zu bekommen. Meine Familie erbot sich, den Transport zum Flughafen zu organisieren. Ich hielt mich im Frauengarten versteckt und wurde dann zu entfernten Verwandten geschmuggelt, denn mein Elternhaus wurde sicher überwacht.

In der Nacht vor meiner Abreise ging ich trotzdem nach Hause. Alle schliefen, als ich hineinschlich. Ich hatte ihnen nicht gesagt, wann genau ich fliegen würde, zu ihrer eigenen Sicherheit. Und auch ich selbst hatte es erst wenige Stunden vorher erfahren. Ich nahm nur einen Rucksack und ein Foto von meinem Team mit und schlüpfte wieder hinaus auf den Hof. Eine Weile stand ich da, ließ meinen Blick über den Hof schweifen und hatte das überwältigende Gefühl eines Déjàvu. Dieses Mal wollte ich mir alles genau einprägen, also scannte ich meine Umgebung und versuchte, die Bilder von unserem Haus, den Bäumen, dem Rasen und den Mauern in meinem Gehirn abzuspeichern. Ich schrak zusammen, als ich die Tür hinter mir klappen hörte. Es war mein Großvater.

»Gehst du?«, fragte er.

»Ich muss für meinen Job verreisen«, stammelte ich.

Aber er wusste sofort Bescheid.

»Ich glaube, du gehst und kommst nicht mehr zurück«, sagte er.

Ich war den Tränen nahe und tat alles, um nicht die Beherrschung zu verlieren. »Ich weiß es nicht. Im Moment weiß ich überhaupt nichts. Bitte sage nichts. Sage keinem, dass du mich gesehen hast.«

Tränen rannen ihm über die Wangen. Er wirkte plötzlich älter, gebrechlicher. Ich wollte meinen Großvater nicht umarmen, nicht Auf Wiedersehen sagen – ich konnte es nicht. Ich musste sofort gehen; hätte ich nur eine Minute länger gewartet, wäre ich nie durch das Tor gekommen. Ich setzte mich in das Taxi zum Flughafen; mein Kopftuch saß so akkurat, wie es mir nur möglich war.

Amir stand am Flughafen. Als ich ihn sah, begann ich am ganzen Körper zu zittern. Ich fühlte mich, als würde ich entzweigerissen. Es gelang mir kaum, einen Fuß vor den anderen zu setzen. Ich schaute ihn nur an. Wir konnten nicht miteinander reden, konnten uns nicht berühren, weil das Risiko, beobachtet zu werden, zu groß war. Jegliche Verbindung mit mir hätte ihn in Gefahr gebracht. Also standen wir einfach da und sahen einander an. Dann drehte er sich um und ging.

Es waren nur noch wenige Minuten bis zum Abflug. Das gehörte zum Plan: Ich sollte als Letzte an Bord gehen. Ich hatte keine Angst, als ich durch die Sicherheitskontrolle ging, mein Pass war gut gefälscht.

Ich bestieg das Flugzeug und ließ mich auf den Sitz fallen, machte mich darin ganz klein, damit mich keiner wahrnahm. Ich war am Boden zerstört. Meine Flucht bedeutete, dass ich aufgab und sie gewonnen hatten. Ihre Versuche, mich kleinzukriegen, hatten mich zwar nicht ins Gefängnis bringen können. Aber sie wurden mich los und nahmen mir gleichzeitig alles. Sie zwangen mich, mein Land und die Menschen, die ich liebte, zu verlassen und eine Reise ins Ungewisse anzutreten. Ich befand mich in einem Schockzustand und wollte das alles nicht wahrhaben.

Ich redete mir ein, ein paar Monate später zurückkommen zu können. Sicher würde sich alles wieder einrenken. Aber als die Räder von der Rollbahn abhoben, spürte ich, wie mein Herz in tausend Stücke zersprang und mir die Tränen kamen. Ich weinte, bis das Flugzeug in Delhi landete. Zum zweiten Mal in meinem Leben musste ich meine Heimat verlassen.

Kapitel 12

Fußball ist ein Spiel mit minimalen Ergebnissen. In den meisten anderen Mannschaftssportarten kannst du im Verlauf eines Spiels viele Punkte machen. Aber beim Fußball entscheidet oft ein einziges Tor über Sieg und Niederlage. Deshalb bedeutet es alles, ein Tor zu schießen oder zu kassieren. Und in der Zehntelsekunde vor dem Torjubel spürst du nur eins: unbändige Freude und Erleichterung. Mach die Augen auf.

»Hey!«

Ich saß zusammengesunken auf einer Bank im Park neben dem Flüchtlingszentrum und starrte ins Leere. Den Fußball, der auf mich zugerollt kam, hatte ich nicht wahrgenommen. Das Mädchen deutete wieder darauf. Dann winkte sie mir.

»Hey! Hallo!«

Ich tat, als würde ich sie nicht hören, und blieb sitzen. Über meinen Gedanken lag eine meterdicke Betonschicht. Sie zuckte mit den Schultern, rannte los und kickte den Ball zurück zu ihrer Freundin. Irgendwo in meinem Inneren registrierte ich, dass sie Linksfüßerin war und sie einen guten Schuss hatte.

Die ersten Monate nach meiner Flucht aus Afghanistan gingen unter in einem Wirbel von Aktivitäten. Meinen 23. Geburtstag verbrachte ich allein in Delhi, ohne irgendeine Vorstellung davon zu haben, wie es für mich weitergehen könnte. Ich weiß nicht, was ich ohne Christian Stadil getan hätte, den Besitzer der dänischen Sportartikelfirma *Hummel*. Er meldete sich regelmäßig bei mir. Wir kannten uns bisher nur über die Arbeit, aber er und seine Mitarbeiter behandelten mich wie ein Familienmitglied. Meine Ersparnisse und alles, was ich von Freunden und Verwandten bekommen hatte, waren für die Organisation meiner Flucht aus Afghanistan draufgegangen. Mit der Unterstützung von *Hummel* konnte ich nun meine Unterkunft und Verpflegung bezahlen. Sogar die Tochter des Geschäftsführers, Mette, rief mich öfter an, einfach, um zu quatschen. Sie meinte, ich sollte mit jemandem über all das, was mir passiert war, reden. Mich anderen zu öffnen und von mir zu erzählen, kannte ich nicht. Ich war es auch nicht gewohnt, mich verletzlich zu zeigen. Mir ging es wirklich mies und Mette, die ein eigenes volles Leben hatte, meldete sich dennoch regelmäßig. Sie war empathisch und geduldig, eine positive Stimme am anderen Ende der Leitung.

Es war eine einsame Zeit. Mette urteilte nicht und machte auch keine Lösungsvorschläge. Sie hörte einfach zu und versuchte, für mich da zu sein.

Immer wieder bekam ich Panikattacken. Sobald ich einschlief, begannen die Albträume. Ich warf mich hin und her, wusste nicht, wo ich war, wenn ich aufwachte. In meinen Träumen stand eine dunkle Gestalt an meinem Bett, in anderen fand ich mich im Flüchtlingslager in Pakistan wieder. Schließlich bat ich im Hotel um eine zusätzliche Lampe, die ich nachts anlassen konnte, um die Schatten zu vertreiben. Auch körperlich war ich ein Wrack. Meine Periode dauerte einen ganzen Monat lang. Ich bekam Ausschlag überall am Körper, aß kaum. Ich war nicht mehr ich selbst.

Und die Drohungen gingen immer noch weiter. Ständig kamen Textnachrichten, in denen mir der Tod und anderes gewünscht wurde. Zwei Tage nach meiner Flucht hatte mir außerdem ein Kollege einen an mich adressierten Brief gescannt und zugeschickt. Es war ein Ausreiseverbot. Ich hatte es gerade noch geschafft zu entkommen.

Meine Hoffnung war, dass man die Ereignisse schnell vergessen würde. Es war doch immer so: An einem Tag gab es eine Explosion mit Hunderten von Toten und ein paar Tage später lief das Leben wieder in gewohnten Bahnen. Ich dachte, das würde in meinem Fall genauso sein – wenn sich die Wogen geglättet hatten, konnte ich zurückkehren. Aber diese Vorstellung war naiv.

Aufgrund der Situation, in der ich mich befand, musste auch meine Familie ihr gewohntes Leben aufgeben. Ich riet meinen Eltern, dringend unterzutauchen. Vor allem meine Mutter musste unbedingt die Schule verlassen und ihr Engagement für den Sport und die Fußballmannschaft, die sie trainierte, beenden. Ich empfahl ihr, alle Verbindungen zur Fußballwelt zu kappen, weil man niemandem trauen konnte. Meine Brüder waren schockiert über mein Verschwinden und wussten nicht, was sie dazu sagen sollten.

Die Zeit verrann. Ich musste aus Indien ausreisen, bevor mein Visum ablief, zog von Hotel zu Hotel, immer auf dem Sprung, während *Hummel* sich bemühte, eine Lösung für mich zu finden. Ich vermied Orte, wo es größere Ansammlungen von Afghanen gab. Ich hielt mich bedeckt und stand unter Dauerspannung. Was würde passieren, wenn ich zur indischen Polizei ginge: Würde man mich beschützen oder verraten? Eines Tages sah ich zufällig ein paar Leute von der Indian Olympic Association, dem indischen Pendant zum NOC, und geriet in Panik. Nirgends konnte ich mehr hin.

Trotz dieser Umstände versuchte ich weiter, mich um afghanische Spielerinnen zu kümmern. Vor allem um Gul. Sie war noch jung und hatte ein diffuses Verhältnis zu ihrem Geschlecht. Ihre Eltern hatten sich so verzweifelt einen Sohn gewünscht, dass sie ihr einen Jungennamen gaben und sie in eine Knabenschule schickten. In ihren ersten sieben oder acht Lebensjahren hatte man sie in dem Glauben gelassen, sie sei ein Junge. Sie ging als solcher zu Schule und spielte Fußball. Keiner kannte ihr wahres Geschlecht. Ein paar Jahre später brachte ihre Mutter einen Sohn zur Welt und die Familie beschloss, aus Gul wieder ein Mädchen zu machen. Von da an ging sie auf eine Mädchenschule. Sie stürzte in eine Krise, weil sie einfach nicht mehr wusste, wer sie tatsächlich war.

Vor meiner Flucht hatte ich ihr als ältere Freundin und Beraterin nach besten Kräften dabei geholfen, mit ihrem Trauma fertig zu werden. Kaum war ich fort, brach sie zusammen.

Sie schickte mir Nachrichten voller Verzweiflung und Wut, rief mich in Tränen aufgelöst an, konnte manchmal weder sprechen noch atmen. Ich tat mein Bestes, um sie wiederaufzurichten. Aber ich hatte selbst so viele Probleme und kämpfte ums Überleben.

Auch mit einer Spielerin der Nationalmannschaft hielt ich den freundschaftlichen Kontakt. Sie hieß Palwasha und hatte mich als Verteidigerin ersetzt. Sie machte keine großen Worte, sondern zeigte das, was in ihr steckte, auf dem Spielfeld. Man musste ihr nur ein paar Minuten zuschauen, um zu erkennen, wie gut sie war. Ein bisschen erinnerte sie mich an mich selbst. Ich ermutigte sie, die Leitung des Teams zu übernehmen, denn ich wollte nicht, dass Männer über die Frauenmannschaft bestimmten.

Über Palwasha hielt ich auch Kontakt zum Team. Ich war sicher, alle wussten, warum ich weg war. Die Nachrichten waren voll davon. Der Fußballverband dagegen schien nicht zu merken, dass ich mich aus dem Ausland weiter engagierte. Vielleicht war es ihm auch egal. Dass ich den Kontakt zur Mannschaft hielt, hatte nicht zuletzt persönliche Gründe. So hatte ich etwas, das mich beschäftigte, etwas Vertrautes, an das ich mich in der fremden Umgebung klammern konnte.

Meine einzige Hoffnung waren die Leute von *Hummel*. Endlich, nach drei Monaten, gelang es ihnen, mich nach Dänemark zu holen. Dafür musste ich zur dänischen Botschaft in Neu-Delhi gehen. Dieses Mal präsentierte ich meinen echten Pass, aber ich gab ihnen auch den falschen, weil er mein Visum für Indien enthielt. Ich erklärte ihnen, warum ich zwei Pässe besaß. Sie checkten meinen Background und machten sich mit meinem Fall vertraut. Trotzdem bekam ich kein humanitäres Visum, sondern nur ein Touristenvisum. Damit flog ich nach Aarhus, wo mich Christian Stadil und seine Tochter erwarteten. Sie brachten mich zum Firmengebäude von *Hummel*, wo man mich mit Kleidung ausstattete.

Am nächsten Tag erschien ich im Büro und bat darum, arbeiten zu können, und zwar in der Abteilung, die für das afghanische Sponsoring zuständig war.

»Warum«, fragte einer der Mitarbeiter, »warum um alles in der Welt willst du den Leuten helfen, die dich aus deiner Heimat verjagt haben?«

»Ich mache das nicht für sie«, antwortete ich. »Ich tue es fürs Team.«

Es war schließlich mehr als denkbar, dass der Verband mit meinem Weggang nun einfach zerfallen lassen würde, was wir aufgebaut hatten. Und das wollte ich auf keinen Fall zulassen.

Aus meinem Exil heraus arrangierte ich, dass afghanische Spielerinnen nach Norwegen reisen konnten, um am Norway Cup 2011, einem der größten Jugendfußballturniere weltweit, teilzunehmen. Ich reiste ebenfalls nach Norwegen, um die Mannschaft zu treffen. Als ich den Gemeinschaftsraum betrat, kamen uns allen die Tränen. Selbst Palwasha, die sonst so stark war, kam zu mir und fiel mir schluchzend um den Hals. Es bestätigte sich, was ich vermutet hatte – sie alle hatten die Nachrichten verfolgt. Aber sie umarmten mich und betrachteten mich als eine der Ihren. Zum ersten Mal seit Langem fühlte ich mich wieder zugehörig. Dann wollten sie wissen, wie es nun für uns alle weiterginge. Ich ließ mich auf den neuesten Stand bringen und mir wurde schnell klar, dass einige der Spielerinnen in Gefahr schwebten.

Zuerst redete ich mit Gul unter vier Augen. Sie war mager und blass und sprach ganz leise. Zögerlich gab sie zu, dass sie nach meinem Weggang zweimal versucht hatte, sich umzubringen. Ich nahm ihre Hände in die meinen. »Wir werden einen Weg für dich finden«, versprach ich ihr. Es war klar, dass sie das Leben in Afghanistan nicht mehr ertragen konnte.

Zu dem Zeitpunkt gab es einige Mannschaftsmitglieder, die ich nicht so gut kannte. Aber drei von ihnen waren schon damals in Pakistan mit dabei gewesen: Taara, eine unermüdliche Stürmerin, Veeda, meine Teampartnerin bei der Verteidigung des Mittelfelds, und Yasmoon, die perfekte Ersatzspielerin, die überall einsprang, wo sie gebraucht wurde. Jede von ihnen erzählte mir die gleiche Geschichte. Ihre Familien hatten ihnen klar gemacht, dass dies ihre letzte Reise sein würde. Nach der Rückkehr sei es mit dem Fußball vorbei, denn sie müssten erwachsen werden und endlich heiraten. Die Mädchen erzählten resigniert, als ob es sich um die Diagnose einer Krankheit handeln würde. Und während sie redeten, hatten ihre Augen einen Ausdruck, der mir bekannt vorkam. Ich musste an Dahmina denken. Ich war traurig und wütend zugleich, dass die Spielerinnen diesem psychologischen Druck ausgesetzt waren. Es durfte nicht sein, dass das immer so weiterging.

Und so half ich Gul, Taara, Veeda und Yasmoon, nach Abschluss des Turniers zu fliehen. Ich hatte mit jeder von ihnen ausführlich geredet und wusste, dass sie mir vertrauten und mit niemandem darüber sprachen. Aber ich wusste nicht, ob ich illegal handelte oder meine Rolle als Fluchthelferin Konsequenzen für meine Familie in Afghanistan haben würde.

Ich ließ die vier Mädchen von Leuten, denen ich vertraute, unauffällig aus dem Mannschaftsquartier schleusen. Zusammen fuhren wir nach Schweden, wo sie Asylanträge stellen wollten.

Als das übrige Team entdeckte, dass die Mädchen geflohen waren, brach ein Sturm der Entrüstung los. Jetzt waren auch noch vier ihrer Mannschaftskameradinnen weg! Einige konnten nicht verstehen, warum ich ihnen nicht allen geholfen hatte. Andere hielten immer noch zu Karim und berichteten ihm sofort, dass ich vier Spielerinnen zur Flucht überredet hätte. Er rief mich an und machte mich zur Schnecke, stieß Beleidigungen aus und drohte, meine Eltern würden im Gefängnis landen, wenn ich nicht mit den vier Spielerinnen im Schlepptau nach Afghanistan zurückkäme.

»Was immer du tust, ich weiß, wo dein Vater und deine Mutter sind. Du wirst diese Spielerinnen nach Hause bringen und aufhören, mit dem Ruf und der Ehre deines Landes zu spielen.«

Für alle war ich der Sündenbock. Es hagelte Fragen, Drohungen und Beleidigungen. Die Mädchen redeten nicht mehr mit mir und für den Rest ihrer Tour schlossen sie mich von allem aus. Das brach mir das Herz. In diesen Tagen hatte ich endlich wieder einmal das Gefühl gehabt, zumindest vorübergehend dazuzugehören. Nun wurde mir das wieder genommen.

Als die Rückreise anstand, begleitete ich sie zum Flughafen, um sie zu verabschieden. Aber die Wärme und das vertraute Gefühl, das ich bei der Ankunft verspürt hatte, waren verschwunden. Die meisten sprachen kein Wort mit mir. Manche schauten mich nicht einmal an. Ich wusste, dass sie es egoistisch von mir fanden, in Europa zu bleiben, und ich spürte einen überwältigenden Drang, nach Hause zurückzukehren, egal mit welchen Folgen. Heimweh überfiel mich wie ein körperlicher Schmerz. Aber ich wusste, dass meine Rückkehr unmöglich war.

In Tränen aufgelöst rief ich meinen Vater an.

»Wo immer ihr auch seid, ihr müsst euch in Sicherheit bringen. Karim ist unfassbar wütend«, drängte ich. Meine Mutter und mein Vater sagten beide kein Wort. »Er hat gedroht, euch abzuholen. Er weiß, dass ihr das einzige Mittel seid, mit dem er mich unter Druck setzen kann. Bitte versucht, ein sicheres Versteck für euch zu finden.«

»Wieder einmal hast du deine eigenen Interessen und Ziele über die der Familie gestellt«, sagte mein Vater schließlich. »Du bringst uns alle in Gefahr, Khalida.«

Ich wusste nicht, was ich antworten sollte. Es stimmte. Ich brachte meine Familie in Gefahr und setzte alles aufs Spiel, um die Verhältnisse zu verändern.

Das Team wollte nichts mehr mit mir zu tun haben und ich selbst hatte keine Heimat mehr. Vor meinem geistigen

Auge sah ich Karim, wie er sich zufrieden grinsend in seinem Sessel zurücklehnte.

Ich bemühte mich trotz allem weiter um die geflüchteten Spielerinnen. So hatte ich wenigstens das Gefühl, etwas Sinnvolles zu tun. Anderen zu helfen, lenkte mich davon ab, ständig an all das zu denken, was ich verloren hatte.

Als die Lage der Mädchen einigermaßen geklärt war, stellte ich selbst in Norwegen einen Asylantrag. Ein Bruder meiner Mutter lebte in Norwegen. Außer ihm hatte ich in Skandinavien keine Verwandten, also lag es nahe, bei ihm unterzukommen. Ich hatte keine Ahnung von Asylverfahren. Deswegen ging ich zu einer Polizeidienststelle, die für Geflüchtete zuständig war, und legte ihnen meinen Pass vor. Ich erklärte, aus welchen Gründen ich um Asyl bat. Aber die beiden Beamten schauten mich nur ratlos an und lachten. »Welche Unterlagen haben Sie noch?«

Ich überreichte ihnen alles, was ich hatte.

»Sie sind die erste Asylsuchende, die so viele Dokumente dabeihat. Normalerweise haben die Leute gar nichts«, meinte der eine Beamte. »Die wenigsten können sich ausweisen. Manchmal haben wir sogar Schwierigkeiten herauszufinden, aus welchem Land sie überhaupt kommen.«

Ich hatte eine große Tasche dabei, in der sich neben den Dokumenten auch die Sportkleidung von *Hummel,* mein Rucksack und mein Laptop befanden. Man wies mich an, zu warten, während sie meine Dokumente prüften.

»Kann ich hier irgendwo einen Kaffee und etwas zu essen bekommen?«, fragte ich.

Wieder lachten sie.

»Was ist an der Frage so komisch?«

»Asylsuchende, die hierherkommen, fragen normalerweise nicht, ob sie irgendwohin gehen und sich etwas kaufen können. Sie dürfen auch nichts mitnehmen. Ihre Sachen müssen Sie hierlassen, wir nehmen sie in Gewahrsam, bis man Sie morgen früh in ein Auffanglager bringt. Heute Nacht bleiben Sie erst mal hier.«

»Kann ich wenigstens meinen Computer haben?«, fragte ich. »Und mein Handy?«

Das fanden sie schon wieder komisch und verneinten.

Sie führten mich in einen Raum, wo ich die Nacht verbringen sollte. Es war eine Art Sammelzelle für Geflüchtete, deren Antrag in Bearbeitung war. Viel Platz war nicht in dem Raum, der mit einer zweiten Zelle verbunden war. Abgesehen von einer einzigen Toilette gab es nichts, kein Bad, keine Dusche. Ich konnte mich nur auf den Boden setzen und darauf warten, dass man mich am nächsten Morgen wegbrachte. Ich hatte nicht damit gerechnet, hier bleiben zu müssen, und war entsetzt.

Niemand machte sich die Mühe, mir zu erklären, wie ein Asylverfahren ablief.

Die beiden Beamten waren nicht unfreundlich. »Hören Sie, meine Schicht geht eben zu Ende. Ich kann Sie gerne jetzt in das Auffanglager fahren«, sagte einer der beiden. Ich hatte den Eindruck, er wollte es mir ersparen, die Nacht in dieser Zelle zu verbringen.

Ich wusste, ich war ein Sonderfall und hatte schon Unterstützung gehabt, bevor ich zu ihnen gekommen war. Doch was geflüchtete Menschen, die eingesperrt in einer Zelle die Nacht verbringen müssen, am dringendsten brauchen, ist etwas Menschlichkeit.

Meine Erinnerungen an die Zeit als Kind im Flüchtlingslager hatte ich lange verdrängt, nun wurden sie wieder lebendig. Diese Erfahrung, dass einem alles genommen wird, was man hat, vergisst man nie. Und auch die Angst davor wird man nie mehr los. Ich hatte das Glück, der Nacht in dieser Zelle zu entgehen.

Wir fuhren aus der Stadt hinaus und bogen dann von der Schnellstraße ab auf eine Piste, die ins Nichts zu führen schien. Als wir ankamen, war es schon spät. Aber im Auffanglager herrschte noch reger Betrieb. Noch nie hatte ich an einem Ort so viele Menschen aus so vielen verschiedenen Ländern gesehen.

Ich wurde in einen Schlafsaal mit acht Frauen gebracht. Das Bad auf dem Flur teilten wir uns mit mehreren anderen Schlafsälen. Alles war alt und abgenutzt. Ich warf meinen Rucksack auf die freie obere Matratze eines Stockbetts und stopfte meine Reisetasche in einen Spind. Es gab keine Privatsphäre. Ich fühlte mich, als wäre ich seit Monaten unterwegs, und sehnte mich nur nach einem Ort, an dem ich zur Ruhe kommen und verarbeiten konnte, was ich erlebt hatte. Ich war überzeugt davon, dass es allen anderen genauso ging. Aber eben das fanden wir hier nicht. Ich wollte allein sein, weinen. Stattdessen lag ich zusammengekauert in meiner Koje, spürte die Matratzenfedern, die sich in meinen Rücken bohrten, und versuchte, den Lärm um mich herum auszublenden. Meinen Laptop schob ich unter die Decke, weil ich dem Schloss am Spind nicht traute.

Am nächsten Morgen erhob man meine biometrischen Daten und ich bekam einen Ausweis, der meinen Status als Asylsuchende bestätigte. Man sagte mir, ich müsse mit mindestens einem Monat Aufenthalt hier rechnen, bis mein Antrag bearbeitet sei.

Wir saßen also in einem Gebäude fest, das irgendwo mitten in der Pampa stand, ohne Möglichkeit, in die Stadt zu kommen oder mit der lokalen Bevölkerung Kontakt aufzunehmen.

Es war eine bunte Mischung von Menschen, die hier hauste, es gab Drogen, Alkohol und Prostitution. Regelmäßig kam die Polizei vorbei, suchte nach Schmugglern und Dealern und nahm sie mit. Ich war Welten entfernt von meinem Leben in Afghanistan.

Der Laptop war mein Rettungsanker. Ich versuchte weiterzuarbeiten, organisierte für *Hummel* das Sponsoring, sorgte für die Lieferungen der angeforderten Spielerkleidung und bemühte mich, die Sponsorengelder dorthin zu schleusen, wo sie am nötigsten gebraucht wurden. Alle acht Männermannschaften der neu geschaffenen Liga wurden von *Hummel* unterstützt sowie auch die Liga selbst. Vom Flüchtlingsheim aus koordinierte ich verschiedene finanzielle und administrative

Dinge. Bei *Hummel* wusste man, wo ich war und in welcher Lage ich mich befand. Unser Verhältnis wurde nun wieder rein professionell; für meinen Unterhalt sorgten ja die hiesigen Behörden. In einer Ecke des Gemeinschaftsraums sitzend nahm ich an Videokonferenzen teil, verschickte E-Mails, chattete mit Spielerinnen und beriet diejenigen, die meine Aufgaben im Verband übernommen hatten. Ich besprach mit ihnen, wie sie mit Karim und den Herausforderungen vor Ort am besten umgingen. Trotz allem wurde ich immer einsamer und müder.

Es ist unmöglich, in einem Flüchtlingsheim zu schlafen. Alle bleiben wach, um den Albträumen zu entkommen. Jeder war vor etwas anderem geflohen, unsere Geschichten ähnelten sich trotzdem. Sie handelten von Aufbrüchen mitten in der Nacht, von Abschiebung und Verschleppung, von ewigem Warten auf Flugplätzen als Unperson ohne Identität, die weder vor noch zurück kann. Alle im Heim hingen in der Luft, lauschten Tag und Nacht auf das Geräusch eines bremsenden Polizeiautos, in der Erwartung, aus dem Schlafsaal geholt zu werden, ohne sich von jemandem verabschieden zu können. Morgens nach dem Aufwachen sahen wir neue Gesichter, während alte verschwunden waren. Jegliche Intimsphäre fehlte. Die Toiletten konnte man nicht abschließen, die Duschkabinen hatten keine Türen.

Die Arbeit war meine Zuflucht, und deshalb konzentrierte ich mich darauf. Ich wollte mich mit niemandem unterhalten, musste mich dazu zwingen, meine Familie zu Hause anzurufen, und brach den Kontakt zu vielen Leuten ab. Ab und zu bekam ich eine E-Mail von Amir. Aber ich wollte nicht erzählen, wie das Leben einer Geflüchteten tatsächlich aussah. Was hätte ich schreiben sollen? Dass hier alles trostlos und kaputt war, vor allem die Menschen? Über allem lag ein bleiernes Gefühl der Resignation. Als Amir ein Stipendium für Großbritannien bekam, keimte in mir die verzweifelte Hoffnung auf, ihn irgendwann irgendwo zu treffen. Aber diese Hoffnung war nur eine winzige Insel im endlosen Meer der Verzweiflung.

Karim war immer noch wütend auf mich, trotzdem hatte der Sponsorenvertrag für die afghanische Premier League – und vielleicht auch meine Abwesenheit – ihn besänftigt. Er tat, als ob er mir verziehen hätte. Er rief mich an und meinte: »Du hast mir oft Probleme bereitet, und ich habe dir trotzdem viele Freiheiten gelassen. Niemals hätten diese vier Spielerinnen aus dem Trainingslager fliehen können, wenn du ihnen nicht geholfen hättest.«

»Was immer sie getan haben, haben sie für sich selbst getan«, erwiderte ich. »Für ihr Leben. Sie entscheiden selbst, was sie wollen. Lassen Sie sie in Ruhe und bestrafen Sie auch ihre Familien nicht. Oder meine. Lassen Sie uns einfach in Frieden leben. Ich habe dem Verband so viel gegeben und tue es immer noch, obwohl man mich immer wieder fallengelassen und hintergangen hat.«

Das Sponsoring von *Hummel* war beträchtlich und beinhaltete neben Sportkleidung und Ausrüstung auch einen Mannschaftsbus für das Männer-Nationalteam. Der Bus hat nie eine Mannschaft befördert. Ich versuchte, am Ball zu bleiben und die Dinge zu lenken, doch aus der Entfernung war es schwierig. Ich sah, dass der Verband das Frauenteam langsam, aber sicher sterben ließ, dabei aber darauf bedacht war, die Gelder so lange wie möglich einzusacken. »Wir haben alles versucht«, würden sie am Ende sagen. »Aber das Interesse war einfach zu gering, um das Team weiterführen zu können.«

Die Zeit verging. Das Feuer und die Leidenschaft, die mich einst angetrieben hatten, waren nahezu erloschen. Eines Tages wurde ich ins Flüchtlingsbüro einbestellt. Man teilte mir mit, dass mein Asylantrag für Norwegen aufgrund des Dubliner Übereinkommens abgelehnt worden sei. Man würde mich zurück nach Dänemark schicken, wo ich einen neuen Antrag stellen könnte. Die Zeit bis dahin verbrachte ich in einem Zentrum für abgelehnte Asylbewerber.

Und in dem Zentrum rollte dann dieser Fußball auf mich zu. Trotz meiner Niedergeschlagenheit erwachte in dem Moment, in dem ich das Mädchen den Ball kicken sah, etwas in meinem Inneren, das durch die Ereignisse der vergangenen Monate begraben worden war.

Ich begann, mich im Alltagsleben des Zentrums zu engagieren. Viele hier kamen aus Iran, Irak und Somalia. Meine neue Freizeitbeschäftigung wurde es, einigen von ihnen den Umgang mit Computer und Internet zu erklären. Ich unterstützte Frauen, übersetzte, wenn sie bei ärztlichen Untersuchungen waren oder mit Sozialarbeitern redeten, und half, wo immer jemand etwas brauchte. Dank dieser unspektakulären, ganz praktischen Tätigkeiten fühlte ich mich wieder mit anderen Menschen und mit der Welt verbunden. Wie ein dünner Faden knüpfte das Gefühl, nützlich zu sein, an mein früheres Leben an.

Ich verbrachte viel Zeit mit einem iranischen Taekwondo-Sportler, der sich mit Selbstmordgedanken trug, überlegte mit ihm zusammen, wie er diese dunklen Momente überwinden und seinem Alltag eine Struktur geben konnte. Wir redeten über Sport, was er uns beiden bedeutete. Auf einen Gleichgesinnten zu treffen, war wunderbar. Zum ersten Mal nach langer Zeit fühlte ich mich wieder in eine Gemeinschaft integriert.

Ich schaltete mich sogar ein, wenn ich irgendwo Leute Fußball spielen sah. Das war fast so ein Gefühl wie als Kind im Flüchtlingslager in Pakistan. Ich dachte an die Millionen von Geflüchteten auf der Welt, die einen Ball herumkickten, um die Zeit zu vertreiben und mit anderen in Kontakt zu kommen. Ich dachte an Gul und die anderen Spielerinnen, die nach Schweden geflohen waren. Ich dachte an die Abermillionen von Frauen und Mädchen, die niemals erfahren, was für ein wunderbares Gefühl es ist, Fußball zu spielen. Fußball ist eine universelle Sprache, aber an manchen Orten der Welt ist diese Sprache verboten.

Gerade als ich mit dem Lebensrhythmus im Flüchtlingszentrum vertraut war und viele dort mit Namen kannte, kamen eines Morgens zwei Polizisten und holten mich ab.

Sie führten mich zum Check-in-Schalter am Flughafen, vorbei an der langen Schlange von Urlaubenden und Geschäftsreisenden. Die beiden Polizisten begleiteten mich sogar auf die Toilette, und als ich dagegen protestierte, meinten sie nur müde, das sei ihr Job.

Mit dem Abflug war ich das Problem Dänemarks.

Kapitel 13

In einer Fußballmannschaft gibt es verschiedene Arten von Spielführerinnen. Die einen brüllen und treiben dich mit Worten an. Die anderen motivieren dich durch ihre Aktionen. Sie müssen gar nichts sagen. Mach die Augen auf.

»Khalida!«

Mein Bruder Idris am anderen Ende der Leitung klang überglücklich. »Eben habe ich es von den Eltern erfahren! Was für eine wunderbare Nachricht. Lies mir den Brief vor.«

Ich stand vor der Einwanderungsbehörde, über mir kreisten die Möwen. Seit ich nach über einem Jahr in Dänemark den Brief mit der Bestätigung bekommen hatte, dass mein Asylantrag angenommen war, hatte ich ihn kaum aus der Hand gelegt. Ich kannte den Inhalt auswendig. Es waren nur wenige Worte, aber sie bedeuteten alles für mich. Ich las Idris den Brief vor.

Mit meinen Eltern hatte ich ausgemacht, dass wir uns alle so bald wie möglich in Indien treffen würden. Idris machte schon Pläne, was wir dort unternehmen könnten, welche Orte wir besichtigen und was für Ausflüge wir machen würden. So war er schon immer gewesen. Er plante gerne alles bis ins kleinste Detail. Mittlerweile unterrichtete er an der Universität für Ingenieurswesen. Es war sein Traumjob, der ihm ermöglichte, an Bauprojekten im ganzen Land mitzuwirken. Nach dem Telefonat ging ich schlafen. Mir brummte der Kopf vor lauter künftigen Unternehmungen.

Am nächsten Tag kam ein Anruf von meinen Eltern. Idris war tot.

Er war am Vorabend mit einem irakischen Freund ausgegangen, der erst vor Kurzem nach Afghanistan gekommen war. Das Restaurant, in dem sie saßen, wurde angegriffen. Der Fahrer der Gruppe, mit der die beiden unterwegs waren, hatte Scharfschützen auf das Lokal zukommen sehen, es ging alles zu schnell – die Gruppe wurde angegriffen und Idris von einer Kugel tödlich getroffen. Der Fahrer wurde verletzt, konnte sich aber davonschleppen und meine Eltern anrufen. Mein Vater raste zu dem Restaurant, um Idris' Leichnam zu holen.

Ich legte das Telefon aus der Hand und war wie betäubt. Ich hatte die enthusiastische Stimme meines Bruders noch im Ohr und sah im Geist den Jungen aus Kindheitstagen.

Endlich hatte ich die Sicherheit, in Dänemark bleiben zu können. Und doch wünschte ich mir jetzt nichts mehr, als nach Hause zu können. Das Gedankenkarussell in meinem Kopf drehte sich unaufhörlich. Steckte Karim dahinter? War das ein Denkzettel, der mir galt? Damit ich zurückkam?

Dann sagte ich mir selbst: Hör auf mit dieser Paranoia, solche Überfälle passieren in Afghanistan ständig. Es war ein furchtbarer Zufall, der Idris zum Verhängnis wurde.

Ich bereitete mich auf den Auszug aus dem Flüchtlingslager vor, wo ich die letzten paar Monate verbracht hatte. Es lag im Norden des Landes, in einem trostlosen, vom Wind gepeitschten Ort, in dem keine tausend Menschen lebten, größtenteils ehemalige Fischer. Das vergangene Jahr hatte ich in einer Reihe verschiedener Einrichtungen verbracht und sämtliche vier Jahreszeiten erlebt. Es war ein Überlebenskampf gewesen. Doch der Tod meines Bruders ließ mich nun zusammenbrechen. Ich konnte diesen Schmerz nicht ertragen. Die Panikattacken kamen wieder, immer häufiger und immer schlimmer.

Ein Jahr zuvor war ich von Norwegen nach Dänemark gekommen, mit nichts als einer Adresse in der Hand. Da stand ich im Aufnahmezentrum, hungrig und wie benommen. An der Rezeption erklärte ich: »Ich bin Asylsuchende. In Norwegen wurde ich abgeschoben und beantrage nun Asyl in Dänemark.«

Man brachte mich in einen Warteraum. Da saß ich Stunden, bis endlich jemand kam und meine Fingerabdrücke nahm. Ich wagte es, um ein Glas Wasser zu bitten.

»Später. Es kommt jemand und kümmert sich um Sie. Wir müssen das Verfahren einhalten.« Das Wort »Verfahren« sollte ich noch oft hören.

Obwohl ich völlig geschwächt war, gab es für mich nichts zu essen oder zu trinken, bis die Aufnahmeformalitäten erledigt waren. Nachdem sie meine Fingerabdrücke genommen hatten, musste ich einen Kopfhörer aufsetzen und lange Erklärungen über das dänische Asylrecht anhören. Es war mir unmöglich, mich zu konzentrieren. Vor Erschöpfung standen mir Tränen in den Augen.

Als alle Formalitäten erledigt waren, bekam ich endlich etwas zu essen. Dann schleppte ich mich zu einem Bett in einem Schlafsaal und schlief wie ein Stein. Am nächsten Morgen erkundete ich die neue Umgebung. Es gab nicht einmal einen Spind für mich, nur ein Regal mit einem Vorhang davor. Im Bad gab es keine Steckdose. Als ich in der zweiten Nacht im Stockfinsteren auf der Toilette saß, wurde plötzlich die Tür aufgerissen und das Gesicht eines Mannes schwebte über mir, der wohl betrunken war. Ich schrie so laut und lange, bis Leute kamen und ihn hinausschafften.

Die Albträume, in denen mich Schattengestalten verfolgten, kamen wieder. Ich vermied es, in den Speisesaal zu gehen, weil ich so wenigen Menschen wie möglich begegnen wollte, trug einen weiten Mantel und zog mir die Kapuze tief ins Gesicht. Mir kamen ständig die Tränen. Ich schlief und aß viel zu wenig und hatte Schwindelanfälle. Zweimal prallte ich mit dem Kopf auf den Boden. Ich konnte mich an manchen Tagen nicht mehr aufraffen, den Schlafsaal zu verlassen oder überhaupt aufzustehen.

Es war Winter. Draußen schien es nur Dunkelheit und Regen zu geben. Ich hatte den Überblick verloren, wie oft ich schon von einem Zentrum ins nächste umgezogen war – alles verschmolz miteinander. Überall die gleichen überfüllten Räume, die gleichen Stockbetten. Der gleiche Regen, der gegen die gleichen dunklen Fensterscheiben prasselte.

Ich hatte immer noch Verbindung zu dem Team in Afghanistan, konnte mich aber nur selten dazu aufraffen, auf Nachrichten – wenn überhaupt – mit mehr als einem kurzen »Ja«

oder »Nein« zu antworten. Die meisten Mädchen fühlten sich immer noch hintergangen, weil ich Gul und den anderen Spielerinnen in Norwegen geholfen hatte zu fliehen. Das war mehr, als ich in meiner momentanen Verfassung ertragen konnte.

Von meinem Vater wusste ich, dass die Familie nun dabei war, die Übersiedelung zunächst meiner Mutter nach Europa zu organisieren. Er erzählte es in knappen, sachlichen Worten, ohne mir Vorwürfe zu machen. Ich machte mir selbst genug Vorwürfe. Wenn ich nicht in das Wespennest gestochen hätte, könnten sie in Frieden leben. Ich hatte mich immer damit getröstet, dass sich das Risiko lohnen würde. Dass ich vielleicht gestochen würde, aber dafür etwas bewegte. Nun war es meine Familie, die die Stiche abbekam, weil ich diesen Weg ging, und ich wurde von Schuldgefühlen überwältigt.

Zu Schritt Nr. 2 des »Verfahrens« gehörten lange Gespräche. Man erklärte mir: »Wenn es Ihnen in Norwegen gefallen hat und Sie Dänemark wieder verlassen wollen, können Sie das gerne tun. Sie können jederzeit ausreisen.«

Ich schaute meine Gesprächspartnerin an.

»Was meinen Sie?«, fragte ich. »Ich wurde abgeschoben. In Norwegen wollte man mich nicht. Und wo sollte ich sonst hin? Als ob ich mir ein Land aussuchen könnte! Ich habe Monate meines Lebens in Flüchtlingszentren zugebracht. Nun bin ich hier und Sie sagen mir, ich hätte die Wahl? Ich habe keine Wahl. Ich muss hierbleiben. Stellen Sie mir einfach Ihre nächste Frage.«

Ich merkte, dass ich sie verärgerte. Aber ich hatte es so satt, ständig diese dummen Fragen zu hören. Ich erzählte ihr, wie es mir in Afghanistan ergangen war. Doch sie konnte sich nicht vorstellen, dass so etwas möglich war.

»Die Taliban wurden vor über zehn Jahren zurückgedrängt«, meinte sie. »Seither hat sich doch sicher viel verbessert?«

Ihre Fragen implizierten durchweg, dass Frauen überall auf der Welt gesicherte Grundrechte hätten und ihnen Schutz zustehe. Ich hingegen musste immer wieder erklären, dass das nicht der Fall war. In Afghanistan sind Frauen Bürger zweiter Klasse. Wenn eine Frau die Regierung verärgert, setzt sie sich einer unmittelbaren Lebensgefahr aus, was in Dänemark undenkbar ist.

Während der insgesamt drei Gespräche, deren längstes zehn Stunden dauerte, erzählte ich meine Geschichte immer wieder von Neuem. Ich fühlte mich wie vor Gericht gestellt und sollte beweisen, dass ich es verdiente, in diesem Land Asyl zu erhalten. Es war, als ob ich mir meine Daseinsberechtigung erkämpfen müsste. Ich kannte meine Gesprächspartner nicht, wusste nicht, warum sie diesen Job machten oder welche politischen Ansichten sie hatten. Ich wusste nur, dass ich sie überzeugen musste. Also wiederholte ich unzählige Male, was mir passiert war, durchlebte diese Traumata wieder und wieder, in der Hoffnung auf Rettung.

Nach ein paar Monaten wurde ich in ein Lager am Meer verlegt, wo ich in meinem »Verfahren« die nächsten Schritte durchlief. Ich erfuhr, dass in Dänemark eine eher rechtsgerichtete Partei an der Regierung war, welche die Einwanderung drastisch einschränken wollte. Es gab Gerüchte, dass jetzt alle Asylanträge abgelehnt werden würden. Also rechnete ich mit dem Schlimmsten. Oft saß ich am Fenster, schaute den Seevögeln hinterher und beneidete sie um ihre Freiheit.

Eines Tages klopfte es an meiner Zimmertür und ein Mitarbeiter streckte den Kopf herein. Er sah besorgt aus und fragte mich auf Englisch: »Sind Sie aus Afghanistan?« Ich nickte.

»Wir brauchen dringend jemanden, der übersetzt.«

Er führte mich den Gang hinunter zu einem Raum, in dem eine Frau auf einem Bett lag. Am Boden sah ich Blut und Glassplitter.

»Was ist passiert?«, fragte ich sie.

Sie sah mich an und begann irgendwann, leise zu erzählen. Die Frau hatte beim Überqueren der afghanischen Grenze im Gedränge ihre Kinder verloren. Also war sie über den Stacheldrahtzaun zurückgeklettert, um sie zu suchen. Sie war wieder in das Land zurückgegangen, in dem ihr der Tod drohte, weil sie angeblich die Familie entehrt hatte. Doch ihre Kinder fand sie nicht. Sie hatte geweint und geweint, bis sie irgendwann ganz verstummt war. Und hier, in diesem Zentrum, in dem wir beide warteten wie zwei Pakete, die an der falschen Adresse gelandet waren, hatte sie nun jede Hoffnung verloren. Ihr Asylantrag war abgelehnt worden.

Während ich ihre Geschichte übersetzte und dabei ihre Hand hielt, erkannte ich, dass ich zwar viel mitgemacht hatte, andere Geflüchtete aber noch weit Schlimmeres erlebten und oft gar nicht in der Lage waren, ihren Fall zu erklären. Ich versuchte, ihr begreiflich zu machen, dass sie für ihre Kinder nur eines tun konnte: zu leben und nicht aufzugeben und damit vielleicht irgendwann die Möglichkeit zu haben, ihre Kinder zu finden.

Wie schon in Norwegen begann ich nun auch hier im Lager zu übersetzen. Ich half den Menschen in der Unterkunft, per Internet mit ihren Familien in Verbindung zu bleiben, Briefe zu schreiben, oder brachte ihnen das Fahrradfahren bei – kleine, praktische Dinge, die uns daran erinnerten, dass wir alle Menschen waren.

Ich gründete eine Laufgruppe für Frauen. Oft gab es Sprachprobleme, aber das spielte keine Rolle. Wir fühlten uns trotzdem auf einer Wellenlänge, und wenn wir liefen, sprachen wir dieselbe Sprache. Immer wieder übernahm eine andere die Führung und gab das Tempo vor. In der einfachsten Fortbewegungsform des Menschen konnten wir das tun, was uns allen guttat: einen Fuß vor den anderen setzen, immer weiter, immer weiter. Mit der Zeit steigerten wir uns, liefen schneller und länger.

In der Laufgruppe lachten wir miteinander und motivierten uns gegenseitig. Wenn ich mit diesen Frauen zusammen war, hatte ich das gleiche Gemeinschaftsgefühl wie damals, als ich mit meinen Mannschaftskameradinnen Fußball gespielt hatte. Eine kurze Zeit lang spielte ich tatsächlich wieder Fußball, und zwar in einer lokalen Amateurliga. Aber das Vergnügen währte nicht lange: Ich verletzte mich am Knie und musste operiert werden. Da ich keine Physiotherapie bekam, machte ich eigene Übungen, um das Knie zu bewegen.

Ich stürzte mich erneut auf alles, was sich bot, unternahm etwas mit den Leuten, die ich im Zentrum kennenlernte. Ich hatte den Eindruck, dass wir allmählich eine eigene, kleine Community aufbauten, in der wir über unsere Hoffnungen und Ängste redeten und uns gegenseitig trösteten.

Das war meine Situation, als der Brief kam, in dem man mir mitteilte, mein Antrag auf eine Aufenthaltserlaubnis sei genehmigt. Offenbar war ich die einzige Geflüchtete aus Afghanistan, die eine Aufenthaltserlaubnis bekam. Die Frauen im Zentrum, mit denen ich die meiste Zeit zusammen war, hatten vor oder nach mir ähnliche Gespräche gehabt, die der Prüfung ihres Falls dienten. Aber ich war die Einzige, die es im ersten Anlauf schaffte. Dabei waren diese Frauen genauso schutzbedürftig wie ich. Nur war meine Notlage öffentlich dokumentiert, jeder konnte sie nachlesen, mein Name und mein Foto waren in afghanischen Zeitungen erschienen. Im Unterschied zu so vielen anderen Geflüchteten hatte ich »Beweise«.

Auch Medinas Fall hatte in Afghanistan Aufsehen erregt. Aber ihre Situation macht deutlich, wie problematisch Asylverfahren sind. Medina hatte den dänischen Behörden ihre Geschichte nicht so erzählt, wie es nötig gewesen wäre, um als Asylantin anerkannt zu werden. Im Alter von 15 Jahren war sie mit ihrer Familie nach Pakistan geflohen. In der Absicht, ihr damit einen gewissen Schutz zu verleihen, hatte man sie dort praktisch sofort verheiratet. Aber das Gegenteil war der Fall. Ihr konservativer Ehemann, der aus einer reichen Familie stammte, brachte sie wieder nach Afghanistan zurück, während ihrer Familie in Dänemark Asyl gewährt wurde. Medina brachte hintereinander fünf Töchter zur Welt, ein Grund, warum sie von ihrer Schwiegerfamilie zunehmend abgelehnt wurde. Ihr sechstes Kind war ein Junge. Als dieser drei Monate alt war, wurde Medinas Mann entführt und umgebracht; seinen verstümmelten Körper fand man in einer Reisetasche. Als junge Witwe mit sechs Kindern war sie gezwungen, bei den Schwiegereltern zu leben, die sie misshandelten und zu Hause einschlossen. Mithilfe eines Nachbarn gelang ihr die Flucht, und ihre Eltern bezahlten einen Schleuser, der sie nach Dänemark brachte.

Medina war verzweifelt: Sie hatte ihre sechs Kinder zurückgelassen, das kleinste war noch ein Baby. Meist saß sie in einer Ecke und weinte leise vor sich hin. Der Tod ihres Ehemanns hatte Schlagzeilen gemacht, weil man die Familie kannte. Aber Medina war nicht in der Lage, ihren Fall so zu schildern, wie es die Behörden hören wollten. Sie war einfach am Ende.

Und das ging vielen Frauen im Zentrum ähnlich. Sie waren traumatisiert und nicht imstande, für sich zu kämpfen. Das sogenannte Verfahren schien nicht zuletzt dazu zu dienen, sich die Schwachen vom Hals zu schaffen. Medinas Antrag wurde zweimal abgelehnt, danach bekam sie einen Brief mit der Aufforderung, Dänemark innerhalb von 30 Tagen zu verlassen. Ich begleitete sie bei Behördengängen und übersetzte für sie. Kurz vor Ablauf ihrer 30-Tage-Frist erteilte man ihr eine Aufenthaltserlaubnis aus humanitären Gründen.

Ich las Idris also die kurzen, offiziell gehaltenen Sätze aus dem Asylbescheid vor – und am nächsten Tag war mein Bruder Idris tot.

Ich war wie betäubt. Eigentlich gab es einen Grund zu feiern, nun wurde ich von Trauer und Schmerz überwältigt. Ich verließ das Flüchtlingszentrum und zog nach Helsingør, eine Stadt fast am nördlichsten Punkt Dänemarks. Ich wollte mit niemandem mehr reden, wurde zur Einsiedlerin. Jedes Mal, wenn ich mich aus einer verzweifelten Lage herausgekämpft hatte und wieder einen Anflug von Glück und Gemeinschaft verspürte, passierte etwas anderes, noch Schlimmeres.

Der dänische Staat gab mir Geld für Lebensmittel und eine vorübergehende Unterkunft, die eher einem Obdachlosenasyl glich. In meinem Zimmer stank es nach Alkohol, es wimmelte von Ungeziefer, und draußen war alles voller Vogelkot. Jeden Tag spazierte ich zum Hafen und war versucht, mich einfach in das dunkle Wasser gleiten zu lassen. Ich stand da, starrte auf die Wellen und eine innere Stimme flüsterte mir zu: »Geh ins Wasser, mach einfach allem ein Ende.« Aber nicht einmal mehr dafür hatte mein Körper genug Energie. Ich hatte eine schwere Depression und brauchte dringend Hilfe.

Nachdem es meiner Familie gelungen war, meine Mutter nach Dänemark zu schleusen, hatten wir keinen Kontakt mehr zu ihr gehabt. Wir wussten nicht, wo sie gelandet war, wie es ihr ging. Wohin ich auch schaute, alles war schwarz.

Eines Tages saß ich am Hafen auf einer Mauer und schaute auf das Wasser, mit Tränen in den Augen. Ich bemerkte nicht, dass mich jemand beobachtete. In Dänemark kommt es nicht oft vor, dass man als Fremde angesprochen wird. Aber der Mann, der mich beobachtete, kam näher und fing eine Unterhaltung mit mir an.

»Hey, woher kommst du?«, fragte er. »Sprichst du Dänisch? Oder Englisch? Ich habe dich in den letzten Tagen öfter hier gesehen. Du wirkst so traurig. Kann ich dir helfen?«

Meine erste Reaktion war Misstrauen. Aber er wirkte so freundlich und begann, mir von sich zu erzählen. Er war Lokführer und hieß Henrik. Irgendwie hatte er gespürt, dass ich dabei war, mich vom Leben zu verabschieden. Nun setzte er sich neben mich und redete mit mir. Ganz langsam machte ich einen winzigen Schritt ins Leben zurück. Am Tag darauf war er wieder da, und wieder unterhielten wir uns. Dann half er mir, die Formulare auszufüllen, die ich für mein neues Leben in Dänemark brauchte. Ich wollte einen Dänischkurs belegen, mich weiterbilden und mir einen Job suchen. Diese spontane freundliche Geste – eine völlig verzweifelte Fremde anzusprechen – bedeutete mir unsagbar viel. Sie gab mir das Gefühl, irgendwie weitermachen zu können.

Drei oder vier Monate lang wohnte ich in der Durchgangsunterkunft. Eigentlich wollte ich sofort wieder ins Arbeitsleben einsteigen, aber meine Abschlüsse wurden in Dänemark nicht anerkannt. Deshalb saß ich einer Frau gegenüber, die eine Art Sozialarbeiterin war und mir bei der Integration helfen sollte. Sie erklärte mir: »Abschlüsse und Zeugnisse aus Afghanistan zählen hier nichts, weil sie nicht unserem Standard entsprechen. Ich denke, Sie sollten Ihre Erwartungen zurückschrauben. Steigen Sie lieber noch einmal in Klasse 7 oder 8 ein.«

»Ich habe zwei Universitätsabschlüsse«, entgegnete ich. »Ich habe ein Diplom als Lehrerin und ein Diplom als Betriebswirtin. Wieso wollen Sie mich zurück in die Schule schicken? Ich möchte einen Master machen.«

Das Geld, das mir die Regierung als Integrationshilfe bezahlte, reichte gerade so für die Miete und die Nebenkosten. Ich hatte mich zu einem Dreijahreskurs an einer Sprachschule angemeldet. Aber ich war eigentlich nicht bereit, die Zeit, in der ich einen Master machen konnte, mit Dänischlernen zu verbringen. Ich bat um Erlaubnis, an einer anderen Sprachschule einen sechsmonatigen Intensivkurs zu machen. Für die Fahrt dorthin und zurück fehlte mir allerdings das Geld. Also erkundigte ich mich, ob ich einen Fahrtkostenzuschuss bekommen könnte.

»Wissen Sie«, meinte die Integrationshelferin, »Sie brauchen ja keine Luxuslebensmittel, Sie müssen sich nicht unbedingt Fleisch kaufen. Wenn Sie beim Essen etwas sparen, können Sie sich die Fahrkarte leisten.«

Als Asylsuchende wird einem auf verschiedenste Weise deutlich gemacht, dass man dankbar zu sein hat, überhaupt da sein zu dürfen. Aber damit war ich nicht einverstanden. Ich wollte meine Möglichkeiten nutzen. Ich schrieb Briefe, lernte ständig dazu und nahm jede Hilfe an, die sich mir bot. Wieder war da die Stimme des kleinen Mädchens, das rundheraus sagte, was es wollte. Ich war ja nicht in Afghanistan, wo die Männer mit Gewehren herumliefen. Hier erntete ich höchstens unfreundliche Blicke.

Innerhalb von zwei Monaten hatte ich einen Job beim dänischen NOC gefunden, als Projektmanagerin, um Fußballprojekte im Balkan zu organisieren. Den sechsmonatigen Sprachkurs konnte ich nun buchen.

Meine Mutter meldete sich aus einem Zentrum für Asylsuchende. Ich war überglücklich, sie am Leben zu wissen, auch wenn ich wusste, dass ihr das ganze »Verfahren« noch bevorstand. Wir waren beide in Dänemark, nur das zählte.

Die Fahrt zu ihr dauerte mehrere Stunden. Als ich sie sah, war ich erschüttert, wie ausgezehrt und müde sie wirkte. Ich brach in Tränen aus. Meine sanfte Mutter, die abends beim Lesen einschlief. Allein in einem fremden Land, fern von Ehemann und Söhnen. Ohne ihren geliebten Beruf.

»Es tut mir leid«, sagte ich leise. »Das alles ist meine Schuld.«

Sie umschloss mein Gesicht mit den Händen. »Es ist *ihre* Schuld«, sagte sie.

Meine Mutter erkannte, wie schlecht es mir ging, sie sorgte sich sehr um mich. Als ich wieder aufbrechen musste, hatte ich Füße wie Blei. Ich wollte sie da nicht zurücklassen und musste mich zwingen zu gehen. In meiner Unterkunft zog ich die Tür hinter mir zu und dachte: Nein, diese Situation ist inakzeptabel. Also machte ich mich zum zweiten Mal auf den Weg, um sie abzuholen.

Es war schon spät, als ich im Zentrum ankam, und ich war froh, dass sie mich überhaupt hineinließen. Auf den Wangen meiner Mutter hatten sich alte Tränenspuren mit neuen vermischt, sie sah völlig verängstigt aus. Sie mitzunehmen, war einfacher, als ich gedacht hatte. Ich musste nur meine Kontaktdaten hinterlegen und schon ließ man sie gehen. Eine Person weniger, die das System belastete. Ein Bett mehr, das man neu belegen konnte.

Als ich den Job beim dänischen NOC bekam, hatte ich den Kontakt zu der Integrationshelferin abgebrochen, die mir zugeteilt worden war. Aber als auf meine Bewerbung für einen Studienplatz in Marketing-Management an der *Copenhagen Business Academy* eine Zusage kam, konnte ich es mir nicht verkneifen, ihr das mitzuteilen.

Mein Leben bestand wieder aus Arbeit und Studium. Ich wusste, was ich wollte, und nahm mir keine Zeit für Erholung und Spaß, wollte keine Leute kennenlernen. Für mich gab es nur Job und Studium.

Wenn man in Afghanistan ein Studium beginnt, bereitet man sich sorgfältig darauf vor. Also war ich an meinem ersten Tag an der Uni in Dänemark ganz fokussiert, hatte schon sämtliche Bücher besorgt. Aber hier lief alles anders. Die zwei Tutoren redeten zwar auch über das Studium, aber die beiden Hauptthemen waren die Organisation eines Campingwochenendes und der Vorschlag, freitags um 12

Uhr aufzuhören, um gemeinsam in die Bar zu gehen, wo ein DJ auflegte. Es war ein Kulturschock. Ich trinke keinen Alkohol – nicht aus religiösen Gründen, ich brauche es einfach nicht. Kaffee machte mich glücklich genug. Manche meinen, Abstinenz sei ein Hindernis, wenn man Leute kennenlernen oder Freunde finden will. Ich begriff, dass es in der dänischen Kultur dazugehörte, sich mit anderen zu betrinken. In Afghanistan trinken wir nicht, können aber trotzdem abfeiern. Wir sind von Haus aus sehr kontaktfreudig. Wenn überhaupt, dann brauchen wir Alkohol, um ruhiger zu werden.

Was mir beim Studium Schwierigkeiten bereitete, waren die vielen Gruppenarbeiten. Meine Mitstudierenden verbrachten die Wochenenden oft zusammen. Daraus entstanden dann die Arbeitsgruppen. Ich musste neben dem Studium noch arbeiten und hatte außerdem Termine für öffentliche Auftritte. Die meisten Scheine bekam man aber für Arbeiten, die auf einem Gruppenprojekt basierten. Nur hatte ich keine Gruppe. Die anderen konnten ihre Berichte in Teamarbeit schreiben; bei einer Gruppe von fünf Leuten trug jeder um die drei Seiten bei, während ich alle Seiten alleine schrieb. Aber ich hatte diesen Studienplatz bekommen und wollte beweisen, dass ich ihn auch verdiente.

Eines Tages saß ich während einer Prüfung wie erstarrt da, konnte nicht mehr weiterschreiben und Tränen liefen mir über die Wangen. Mein Professor nahm mich im Anschluss beiseite und fragte, was mit mir los sei. Als ich ihm erzählte, dass ich unter Ess- und Schlafstörungen litt und ständig das Gefühl hatte, an einem Abgrund zu stehen, machte er für mich einen Termin bei der psychologischen Beratungsstelle der Uni. Dort vermittelte man mir einen Therapeuten. Ich verbrachte viel Zeit in einem Institut, das auf Traumaverarbeitung von Geflüchteten spezialisiert war. Ich begriff zum ersten Mal, wie es wirklich um mich stand. Wie viel ich in mich hineingefressen hatte, ohne darüber zu reden. Zum ersten Mal seit langer, langer Zeit hatte ich den Eindruck, jemand ließ in einen dunklen Raum etwas Licht herein. Mein Professor hat mich gerettet. Er hat gehandelt, weil ich selbst nicht mehr fähig dazu war.

Henrik fuhr mich zu den Therapieterminen. Er und andere haben mir viele kleine, mir unüberwindbar erscheinende Aufgaben abgenommen, damit ich mich auf die wichtigen Dinge konzentrieren konnte, die mich so beanspruchten. Geflüchtete verlieren alles und wissen nicht, ob sie ihre Nächsten jemals wiedersehen. In den Asylheimen ist man zwar frei, hat aber nicht wirklich Freiheiten. Man fühlt sich dort wie im Gefängnis, auch wenn es keines ist. Man steckt in einem System fest und findet nicht zu seinem eigenen Leben. Deine Persönlichkeit und das Leben, das einmal vor dir lag, sind begraben. Du hattest Freunde, hast vielleicht studiert und gearbeitet. Jetzt musst du von vorne anfangen, bist nur eine Nummer auf einem Formular. Deine Ausbildung wird nicht anerkannt, deine Erfahrungen im Job werden geringer bewertet. Junge Erwachsene verlieren fast ein Lebensjahrzehnt, weil sie mit der Berufsausbildung noch einmal von vorne beginnen müssen. Als ob man zurückgedreht würde. Manche Geflüchtete sind schon über dreißig oder vierzig und müssen wieder an die Uni. Das ist entwürdigend und eine Verschwendung von Potenzial. Es ist hart, sich da durchzuboxen, und nur wenige haben dabei die Unterstützung, die ich von Henrik bekam, der mir zum Beispiel auch alles Dänische übersetzte.

Ich besserte mein Einkommen damit auf, dass ich am Wochenende in einem Café arbeitete. Dabei konnte ich gleichzeitig mein Dänisch trainieren und deshalb bestand ich dann auch die Sprachprüfungen gut. Obwohl mir klar war, dass ich aufgrund meiner Knieverletzung nie mehr Fußball spielen konnte, begann ich, Kontakt zur Fußballcommunity in Dänemark aufzunehmen. Ich ermunterte geflüchtete Frauen, sich an Kursen und Turnieren zu beteiligen. Und wieder einmal sah ich, welche Power das Fußballspielen verleiht. Ich sah, wie diese Frauen, die so viele Seiten ihrer Persönlichkeit unterdrücken mussten, um zu überleben, durch das Fußballspielen aufblühten.

Kapitel 14

Jordanien, 2017

Für manche Sportarten brauchst du eine Menge Ausrüstung oder besondere Bedingungen. Fußball dagegen ist wie eine Pflanze, die in jedem Spalt, selbst im Betonboden, wächst. Er sprießt und gedeiht überall auf der Welt. Du brauchst nur einen Ball. Mach die Augen auf.

»Komm, lass mal sehen. Wo tut es weh? Hier?«

Die Hand des Mannes glitt an dem entblößten Bein der Spielerin hoch. »Hier?«

Ich war aus dem Hotelzimmer gegangen, um einen Erste-Hilfe-Koffer zu holen, und noch nicht einmal fünf Minuten weg gewesen. In der Zeit war einer der männlichen Coaches aus Afghanistan ins Zimmer gekommen. Er saß auf dem Bettrand der Spielerin.

»Danke, vielen Dank«, stammelte sie. »Es ist alles okay. Ich kann mich selbst darum kümmern, wirklich.«

Sie hatte Angst. Ich konnte es an ihrem Gesicht ablesen und an ihrer Stimme hören.

»Es ist unterhalb des Knies, nicht darüber.«

Er ignorierte sie und schob seine Finger an ihrem Oberschenkel immer weiter nach oben. Sie erstarrte, wurde dann aber lebendig, zog die Decke über sich und versuchte, ihn abzuwehren. Sie war jung, verletzt und wusste nicht genau, was sie tun sollte. Es war ihr sichtlich unangenehm, doch sie traute sich nicht, deutlicher Nein zu sagen.

Ich begleitete die afghanische Frauenmannschaft nach Jordanien in eins der Trainingslager, mit denen sich die Spielerinnen auf die Qualifikation für die Weltmeisterschaft 2019 vorbereiteten. Der Weg dahin war wieder einmal unglaublich steinig gewesen.

Es hatte damit angefangen, dass mich Spielerinnen aus Afghanistan in meinem Exil in Dänemark anriefen. Sie erzählten mir, sie hätten erfahren, dass der afghanische Fußballverband beabsichtige, die Frauen-Abteilung zu schließen. Das würde auch für den gesamten Frauenfußball im Land praktisch das Aus bedeuten. Die Begründung war: Die Frauen-Nationalmannschaft hätte schlecht gespielt.

Die Spielerinnen hatten sich wegen der drohenden Schließung bereits an diverse Organisationen gewandt, die das Team in der Vergangenheit unterstützt hatten, darunter der Deutsche Fußball-Bund und die US-Botschaft.

Auch verschiedene Medienvertreter schickten mir diesbezüglich E-Mails. Ich musste Karim anrufen.

»Ausländische Stellen und Medien haben mich kontaktiert und sich nach der Zukunft der afghanischen Frauenfußball-Abteilung erkundigt«, sagte ich zu ihm. »Wir haben sehr hart gearbeitet, um den Frauenfußball so weit zu bringen.

Egal, welche Leistungen die Spielerinnen zeigen, egal, auf welchem Niveau sie spielen, es ist wichtig, dass sie weitermachen. Wenn Sie die Abteilung nun abschaffen, schaden Sie sich selbst. Die Nachricht wird in der westlichen Welt wie eine Bombe einschlagen. *Hummel* wird sich als Sponsor zurückziehen. Er unterstützt auch das Männerteam und die Liga, damit wird es dann vorbei sein.«

Dann bot ich ihm an, ihm beim Aufbau eines guten Frauenteams und der Frauenfußball-Abteilung zu helfen.

Ein paar Tage später rief er mich zurück: »Okay, wir machen es. Du stellst ein neues Team zusammen. Geld ist keines da. Aber ansonsten kannst du loslegen.«

Ja! Diese Antwort reichte. Und jetzt sollte die afghanische Frauenmannschaft endlich einmal erleben, wie es ist, professionell zu arbeiten.

Als Erstes brauchten wir einen richtig guten Coach. Ich kontaktierte Leute, die ich in Kursen kennengelernt hatte, darunter die ehemalige Trainerin der US-amerikanischen U21, Kelly Lindsey. Auch einige der afghanischen Spielerinnen kannten sie bereits von einem Kurs. Sie hatte damals angeboten, uns nach besten Kräften zu unterstützen. Ich schrieb ihr eine lange E-Mail und erklärte die Lage, ohne etwas zu beschönigen: Wir suchten eine Trainerin, die mit mir zusammen ein neues afghanisches Frauenteam aufstellte, das zunächst bei den South Asian Games mitspielen konnte und anschließend bei der Qualifikation für die Frauen-Weltmeisterschaft eine Chance hatte. Und für all das gab es kein Geld.

Damals arbeitete Kelly in Hongkong. Wir vereinbarten einen Telefontermin. In dem Moment, als ich ihre Stimme hörte, wusste ich, dass sie unsere Trainerin werden würde. Und so kam es.

Dann stieß ich auf Haley Carter, eine ehemalige Torhüterin, die Kellys Assistentin wurde. Sie war bei den US Marines gewesen und hatte im Profifußball gespielt. Sie war witzig, sprühte vor Energie, konnte auf andere zugehen und war sehr strukturiert. Wir drei bildeten ein gutes Gespann. Wir vereinbarten regelmäßig Videokonferenzen, um unsere Zusammenarbeit zu planen. Die früheren Besprechungen mit Samira, die wir unter dem Deckmantel gemeinsamer Hausaufgaben abgehalten hatten, erschienen mir jetzt wie aus einer anderen Welt.

Wir entschieden uns für eine neue Strategie: Innerhalb Afghanistans wollten wir die besten unter den Liga-Spielerinnen für die Nationalmannschaft auswählen, außerhalb Afghanistans Fußball spielenden geflüchteten Frauen die Chance geben, sich durch die Teilnahme an Trainingslagern für das Team zu qualifizieren.

Mit der Zeit gaben Kelly und Haley dem Team eine neue Form. Kelly war ein Führungstalent. Sie und Haley schickten massenweise Trainingsvideos, die die Spielerinnen an ihrem jeweiligen Ort abarbeiteten. Wenn wir ein gemeinsames Trainingslager im Ausland abhielten, gab Kelly jeder von ihnen das Gefühl, ein wichtiger Teil der Mannschaft zu sein. Sie gab alles, um die Frauen zu motivieren – die jungen Nachwuchsspielerinnen aus Afghanistan, die wir noch nicht so gut kannten, wie auch die anderen, die im Ausland lebten. Die Jüngeren hatten zunächst kein allzu großes Vertrauen zu mir, wussten über mich nur das, was sie in den Medien gehört hatten. Und das war – zumindest in Afghanistan – nur Schlechtes gewesen. Doch allmählich wurden sie lockerer, allmählich wuchs da eine Mannschaft heran.

Wir hatten Auswahltrainings in den Niederlanden und luden anschließend die besten Spielerinnen zu einem Trainingscamp nach Kalifornien ein. In Afghanistan hatte ich mich so anders gefühlt als die Frauen um mich herum, weil die Kultur dort von Männern dominiert ist. Manchmal war ich deswegen sehr einsam gewesen. Kelly und Haley tickten ähnlich wie ich. Das war für mich ein nie gekanntes Glück. Außerdem glaubten sie wie ich an das Projekt und taten alles, um es erfolgreich zu machen.

Kelly versuchte, Gelder aufzutreiben, und ließ dafür ihre Kontakte spielen. Wir brachten Spielerinnen aus allen Ecken der Welt zusammen, das war teuer. Auch Haley sammelte Spenden. Wir arbeiteten praktisch wie ein Verband innerhalb eines Verbands – oder besser: außerhalb. Wir schrieben den Familien der Spielerinnen und baten sie, ihren Töchtern die Auslandsreisen zu erlauben. Diese Briefe schickten wir erst an den Verband, der sie unterschrieb und abstempelte, bevor sie an die Adressaten gingen.

In unseren ersten Gesprächen kamen Kelly und ich überein, dass wir Spielerinnen auch zu Trainerinnen ausbilden sollten, um eine neue Generation von weiblichen Führungskräften heranzuziehen, die später unsere Aufgaben übernehmen und das Team managen könnten. Das war unser Traum: Wir bilden junge Frauen aus und werden eines Tages erleben, wie die afghanische Nationalmannschaft in den größten Stadien der Welt spielt, wie unsere Vision Wirklichkeit wird.

Aber es gab natürlich auch Probleme. Der afghanische Fußballverband traute Ausländern generell nicht, geschweige denn Ausländerinnen. Wenn wir auf dem Feld ein gutes Team aufgestellt hatten, tauchten auf der Spielerinnenliste, die uns der Verband schickte, plötzlich ganz andere Namen auf. Dafür fehlten andere, die wir nominiert hatten. Das passierte ständig. Man rechtfertigte das damit, dass diese Spielerinnen nicht mehr Fußball spielen würden und deshalb das Projekt verlassen hätten. Aber wir kannten die Frauen und wussten, dass es nicht stimmte.

Nach dem ersten Trainingslager hieß es, wir seien alle gefeuert. Eine 17-jährige Spielerin hatte aus Neugier einen Blick in eine Striptease-Bar geworfen, die in der Nähe des Billighotels lag, in dem wir wohnten. Sie hatte ein Foto gemacht und es in einem sozialen Netzwerk gepostet. Dort hatte es ein Verbandsmitglied gesehen. Karim rief an, tobte und schimpfte, wir hätten Schande über jede einzelne teilnehmende Spielerin gebracht. Ich konnte es kaum fassen, dass dieses Mädchen so dumm gewesen war. Wir machten uns Sorgen um die Frauen, die nach Afghanistan zurückreisten. Ihr Schutz hatte bei uns oberste Priorität, denn sie würden es zu Hause ausbaden müssen.

Bei jedem Trainingscamp, das wir abhielten, wiederholte sich das gleiche Spiel: Irgendein Vorfall veranlasste den Verband, uns zu »feuern«. Doch keine von uns hatte einen Arbeitsvertrag, also konnten wir auch nicht gefeuert werden. Wir machten einfach mit unserer Arbeit weiter.

Als wir 2017 dann in dem Trainingslager in Jordanien zusammenkamen, erwarteten uns dort zwei männliche afghanische Coaches, die ich noch nie gesehen hatte. Waren sie hier, um für Karim zu spionieren? Aber wir mussten uns auf das konzentrieren, was einer der wichtigsten Schritte in der Geschichte der Mannschaft zu werden versprach: Es stand ein Spiel an, wodurch wir auf die offizielle FIFA-Weltrangliste kamen.

Bei meinem Eintritt ins Zimmer der verletzten Spielerin beeilte sich der Coach aufzustehen. Ich war erst sprachlos, begriff dann, was sich abspielte, schob ihn hinaus und drohte: »Ich zeige dich an!«

Ich lief ihm hinterher und rief: »Was du hier tust, geht gar nicht. Bleib uns vom Hals. Ich sorge dafür, dass du nie mehr auf einem Fußballfeld stehst.«

Da stand er vor mir, schwer atmend und mit hochrotem Gesicht. Aber in seinen Augen erkannte ich auch Angst.

»Was redest du? Du bist ja total verrückt. Ich weiß nicht, was du gesehen haben willst. Es wird dir sowieso niemand glauben.«

Ich ging ins Zimmer zurück, um nach der Spielerin zu sehen. Sie war den Tränen nahe. Ich versicherte ihr, sie habe nichts falsch gemacht. Dann ging ich, damit sie sich erholen konnte, und riet ihr, die Tür abzuschließen.

Kelly, Haley und dem Team erzählte ich zunächst nichts von dem Vorfall. Wir mussten uns auf das bevorstehende Spiel konzentrieren. Ich wollte keinen Aufruhr, sondern im Gegenteil versuchen, die Wogen wieder zu glätten. Aber am nächsten Morgen beim Frühstück, als ich alles noch einmal im Geist rekapitulierte und überlegte, wie ich damit umgehen sollte, kam eine andere Spielerin zu mir.

Wir standen am Buffet, und sie beugte sich zu mir: »Khalida, ich erzähle dir jetzt etwas, aber versuche bitte, dir nichts anmerken zu lassen. Mehrere der Spielerinnen aus Afghanistan wurden unter Druck gesetzt, mit diesen beiden Coaches aufs Zimmer zu gehen. Sie wurden sexuell bedrängt. Ich selbst wurde auch angerufen.«

Ich erstarrte, hörte aber aufmerksam zu und checkte mit einem Rundumblick, ob uns jemand beobachtete. Das, was sie mir da erzählte, konnte sie in Schwierigkeiten bringen.

Wie sollte ich mit diesen ungeheuerlichen Informationen umgehen? Zurück auf meinem Zimmer bekam ich per Handy eine Liste der Spielerinnen, die betroffen waren. Das Mädchen, das mir die Liste geschickt hatte, vertraute mir. Sie hatte sehr darum kämpfen müssen, die Erlaubnis ihrer Eltern für die Reise ins Trainingslager zu bekommen. Sie warnte mich vor dem, was ich sowieso schon wusste: Wenn diese Vorfälle zu Hause bekannt würden, würde man den Spielerinnen verbieten, weiter Fußball zu spielen; manche würde man zur Heirat zwingen. Ich wusste es, ich hatte das alles schon oft erlebt.

Ein paar Stunden vor dem Spiel schnappte ich mir Kelly. Ich musste sie einweihen. Sie blieb ganz ruhig und hörte zu. So einen Menschen braucht es in einer Krisensituation. Kelly hat diese seltene Gabe, dir das Gefühl zu geben, dass alles gut wird.

»Wir können, falls du das willst, dafür sorgen, dass diese beiden Männer den nächsten Flieger nach Afghanistan nehmen«, sagte sie schließlich. »Wenn das die Lösung ist, die du dir vorstellst, veranlasse ich es.«

Ich erwiderte: »Lass mich erst noch Karim anrufen.«

Kelly übernahm es, mit den Spielerinnen zu sprechen. »Es ist völlig inakzeptabel, was hier passiert. Wir werden alles tun, um schnellstmöglich eine Lösung zu finden. Ihr seid nicht allein, wir beschützen euch.«

Als Kelly zur Spielbesprechung überging, rief ich Karim an. Seine Antwort kam wie aus der Pistole geschossen. Er fand die Sache auch skandalös und wollte die beiden Coaches feuern. Er reagierte so wie damals vor vielen Jahren bei der Sache in Deutschland. Aber dann änderte sich plötzlich sein Tonfall, und er begann, laut über die Folgen für das gesamte Projekt nachzudenken, falls der Vorfall an die Öffentlichkeit käme. Dass das unsere Pläne durchkreuzen könnte und alle unsere Anstrengungen dann umsonst gewesen wären.

Es war klar, dass er mir Angst machen wollte. Dann zeigte er sich wieder verständnisvoll und sagte sogar: »Wenn die

Spielerinnen übrigens beim Spiel keinen Hidschab tragen wollen, ist das in Ordnung. Wir sollten sie nicht zwingen. Von mir aus können sie auch in Shorts ohne Tights spielen.«

Dafür hatte ich ewig gekämpft, und nun war er plötzlich einverstanden. Er schien voll hinter dieser Entscheidung zu stehen. Also verkündete ich den Spielerinnen diese gute Neuigkeit: »Hidschab und Tights sind optional. Der Verbandspräsident lässt uns die Wahl.«

Die Spielerinnen waren glücklich, denn die sengende Hitze in Jordanien machte allen zu schaffen, und unser Spiel war für den Nachmittag angesetzt.

Wir machten das Spiel und beendeten den Aufenthalt ohne weitere Zwischenfälle. Bei unserem letzten Treffen vor der Heimreise der Spielerinnen nach Afghanistan und meiner Rückkehr nach Dänemark stellte ich mich vor die Mannschaft und versicherte allen, dass wir weiterhin für sie kämpfen würden, damit sich solche Vorfälle nicht mehr wiederholten.

Nach diesem Trainingslager in Jordanien nahm ich einen neuen Job bei der *Right to Dream Academy* an. Die Organisation hatte als Jugendfußballakademie in Ghana angefangen, ihren Radius immer weiter vergrößert und 2015 den dänischen Fußballclub FC Nordsjælland gekauft. Ich hatte einen Vortrag ihres CEO Tom Vernon gehört und war beeindruckt gewesen von ihren Visionen und ihrer Überzeugung, dass Fußball das Leben eines Menschen verändern kann. Ich fragte damals, ob ich für meinen Master ein Praktikum bei ihnen machen könnte, und bekam dann später einen Job angeboten. Ich schien genau am richtigen Platz zu sein.

Daneben verbrachte ich sehr viel Zeit damit, in Afghanistan herumzutelefonieren, um herauszufinden, ob Karim seine Versprechen auch in die Tat umsetzte. Ich hatte meinem Team entsprechende Zusagen gemacht, und die wollte ich einhalten. Die ganzen Jahre war ich gezwungen gewesen, Karim zu vertrauen. Er hatte mir immer wieder versichert, dass er sich für den Schutz der Spielerinnen einsetzen würde. Also vertraute ich ihm auch dieses Mal.

Kapitel 15

Ein Team zeichnet sich durch gegenseitiges Vertrauen aus. Eine Umkleidekabine ist ein intimer Ort. Das Vertrauen zu brechen, ist unverzeihlich. Mach die Augen auf.

Kurz nach dem Trainingscamp in Jordanien begann ich in vollem Ausmaß zu realisieren, wie das Spiel hinter den Kulissen tatsächlich ablief. Karim nahm sich die beiden Coaches zwar vor, aber er sorgte auch dafür, dass neun Spielerinnen, darunter einige unserer besten, aus der Mannschaft flogen. Der Vorwurf war, sie seien lesbisch – das ist in der extrem homophoben afghanischen Gesellschaft ein absolutes Tabu.

Die Spielerinnen als Lesben zu präsentieren, war ein taktisches Manöver, um sie mundtot zu machen. Zu ihnen Kontakt zu haben, bedeutete für die anderen Spielerinnen entsprechend ein Risiko und machte zusätzlich deren Familien Schwierigkeiten.

Der Ausschluss von neun Spielerinnen war eine neue Stufe. Jetzt ging es nicht mehr um die eine oder andere Spielerin, die plötzlich nicht mehr auftauchte, das war ein Exodus von Spielerinnen, gegen deren Willen. Ich wollte wissen, was los war, und fahndete auch nach den anderen Mädchen und Frauen, die irgendwann verschwunden waren.

Was ich zu hören bekam, war unfassbar. Mehrere erzählten mir von sexuellem Missbrauch und von Misshandlungen, wenn sie sich wehrten. Karim, der Präsident des Fußballverbands, bildete selbst die Spitze der Übergriffe. Anschließend warf er die Spielerinnen unter einem Vorwand hinaus, wohl wissend, dass sie nicht öffentlich über ihre Erlebnisse reden würden – oft nicht einmal ihren Familien gegenüber. Ich erfuhr auch, dass man den beiden Frauen, die 2010 mit in Deutschland gewesen waren, anschließend Schweigegeld bezahlt hatte.

Ich hörte viele unerträgliche Geschichten und begann, eine Beweisakte zusammenzustellen. Fünf Spielerinnen waren bereit, ihre Aussagen aufnehmen zu lassen. Irgendwann hatte ich genug Informationen über die systematischen und umfangreichen Übergriffe gegen Spielerinnen – von Karim, von weiteren Verbandsfunktionären, von Trainern. Es gab Gerüchte, eine junge Spielerin habe von Karim sogar ein Kind bekommen.

Wie sollte ich all das nun bekannt machen? Es dem Verband zu melden, war sinnlos, denn Karim hatte alle und alles in der Hand. Außerhalb des Verbands gab es keine Anlaufstelle. Die afghanische Gesellschaft will von Fällen, in denen Frauen systematisch sexuell bedrängt oder sogar missbraucht werden, nichts wissen. Ich konnte auch nicht darauf vertrauen, dass sich die Polizei oder die Gerichte auf die Seite der Frauen stellten. Also schien es mir aussichtsreicher, mich an internationale Fußballverbände zu wenden.

Auch Kelly überlegte, wie am besten vorzugehen war. Wir kontaktierten die Asian Football Confederation (AFC), bekamen aber zur Antwort: »Mit euch können wir über dieses Thema nicht reden, ihr seid keine Mitglieder der AFC. Da muss schon euer Präsident oder euer Generalsekretär an uns herantreten.«

Wir erklärten, dass die Vorwürfe sich ja unter anderem gegen ebendiese beiden Männer richteten. Aber sie meinten, so sei das Prozedere, und das wäre einzuhalten. Es war einfach absurd. Das System schützt die Täter. Ähnliche Schwierigkeiten hatten wir, als wir die FIFA darauf ansprachen. Anscheinend gab es keine Möglichkeit, über die höchsten Funktionäre eines Verbands irgendwo Beschwerde einzulegen. Auf einer von der FIFA und der AFC veranstalteten Konferenz im April 2018 konnten wir uns an Frauen wenden, die in diesen Organisationen höhere Posten innehatten. Eine davon war Sarai Bareman, die Vorsitzende für Frauenfußball bei der FIFA.

Kelly und ich fragten sie, ob sie bereit sei, mit uns über die Missbrauchsfälle im afghanischen Frauen-Nationalteam zu reden. Sie hörte uns an und brachte uns in Kontakt mit mehreren Mitarbeitenden ihrer Organisation, die sich in aller Stille mit unseren Vorwürfen befassten, ohne dass Karim etwas davon mitbekam. Ich übergab ihnen meine Unterlagen und organisierte Gespräche mit den betroffenen Spielerinnen, übersetzte für sie. Wir warteten ungeduldig darauf, dass die FIFA eine formelle Untersuchung einleiten würde. Aber die Monate vergingen.

In der Zwischenzeit versuchten Kelly und ich, die fünf Spielerinnen, die zu einer Aussage bereit gewesen waren, außer Landes zu bringen. Wenn sie vor der FIFA sprachen, gingen sie ein großes Risiko ein. Eine von ihnen lebte bereits in einem Flüchtlingscamp in der Türkei. Es gelang uns, die anderen vier Frauen nach Pakistan zu bringen; ihre Flüge und Hotelaufenthalte bezahlten wir aus eigener Tasche. Dann übernahm die FIFA die Angelegenheit und brachte die Spielerinnen in die Schweiz. Wir bemühten uns, für alle betroffenen Frauen Unterstützung zu bekommen. Viele mussten sich versteckt halten.

Aber gegen Karim war immer noch kein offizielles Verfahren eröffnet. Unsere Frustration wuchs. Wir befürchteten, die FIFA würde alles vertuschen – nicht unbedingt die Mitarbeitenden, die sich mit dem Fall beschäftigten, aber bestimmte Funktionäre. Wir wussten, wie viel die Stimmen der Nationalverbände zählten und wie einflussreich ihr Bezugsnetz innerhalb der FIFA war. Je länger wir warten mussten, desto paranoider wurden unsere Vermutungen darüber, was hinter den Kulissen ablief.

Dann hatte ich eines Tages Suzanne Wrack am Telefon, eine Reporterin der britischen Tageszeitung *The Guardian*. Sie hatte neun Monate zuvor unsere Kapitänin Shabnam Mobarez interviewt und war mit ihr in Kontakt geblieben. Shabnam war eine der Spielerinnen, die im Ausland lebten. Sie hatte über die neuen Verträge getwittert, die der afghanische Fußballverband den Spielerinnen aufzwang, wenn sie im Team bleiben wollten. Suzanne wollte der Sache nachgehen. Der Verband hatte offensichtlich Angst davor, dass Spielerinnen sich öffentlich äußerten. Also benutzte er die neuen Verträge als Druckmittel, um sich das Schweigen der Spielerinnen zu sichern und diejenigen loszuwerden, die nicht den Mund halten wollten.

Suzanne wollte eigentlich über die Verträge berichten, aber Shabnam und die in Deutschland lebende Spielerin Mina Ahmadi hatten angedeutet, dass noch ganz andere Dinge abliefen. Von beiden bekam sie die Empfehlung, sich an ihre Trainerin Kelly zu wenden, um mehr zu erfahren. Tatsächlich war es dann Kelly, die als Erste offen mit Suzanne über die Missbrauchsfälle sprach. Sie erklärte ihr auch, dass die Spielerinnen oft deshalb nicht über die Vorfälle reden wollten, weil sie gar keine Worte dafür fanden. In Afghanistan gibt es keine Bezeichnungen für »Missbrauch«, »Vergewaltigung« oder »sexuellen Übergriff«. Es gehört zum Alltag vieler Frauen.

Kelly verwies Suzanne an mich. Ich weiß nicht, warum – aber irgendwie hatte ich sofort Vertrauen zu Suzanne. Vielleicht, weil sie von Anfang an klarstellte, dass wir nicht verpflichtet waren, ihr eine Story zu liefern. Ich sollte ihr einfach erzählen, und dann würden wir gemeinsam entscheiden, ob ein Artikel darüber möglich und sinnvoll sei.

Wir hatten ein erstes Gespräch, und Suzanne war entsetzt über das, was sie hörte. Dann begann die langwierige Aufgabe, Material für einen Artikel zusammenzustellen, der wirklich etwas bewirken konnte. Wir sichteten alle Interviews und setzten sie zu einer Story zusammen.

Es geschah oft nach demselben Muster. Karim nutzte Schwachpunkte von Spielerinnen aus, um sie sich gefügig zu machen. Ein Mädchen war zum Beispiel zu Karim ins Büro gekommen, um anzufragen, ob der Verband ihr einen Reisekostenzuschuss geben könnte. »Ich habe ihn um diese Hilfe gebeten«, erzählte sie. »Da wurde er zudringlich und sagte: ›Zeig mir deinen Körper.‹«

Während ich diese Sätze für Suzanne aus dem Dari ins Englische übersetzte, versuchte ich gleichzeitig, ihre Bedeutung nicht an mich heranzulassen, sondern sie nur mechanisch Wort für Wort wiederzugeben. Ich wusste, was diese Spielerin durchgemacht hatte. Ich wollte es nicht noch einmal hören. Aber es musste sein. Ihre Geschichte öffentlich zu machen, war ihre letzte Hoffnung. Dabei musste gleichzeitig unbedingt ihre Anonymität gewahrt bleiben.

»Ich tat, als ob ich nichts gehört hätte, und blieb sehr höflich. Ich sagte: ›Hören Sie, ich brauche Geld für die Reise ins Trainingslager. Können Sie mir helfen?‹ Am liebsten wäre ich sofort gegangen. Aber er antwortete: ›Ich gebe dir Geld.‹ Karim forderte mich auf, mit ihm ins Nebenzimmer zu gehen. Ich folgte ihm, er wollte mir ja helfen. Hinter dem Nebenzimmer lag noch ein anderer Raum, in dem es sehr dunkel war. In dem Raum gab es eine Tür, die man aber kaum erkennen konnte, weil sie in die Wand eingelassen war. Dahinter lag eine Art Suite, mit einem voll eingerichteten Schlafzimmer und sogar einem Bad. Er wies mich an hineinzugehen. Ich tat es notgedrungen. Er kam hinter mir her und schloss die Tür ab.

Er befahl mir, mich aufs Bett zu setzen. Ich hatte Angst und zitterte. Er sagte: ›Heute werde ich herausfinden, was sich unter deinen Kleidern versteckt.‹

Ich sagte, er solle mich gehen lassen. Da meinte er: ›Du kannst so laut schreien, wie du willst, dich wird keiner hören.‹

Dann schubste er mich aufs Bett.

Ich sagte: ›Lassen Sie mich in Ruhe. Ich wollte Sie nur um Geld für die Reise bitten. Lassen Sie mich jetzt gehen.‹

Ich wollte aufstehen, da schlug er mir ins Gesicht. Ich fiel zurück auf das Bett. Wieder versuchte ich, aufzustehen und zur Tür zu kommen. Aber sie war nur mit seinem Fingerabdruck zu öffnen. Ich war gefangen. Er schlug mir wieder ins Gesicht. Meine Nase und meine Lippen bluteten. Dann begann er, auf mich einzuprügeln. Ich fiel auf das Bett, und mir wurde schwarz vor Augen …

Als ich wieder zu mir kam, hatte ich keine Kleider mehr an. Überall war Blut.

Ich zitterte. Ich wusste nicht, was passiert war. Das ganze Bett war voller Blut, es floss aus meinem Mund, meiner Nase und meiner Vagina. Ich zog mich schnell an. ›So, wie ich bin, gehe ich zur Presse und erzähle, was mir hier passiert ist.‹

Da zog er eine Pistole heraus, hielt sie mir an den Kopf und sagte: ›Siehst du, was ich tun kann? Ich kann dir in den Kopf schießen, dass dein Gehirn im ganzen Raum verspritzt wird. Und das Gleiche kann ich mit deiner Familie tun. Wenn du willst, dass sie am Leben bleibt, dann solltest du den Mund halten.‹

Dann warf er mir Geld an den Kopf, sagte, ich solle es nehmen und verschwinden. Und ich solle ja niemandem mein Gesicht zeigen. Er öffnete die Tür, und ich lief hinaus.«

Sie rannte zum Haus einer Freundin. Sie half ihr, sich zu waschen und frische Kleider anzuziehen. Zu Hause erzählte sie dann eine nicht sehr überzeugende Geschichte von einem Sportunfall, wusste aber genau, dass ihre Eltern sie schlucken würden, weil sie viel zu große Angst vor der Wahrheit hatten. Doch ihr Leidensweg war noch lange nicht zu Ende.

»Von meinen Freundinnen im Team erfuhr ich, dass der Präsident das Gerücht verbreitete, ich sei lesbisch. Er hätte mich mit einem anderen Mädchen erwischt und deshalb hinausgeworfen. Ich wusste weder ein noch aus. Mit niemandem konnte ich reden. Aber ich wollte auch nicht, dass noch weiteren Mädchen etwas Ähnliches widerfährt. Deswegen musste ich fliehen, um darüber sprechen zu können.«

Eine andere Spielerin erzählte mir, ein Funktionär des Verbands hätte ihr befohlen, in Karims Büro zu kommen. »Ich kannte seinen Charakter noch nicht«, sagte sie. Sie folgte der Anweisung. Karim bedeutete ihr mit einer Geste, auf dem Sofa Platz zu nehmen. Dann wuchtete er sich aus seinem Schreibtischsessel und setzte sich neben sie. »Er begann, mit mir zu reden und zu flirten. Er betatschte mich und versuchte, mich zu küssen. Ich begann zu weinen. Ich hatte Angst und versuchte, ihn wegzustoßen.«

Sie schrie und schlug um sich, wollte sich ihm entziehen. Schließlich gelang es ihr, aus dem Büro zu fliehen, doch sie wunderte sich, dass keiner sie beachtete, obwohl sie heftig weinte. »Ich fühlte mich so schwach und konnte keinem etwas davon erzählen. Gleichzeitig kamen ständig Anrufe vom Verband, vor allem vom Präsidenten, der mich drängte, wieder zu ihm zu kommen. Wenn ich trainierte, kam Karim aufs Spielfeld und sagte vor allen anderen, dass ich unhöflich sei und zu viel reden würde. Er drohte mir auch persönlich, sagte, er würde mir die Zunge abschneiden, um mich zum Schweigen zu bringen. Er belästigte und bedrohte mich ständig.«

Eines Tages kam sie etwas zu früh zum Training.

»Ich saß auf der Bank und wartete auf die anderen Spielerinnen. Auf dem Monitor der Überwachungskamera hatte er mich offenbar gesehen. Er rief mich auf meinem Handy an, aber ich ging nicht ran. Da kam er zu mir und zwang mich, ihm zu folgen. Ich hatte keine andere Wahl. Wir gingen durch mehrere Türen. Hinter der vierten Tür lag ein Schlafzimmer. Es sah aus wie in einem Fünfsternehotel, mit Spiegeln, modernen Möbeln, einem Bett. Als ich eintrat und das sah, bekam ich Angst und begann zu weinen. Ich dachte, ich würde das nicht überleben.

Der Präsident legte sich nackt auf das Bett. Er versuchte, mir meine Kleidung vom Körper zu zerren. Ich schrie und schlug um mich. Ich hatte Glück: Das Telefon klingelte, und als er abnahm, begann ich laut zu schreien. Er stieß mich weg und versuchte, mich zum Schweigen zu bringen, aber ich schrie immer weiter. Da öffnete er die Tür, und ich rannte hinaus.«

Eine andere Spielerin ging zu Karim ins Büro, um ein Formular unterschreiben zu lassen.

»Er näherte sich und versuchte, mich auf den Hals und die Lippen zu küssen, und ich stieß ihn weg. ›Wie benehmen Sie sich? Sie sind im Alter meines Großvaters!‹ Er fragte, warum ich ihn so abweisend behandeln würde, ich sei doch sonst immer so freundlich zu ihm. Jetzt sollte ich tun, was er wolle.

Ich stieß ihn weg und rannte aus dem Büro.

Danach hat er mich von der Liste der Nationalspielerinnen gestrichen, die zu einem Trainingslager im Ausland fahren durften. Er beleidigte mich im Beisein der anderen, beschuldigte mich, lesbisch zu sein, und schloss mich schließlich ganz aus dem Verband aus.«

Am Ende jeder Sitzung mit Suzanne konnte ich kaum noch reden vor lauter Wut und Schmerz. Tom Vernon und die Leute von der *Right to Dream Academy* waren in dieser Zeit unglaublich verständnisvoll und ließen mir den Freiraum für diese Arbeit. Meine Aufgaben verteilten sie, damit ich mich voll auf diese Sache konzentrieren konnte. Und so wuchs die Geschichte Stück für Stück.

Es wurde offensichtlich, dass Karim, ein Mann mit zwei Ehefrauen und elf legitimen Kindern, den Frauenfußball missbraucht hatte, um sich an wehrlosen Mädchen und jungen Frauen zu vergreifen.

Die Erkenntnis traf mich wie ein Blitz: Ich hatte ihm dabei geholfen! Der Präsident des afghanischen Fußballverbands benutzte unsere Spielerinnen als seinen persönlichen Harem, für den ich stetig die Frauen besorgt hatte. Ich versuchte, mir zu sagen, dass ich vom Ausland aus nicht wissen konnte, was sich vor Ort abspielte.

Plötzlich verstand ich alles: Die Spielerinnen, die verschwunden waren, wie auch die, die nach ihnen kamen, waren nur Schachfiguren in seinem privaten Spiel. Er hatte alle Kniffe eingesetzt, um mich davon abzuhalten, die Übergriffe der Coaches öffentlich anzuprangern, nicht, weil er sich um die Spielerinnen und den Frauenfußball sorgte, sondern um sein privates Spiel aufrechtzuerhalten. Ich fühlte mich dumm, naiv und manipuliert. Aber vor allem quälten mich Schuldgefühle. Ich hatte diese Frauen Karim geliefert. Dabei wollte ich ihnen Freiheit bringen und Möglichkeiten eröffnen.

Mehrere Monate lang arbeiteten Suzanne und ich, um die Story druckreif zu machen. Es war schwierig, denn wir konnten nicht wirklich Beweise dafür vorlegen, dass es systematische Belästigungen und auch Vergewaltigungen gegeben hatte. Deshalb mussten wir anhand der Informationen, deren Quellen wir außerdem nicht preisgeben durften, ein möglichst überzeugendes Bild schaffen und gleichzeitig sicherstellen, dass unser Artikel rechtlich hieb- und stichfest war. Ich werde dem *Guardian* ewig dankbar sein, weil er an uns glaubte.

»Überall war Blut.«

Das war die Schlagzeile. Meine Hände zitterten, als ich durch den Artikel auf der Website des *Guardian* scrollte, der im November 2018 veröffentlicht wurde. Wir hatten keinen anderen Weg gefunden, keiner hatte uns zuhören wollen. Nun brachte dieser Artikel die Bombe endlich zum Platzen, erschütterte den afghanischen Fußballverband und schickte seine Schockwellen in die ganze Welt.

Ich holte tief Luft. Es stand so viel auf dem Spiel. Ich las den Artikel noch einmal und durchkämmte ihn nach etwaigen Hinweisen auf die Identität der fünf Spielerinnen, die die Aussagen gemacht hatten. Auf keinen Fall durfte jemand sie identifizieren können.

Die Traumata, die Ängste und die Verzweiflung der Spielerinnen sprangen mir vom Bildschirm direkt in die Seele. Mir war bekannt, was sie gesagt hatten, aber ihre Geschichten nun schwarz auf weiß vor mir zu haben und zu sehen, wie sie in den sozialen Netzwerken mit jeder Sekunde mehr Retweets, Quote-Tweets und Likes bekamen, wie sie weltweit Aufmerksamkeit erhielten, das war einfach unbeschreiblich.

Der Artikel fand ein unglaubliches Echo. Kelly, Shabnam, Mina und ich erzählten nun auch von den Vorfällen im Trainingslager in Jordanien und forderten Konsequenzen. Das zeigte innerhalb und außerhalb Afghanistans Wirkung. Die afghanische Staatsanwaltschaft leitete eine Untersuchung ein. Ihr Sprecher Jamshid Rasooli erklärte: »Dieses Komitee wurde aufgrund eines Berichts der Tageszeitung *The Guardian* gebildet. Der Bericht schildert Missbrauch und sexuelle Nötigung von Spielerinnen der afghanischen Fußballnationalmannschaft. Das Komitee wird den Fall untersuchen und die fraglichen Personen im gesetzlichen Rahmen zur Rechenschaft ziehen.« Der Staatspräsident Afghanistans,

Aschraf Ghani, äußerte: »Trotz seiner Verdienste ist der afghanische Fußballverband leider ins Kreuzfeuer der Kritik geraten, weil die Tageszeitung *The Guardian* und internationale Fernsehsender gewisse Anschuldigungen gegen ihn vorgebracht haben. Die afghanische Bevölkerung ist schockiert. Es darf nicht sein, dass unseren jungen Athletinnen etwas angetan wird. Ich fordere die Staatsanwaltschaft auf, diesen Fall gründlich zu untersuchen. Ich werde solche Unsittlichkeiten auf keinen Fall dulden.«

Schließlich kündigte auch die FIFA eine offizielle Untersuchung an. Der afghanische Fußballverband und Karims Anhänger sowie die weiteren Beschuldigten verbreiteten hingegen ein eigenes Narrativ. Sie stellten uns als Landesflüchtlinge dar, die sich rächen wollten.

Nach dem Erscheinen des Artikels vergingen mehrere Monate.

Im Juni 2019 gab die FIFA endlich bekannt, dass Karim für alle mit Fußball verbundenen Ämter (sportliche, administrative, sonstige) auf nationaler wie internationaler Ebene lebenslänglich gesperrt und mit einer Geldstrafe von einer Million Schweizer Franken belegt werde. In der Begründung bestätigte das Schiedsgericht, dass Karim gegen Artikel 23 (Schutz der körperlichen und geistigen Unversehrtheit) und Artikel 25 (Amtsmissbrauch) des FIFA-Ethikkodexes verstoßen hatte.

In Afghanistan wurde ein Haftbefehl gegen ihn ausgestellt, doch Karim blieb in Freiheit – bis heute. Einen Festnahmeversuch im August 2020 in der Provinz Panjshir, in der er früher Gouverneur gewesen war, verhinderten ihm treue Milizen.

Dennoch: Die Welt wusste nun darüber Bescheid, was er und andere Männer unseren Spielerinnen angetan hatten.

Kapitel 16

Dänemark, 2021

Ein Orchester ist kein Orchester, wenn jeder das gleiche Instrument spielt. Und ein Team ist kein Team, wenn alle die gleichen Fähigkeiten haben. Mach die Augen auf.

Das Handy vibrierte. Ich hob den Kopf vom Schreibtisch und tastete danach. Eine unbekannte Nummer.

»Ist da Khalida?«, flüsterte eine Frauenstimme auf Dari.

»Ja.« Meine Kehle war trocken, meine Augen brannten. Ich versuchte, wach zu werden, und war mir nicht sicher, ob ich noch träumte.

»Ich sitze hier mit dem Gewehr meines Bruders am Fenster und schaue raus. Ich habe kein Auge zugetan. Wenn sie an meine Tür klopfen, werde ich mir in den Kopf schießen. Ich bringe mich lieber um, als in ihre Fänge zu geraten.«

Da wusste ich: Ich träumte nicht.

Ich drückte eine Taste am PC und der Monitor erwachte wieder zum Leben. Mein Bildschirmschoner war ein Mannschaftsfoto, aufgenommen vor zehn Jahren, als ich noch das Gefühl hatte, am Anfang von etwas Großem zu stehen. Alle Frauen darauf lächeln. Damals waren wir noch voller Hoffnung.

Im Verlauf des Tages hatten mir Freunde, Verwandte, ehemalige Teamkameradinnen eine SMS nach der anderen geschickt. Auch Spielerinnen, die ich gar nicht kannte, die noch Teenager oder Anfang zwanzig waren, Mädchen und junge Frauen, die erst lange nachdem ich Afghanistan verlassen hatte, mit dem Fußballspielen angefangen hatten. Sie hatten Angst. Sie wussten, dass man sie ins Visier nehmen würde. Denn die Taliban waren dabei, in Afghanistan wieder die Macht zu übernehmen.

Wenn ich nicht Nachrichten abhörte oder Rückrufe erledigte, schrieb ich E-Mails an jede und jeden, den ich in der Sportwelt kannte. »Bitte helft ihnen nach besten Kräften.«

Meine Hände zitterten von dem vielen Koffein und Adrenalin. Als ich aufstand, drehte sich mir alles, und ich sank zurück auf den Bürostuhl.

Meine Rolle im afghanischen Fußball war mittlerweile eine andere: Ich entwickelte Fußballprojekte für Frauen und Mädchen im Rahmen der Organisation *Girl Power.*

»Khalida?«

Erschrocken fuhr ich hoch, als Russ an meine Bürotür klopfte. Er sah besorgt aus. Im ganzen Gebäude war es dunkel. Ich war wieder mal am Schreibtisch eingeschlafen.

»Es ist schon spät. Komm, wir gehen nach Hause.«

Wir fuhren durch das nächtliche Kopenhagen, die Straßenlaternen tauchten die Stadt in sanftes Licht. Da begann ich zu weinen, erst ganz leise, dann immer heftiger, bis ich von Schluchzern geschüttelt wurde. Russ fuhr schweigend rechts ran, saß da und schaute mich an. Da brach es aus mir heraus:

»Wenn ich das nicht alles initiiert hätte ... Wenn wir ihnen nicht eingeredet hätten, sie könnten in Afghanistan wirklich Fußball spielen ... All diese Leute, die es cool fanden, dass afghanische Mädchen Fußball spielen ... Wo sind die jetzt? Niemand ruft mich zurück, und wenn, dann sagen sie, sie könnten nichts tun. Und die westlichen Länder behaupten, wir hätten uns den Taliban ergeben. Aber sie haben uns im Stich gelassen und schämen sich nicht einmal. Dutzende von Mädchen haben mir Nachrichten geschickt, weil sie jetzt Hilfe brauchen.«

Russ sagte nichts. Er kannte mich mittlerweile gut genug, um zu wissen, dass ich solche Momente hatte.

An diesem Abend, als Russ unser Abendessen zubereitete, setzte ich mich hin und schrieb einen langen Post in den sozialen Medien. Ich erzählte, wie meine Familie damals aus Afghanistan geflüchtet war, als die Taliban an die Macht kamen, und dass nun das Gleiche wieder passierte. Dass die Welt den Frauen und Mädchen in Afghanistan die kalte Schulter zeigte. Dass die internationalen Truppen bei Nacht und Nebel das Weite suchten und nichts hinterließen als schöne Worte. Dass Frauen, vor allem wenn sie Sport trieben, jetzt wieder bedroht, auch vergewaltigt und getötet wurden. Dass Schulen brannten.

Als wir damals nach Afghanistan zurückgekehrt waren, war meine Generation voller Hoffnung gewesen, dass wir etwas verändern konnten, dass wir für die Mädchen eine andere Zukunft aufbauen, dass sie in die Schule gehen und sich an Kunst, Kultur und Sport aktiv beteiligen konnten. Damit war es nun wieder aus und vorbei. Jetzt waren die Taliban erneut an der Macht. Die westlichen Nationen versuchten offenbar nur noch, ihre Landsleute so schnell wie möglich aus Afghanistan herauszubringen, ohne Rücksicht auf die afghanische Bevölkerung.

Ich ließ meinen ganzen Frust, meinen Zorn und meine unendliche Trauer in den Text fließen. Dann drückte ich auf »senden« und ging schlafen.

Am nächsten Morgen weckte mich wieder das Vibrieren meines Handys, es lag auf dem Tischchen neben meinem Bett. Einen Moment lang genoss ich das Gefühl, endlich einmal tief geschlafen zu haben. Ich hörte, wie die Dusche abgestellt wurde, im Hintergrund der Verkehrslärm der Stadt. Russ streckte den Kopf mit noch nassen Haaren zur Tür herein.

»Ich glaube, du solltest mal nach deinem Post schauen.«

Über Nacht hatten Tausende meinen Post angeklickt. Menschen aus der ganzen Welt hatten Kommentare hinterlassen, hatten ihr Mitgefühl und ihre Wut zum Ausdruck gebracht. Als ich meinen E-Mail-Eingang checkte, fand ich massenweise Nachrichten mit Hilfeangeboten von Menschen, die ich in den letzten Jahren kennengelernt hatte. Darunter war auch die Anwältin für internationale Menschenrechte Kat Craig und unsere frühere Trainerin Kelly Lindsey. Alle wollten wissen, was sie tun konnten. Gute Frage, dachte ich.

Dann gab es eine Mail von Jonas Baer-Hoffmann, dem Generalsekretär der FIFPro, der internationalen Spielergewerkschaft. Er stellte nur eine Frage: »Wie bekommen wir die Spielerinnen heraus?«

Ich gab ihm eine ehrliche Antwort: »Keine Ahnung.« Die Taliban kontrollierten die Grenzen; per Flugzeug war also die einzige Fluchtmöglichkeit. Aber ich hatte weder ein Flugzeug noch Geld für Flüge. Ich kannte keine einflussreichen Politiker. Meine Welt war der Sport.

»Lass mich mal ein paar Leute anrufen«, meinte Jonas.

Gemeinsam mit Kat und Kelly begannen wir einen Plan zu entwerfen. Jonas nutzte sein Netzwerk, redete mit Leuten in Deutschland und Belgien, rief Verantwortliche in der Politik an und brachte uns mit allen möglichen Menschen in Kontakt, von denen er annahm, sie könnten uns weiterbringen. Unser Ziel war es, ein Land zu finden, das die Spielerinnen aufnahm. Wir wussten zwar noch nicht einmal, wie wir sie aus Afghanistan herausholen sollten, aber wir informierten uns schon über Asylverfahren, welche Unterlagen man dafür brauchte, wie man einen Antrag stellte.

Kat bat mich, die Dokumente der Spielerinnen einzusammeln – alles, was sie finden konnten, um ihre Identität und ihren Status als Spielerinnen nachzuweisen. Das war schwierig, weil ich die Mädchen kontaktieren und um diese Dinge bitten musste, ohne ihnen falsche Hoffnungen zu machen. Es war ja nicht sicher, ob wir sie herausbekamen. Man hatte ihnen in all den Jahren schon so oft Hoffnungen gemacht, die dann enttäuscht wurden. Das wollte ich auf keinen Fall wiederholen.

Wir hatten ein Zeitfenster von 24 bis 48 Stunden, um die Spielerinnen vielleicht – aber nur vielleicht – an Bord eines Flugzeugs zu bringen. Wir wussten nicht, was in diesen

Stunden passieren, wie sich die Situation verändern würde. Wir mussten nonstop dranbleiben. Die Zeit war knapp und lief uns davon.

Kat kümmerte sich um die bürokratischen Dinge, und Kelly war die Planerin, die den Überblick behielt: Welche Spielerinnen rausmussten, warum sie in Gefahr waren, was sie brauchten, was passieren würde, wenn sie in Afghanistan blieben. Kat befestigte ein handgeschriebenes Plakat über ihrem Esstisch, auf dem »Evakuierungszentrum London« stand. Sie erstellte Listen mit Namen und den dazugehörigen Dokumenten, die wir bereits hatten. Immer mal wieder meinte sie, wir könnten unmöglich noch weitere Personen dazunehmen. Aber dann kam Kelly und sagte: »Nur noch dieses eine Mädchen.« Natürlich wollten wir allen helfen, aber unsere Kapazitäten waren einfach begrenzt. Die FIFA hatte uns mitgeteilt, dass sie »die Situation im Griff« habe. Doch das Zeitfenster für den Zugang zum Flughafen von Kabul wurde täglich kleiner – von wegen »im Griff«. Wir versuchten, das Unmögliche möglich zu machen, und Kelly trieb uns so an, dass das unmögliche Mögliche immer größere Dimensionen annahm.

Wir arbeiteten Hand in Hand, jede hatte ihre Rolle, zusammen waren wir eine starke Faust.

Zentral war »die Liste«. Tatsächlich war es eine ganze Reihe von Listen, anhand derer wir beurteilten, wer in der größten Gefahr schwebte und deshalb als Erste evakuiert werden musste. Eine Art Ausleseverfahren – es gibt nichts Schlimmeres.

»Kat«, rief ich verzweifelt. »Ich kann das nicht. Wie können wir beurteilen, wem die größte Gefahr droht?«

»Na ja«, meinte Kat, »ich sehe das so: Manchmal ist es besser, etwas gut zu machen, statt den Anspruch zu haben, es perfekt zu machen.« Das wurde unser Leitsatz.

Über Connections, die Haley zum US-Militär hatte, kamen wir an zeitnahe Informationen über die Bodenbewegungen der Taliban und der Soldaten. Und so gelang uns ein Coup, der fast unmöglich schien: Wir konnten eine größere Gruppe von Spielerinnen und eine ganze Menge von ihren Angehörigen am Hamid Karzai International Airport einschleusen und auf Flugzeuge zur Ausreise verteilen.

Es gab drei Gruppen auf unserer Liste: die Spielerinnen der Nationalmannschaft, die der Jugendmannschaft und Fußballerinnen aus Herat und Clubs anderer Provinzen. Die Frauen der Nationalmannschaft lebten fast alle in Kabul. Viele stammten zwar aus anderen Regionen, waren aber nach ihrer Nominierung in die Hauptstadt gezogen. Ihr letztes Training hatte zwei Wochen vor dem Fall Kabuls stattgefunden. Ich hatte den Spielerinnen eingeschärft, sich zu verstecken, aber sich jederzeit bereitzuhalten.

Wir recherchierten um die Wette. Kat kontaktierte Organisationen, die sich für Frauen- und Menschenrechte einsetzten, und wandte sich sogar an ehemalige Militärs. Jonas ließ seine Kontakte bei der FIFPro spielen, und gemeinsam forschten wir nach Meldungen über Regierungen, die nicht nur Landsleute, sondern auch bedrohte Menschen aus der afghanischen Bevölkerung evakuierten. Ganz oben auf unserer

Liste standen die gefährdetsten Spielerinnen, die sich am deutlichsten für Frauenrechte ausgesprochen hatten und deshalb prädestinierte Ziele für die Taliban waren.

Die USA, Kanada, Belgien, Deutschland, Großbritannien und Australien konnten wir überzeugen, unsere Spielerinnen auf ihre Evakuierungsliste für die nächsten 24 Stunden zu setzen. Wir hatten den Eindruck, dass es klappen könnte, und riefen die Spielerinnen an, damit sie an den Flughafen von Kabul kamen.

Ein Wendepunkt für unsere Evakuierungsaktion war der Kontakt zu einer Gruppe in Australien, die sich ebenfalls für in Afghanistan festsitzende Sportlerinnen und Sportler engagierte. Die frühere Schwimmerin, Olympiateilnehmerin und Anwältin für Menschenrechte Nikki Dryden und Alison Battisson, Direktorin der Anwaltsgruppe *Human Rights for All,* verstärkten unser kleines Team. Sie holten Craig Foster ins Boot, den ehemaligen australischen Fußballnationalspieler, der 2019 dazu beigetragen hatte, dass Hakeem al-Araibi, ein Fußballer aus Bahrain, in Thailand aus der Haft entlassen worden war. Über sie erhielten wir direkten Kontakt zu den zuständigen Stellen der australischen Behörden, um für möglichst viele der Nationalspielerinnen einen Asylantrag zu stellen. Zali Steggall, die im Skislalom eine Bronzemedaille gewonnen hatte und nun Regierungsabgeordnete war, half uns bei den Visaanträgen. Alison stellte die Einreiseanträge, und Zali verfasste dazu die Begleitschreiben. Wir planten, die Spielerinnen mit Briefen von Zali, der FIFPro und der

FIFA ans Flughafengate zu schicken, in der Hoffnung, dass sie sich damit als gefährdete Personen legitimieren konnten.

Nachdem es uns gelungen war, unseren Spielerinnen Plätze auf den Evakuierungslisten zu sichern, mussten wir hohe Militärs und Regierungsbeamte überzeugen, sie auf dieser Liste weiter nach oben rücken zu lassen. Das fiel uns schwer, denn warum sollte ein Leben mehr wert sein als das andere? Aber unsere Nationalspielerinnen gehörten wohl tatsächlich zu den gefährdetsten Frauen im Land.

Per Handy instruierten wir jede von ihnen.

»Trag einen Gesichtsschleier. Achte darauf, dich ganz zu bedecken. Trag deine Dokumente am Körper. Teile dein Geld auf und verstecke es an verschiedenen Stellen. Wenn dich am Checkpoint ein Taliban aufhält, sage ihm, dein Ehemann warte auf der anderen Seite und würde zornig, wenn du nicht kämst. Tu so, als ob du furchtbare Angst vor deinem Ehemann hättest.«

Haley war mit den US Marines zweimal im Irak gewesen. Sie aktivierte ihre alten Kontakte und ließ sich von ihnen auf dem Laufenden halten, was vor Ort am Boden geschah. Sie hatten Zugang zu Satellitenbildern und Geheimdienstinformationen und konnten uns genau sagen, wo sich die Checkpoints der Taliban befanden. Wir eruierten, dass die Zeit zwischen 3 und 4 Uhr nachts am günstigsten war, um den Checkpoint zu passieren. Offensichtlich dachten das Tausende anderer Leute auch.

Als der Checkpoint überwunden war, mussten wir sehen, wie wir die Spielerinnen in das Flughafengebäude bekamen.

Haley hatte drei wichtige Militärs ausfindig gemacht, die am Flughafen Dienst hatten, ein Australier, ein Brite und ein US-Amerikaner. Wir hielten die Spielerinnen die ganze Nacht über per SMS auf dem Laufenden, wo und wann die Wachablösungen stattfanden. Wir gaben ihnen die Kontaktdaten und beschworen sie, sich gemeinsam in der Menge nach vorne zu arbeiten.

Die Spielerinnen verbrachten drei Tage am Flughafen. Sie kämpften verzweifelt darum, in das Gebäude zu kommen. Aber am ersten Tag hatten sie kein Glück.

Viele der Mädchen hatten ihre ganze Familie dabei, und ich musste ihnen leider sagen, dass wir nicht allen bei der Ausreise helfen konnten. Wir hatten nur Visa für die Spielerinnen. Anfangs wies ich sie an, ihre Familien zurückzulassen, doch dann ließ ich jede selbst entscheiden, ob sie versuchen wollte, auch die Familie durchzubekommen.

Es herrschten unsägliche Bedingungen. Tausende verzweifelter Menschen drängten sich vor den Eingängen, und jede Minute wurden es mehr. Manche Spielerinnen bekamen Schläge ab. Einige hatten Kleinkinder dabei, für die die Situation zu gefährlich wurde, und gaben auf. Andere suchten erfolglos nach Hintereingängen. Eine Gruppe musste sich in einem Abwasserkanal verstecken, weil eine Patrouille vorbeikam.

Schließlich stand das erste Flugzeug mit Spielerinnen von uns an Bord auf der Rollbahn. Wir hatten die Liste mit ihren Namen durchgegeben, und die australischen Behörden erwarteten sie. Ich ging in meinem Wohnzimmer auf und ab, konnte nicht ruhig sitzen. Jeden Moment, sagte ich mir, kommt ein Anruf und du erfährst, dass ein Lkw mit Taliban herangerast ist, um unsere Spielerinnen aus dem Flugzeug zu zerren.

Mein Handy klingelte. Es war Kat.

»Das Flugzeug ist gestartet!«, rief sie.

»Und sind sie drin?«

»Alle, die auf der Liste stehen.«

Wir setzten sofort eine Videokonferenz an, mit allen, die daran mitgearbeitet hatten, die Spielerinnen außer Landes zu bringen.

»Es ist noch zu früh, um zu feiern. Wir müssen dranbleiben, bis wirklich alle evakuiert sind.«

Die Stunden vergingen, und immer mehr Frauen wanderten von unserer Liste auf die Fluglisten. Die Keeperin Fatima Yousufi schaffte es, einen Platz zu ergattern, aber ihr jüngerer Bruder nicht. Ihre Familie beschwor sie, trotzdem zu fliegen. Sie ging an Bord. Wir arbeiteten den ganzen Tag, baten Fatimas Bruder um ein Foto, um ihn Fatima zuordnen zu können, kontaktierten Behörden, schickten Kopien ihrer Pässe. Ich erklärte, wie gefährdet auch die Familien der Spielerinnen waren. Schließlich schafften wir es, dass Fatimas Bruder an Bord eines anderen Flugzeuges gehen konnte, fünf Minuten bevor es abhob. Während sie in der Luft waren, kümmerten wir uns um ihre Visaanträge. Dass ihr Bruder es auch geschafft hatte, erfuhr Fatima erst, als er im Flughafen von Dubai auf sie zukam.

Doch dann ereignete sich das erste Selbstmordattentat.

Eine der Spielerinnen, die noch draußen vor dem Flughafen warteten, rief mich an. »Sie haben die Flughafeneingänge abgeriegelt. Keiner darf raus. Es hat eine Explosion gegeben. Hier herrscht das totale Chaos.«

»Was ist mit den anderen Mädchen? Sind sie weggekommen?«

Niemand hatte Informationen. Ich tigerte durch das Zimmer und wartete auf Nachrichten. Die Spielerinnen, die noch am Flughafen waren, gehörten zu dem Team von Herat, das die Landesmeisterschaft gewonnen hatte. Man hatte sie mit Präsident Aschraf Ghani und ihrer Trophäe fotografiert. Sie waren höchst gefährdet.

Aus Minuten wurden Stunden. Das Selbstmordattentat hatte eine Panik ausgelöst. Die Menschen drängten noch massiver zu den Eingängen, weil jeder so schnell wie möglich fortwollte. Frauen wurden gestoßen, geschlagen und weggejagt. Die flüchtenden Männer wussten, dass man Frauen bevorzugt behandelte, wenn sie es bis nach ganz vorne schafften. Also taten sie alles, um das zu verhindern. Wahllos griffen sie zu, packten sie und versuchten, sie zurückzudrängen.

Inmitten dieses Chaos hatten die Spielerinnen es geschafft zusammenzubleiben. Die Männer der Gruppe hatten sich wie ein Schutzschild um sie herum aufgebaut. Sie bildeten menschliche Kreise, in deren Mitte sich die Frauen umschlungen hielten, und so arbeiteten sie sich wie ein Stoßtrupp voran. Aber selbst, wenn man es bis nach ganz vorne schaffte, hatte man noch nicht gewonnen. Unsere Frauen hatten sich mühsam bis zum Anfang der Schlange gekämpft, um dann festzustellen, dass dieser Eingang geschlossen worden war und sie es beim nächsten versuchen mussten.

Einige Spielerinnen blieben draußen in einer Schlange stecken. Sie kamen nicht in das Gebäude herein, weil Zehntausende von verzweifelten Menschen die Eingänge blockierten.

»Ihr müsst nach vorne durchbrechen«, wies ich eine Spielerin per Handy an. »Aktiviert eure stärkste Verteidigerin und eure schnellste Flügelspielerin und macht Druck. Ihr müsst da durch.« Aber sie schafften es nicht.

Wir erfuhren, dass Taliban mit elektrischen Viehtreibern auf dem Flughafengelände unterwegs waren. Die Zeit wurde knapp. Ich rief erneut eine der Spielerinnen an und beschwor sie, sich ganz nach vorne zu drängen. Kelly nahm mir das Telefon aus der Hand und brüllte: »Verdammt, ihr seid Meister! Jetzt zeigt, was ihr könnt! Ihr müsst Druck machen! Gebt alles, damit ihr nach vorne kommt!«

Schließlich waren sie durch, und ich bin sicher, dass Kellys Anfeuerung ihren Teil dazu beigetragen hat.

Immer wieder bekamen wir Anrufe, dass Dokumente nicht anerkannt würden. Dann sagten wir, dass sie sich nicht abweisen lassen durften, nicht aufgeben durften, sondern weiter reden, weiter kämpfen mussten. Ich griff auf Kellys Motivationsparolen zurück: »Gemeinsam sind wir unschlagbar! Wir schaffen das! Wir werden gewinnen!« Oder auch: »Ein Team, eine Einheit! Niemals aufgeben! Weiter, weiter, weiter! Ihr schafft das!«

Einige Spielerinnen waren erst sechzehn, siebzehn oder achtzehn Jahre alt. Manche wurden an den Checkpoints festgehalten. Sie wurden mit Peitschen und Gewehrkolben geschlagen, auf den Kopf, auf den Körper, ins Gesicht. Manche trugen schwere Verletzungen davon. Auf andere wurde geschossen. Und in diesem ganzen Chaos versicherte ich ihnen immer wieder, es gäbe Hoffnung, es gäbe Leute, die versuchten, ihnen zu helfen.

»Egal, was passiert, wir lassen euch nicht im Stich. Haltet durch, gebt nicht auf. Wir werden alles Menschenmögliche tun, um euch zu helfen.«

In diesen Augenblicken war mir der Fußball völlig egal. Hier ging es um Leben und Tod. Trotzdem rief ich ihnen zu: »Denkt, es ist ein Fußballspiel. Wir stehen gerade im Finale der Champions League. Und wir werden gewinnen! Das Flughafengate ist unser Pokal. Also los!« Die Fußballsprache verstanden alle, und ich wusste, dass ich sie damit packen konnte, um allerletzte Reserven freizusetzen.

Die Bestimmungen, die den Zugang zum Flughafen regelten, änderten sich ständig. Plötzlich war ein Visaantrag nicht mehr ausreichend, er musste genehmigt sein. Plötzlich brauchten unbegleitete Minderjährige eine Einverständniserklärung der Eltern. Immer wieder tauchten neue Hürden auf. Aber wir machten unermüdlich weiter, Stunde um Stunde.

Je länger es dauerte, desto dringender empfahlen wir unseren Spielerinnen, ihre Angehörigen nach Hause zu schicken. Schon sie selbst in ein Flugzeug zu bekommen, wurde immer schwieriger. Wie sollten wir das für diese Großfamilien schaffen? Aber ihnen das zu sagen, war hart. Die Frauen und Mädchen warteten schon ewig, waren herumgestoßen worden, hatten nichts zu essen und zu trinken. Sie hatten so lange durchgehalten, und jetzt verlangten wir von ihnen, ihre Schwestern und Mütter zurückzulassen. Das zerriss ihnen und uns das Herz. Aber sie wussten genauso gut wie wir, dass es keine Alternative gab.

Alles passierte gleichzeitig, und alles änderte sich so schnell, dass wir kaum hinterherkamen. Telefonleitungen brachen zusammen, der Ton blieb oft weg oder war so gestört, dass man kaum ein Wort verstand. Es war ein einziges Durcheinander.

Mein Telefon klingelte. Das Team aus Herat hatte im letzten Moment aus einem von Katar bereitgestellten Bus wieder aussteigen und die Plätze einer Gruppe von Anwältinnen, Polizistinnen und anderen Personen überlassen müssen, die wohl bessere Connections hatten. Es war wie in einem Schachspiel: Alle Figuren waren bedroht, aber meine Schwestern hatte man zu Bauern degradiert, die man am leichtesten opferte.

Einen Moment lang sackte ich auf meinem Stuhl zusammen. Dann richtete ich mich wieder auf. Ein neuer Plan musste her.

Auf keinen Fall durfte ich zeigen, dass auch ich allmählich die Hoffnung verlor. Sie waren schon so nah dran gewesen. Und dann hatte man sie wieder zurück in die Gefahrenzone gezwungen.

Ich startete einen Videoanruf. Sie saßen am Boden, weinten, waren verzweifelt und wollten aufgeben. »Ich kann nicht mehr«, sagte die Spielerin am anderen Ende der Leitung.

»Du musst«, sagte ich. »Du musst weitermachen.«

Ich befand mich in der Wohnung meiner Mutter, warf mich auf ihr Bett und weinte. Ich weinte, bis mir die Augen brannten, weil keine Flüssigkeit mehr da war, um Tränen zu produzieren.

Die Spielerinnen irrten durch die Straßen Kabuls auf der Suche nach einer Bleibe, ihre Familien im Schlepptau. Sie waren eine Gruppe von rund 130 Personen, die sich nicht zu erkennen geben durften, die vertuschen mussten, was sie vorhatten, weil überall in der Stadt Taliban lauerten. Es war unheimlich schwierig, Unterkünfte für sie zu finden. Ich kontaktierte alle Freunde, Verwandte und Bekannte in Kabul, denen ich vertraute. Ich konnte kein Geld schicken, denn die Banken waren geschlossen worden. Also mussten die Familien ihren Schmuck und andere Wertgegenstände, die sie auf die Flucht mitgenommen hatten, verkaufen, um für Unterkunft und Verpflegung zu bezahlen. Sie kamen aus verschiedenen Provinzen, deshalb führten regionale und ethnische Unterschiede auch zu Spannungen. Manche Familien glaubten nicht mehr an die Idee der Ausreise und fanden, sie sei ein Fehler gewesen.

Mir wurde schwindelig bei der Vorstellung, dass ich für diese Frauen und ihre Familien verantwortlich war. Ich war nicht in Afghanistan, musste all das nicht mitmachen, ich gab ihnen nur per Telefon Ratschläge. Das machte mir schwer zu schaffen. Und es gab ja auch keine Garantien. Was sollte ich den Spielerinnen aus Herat sagen, wenn es schiefging? »Tut mir leid, ich hab's versucht« oder »Ich kann euch nicht helfen«? Allein der Gedanke daran paralysierte mich.

Mir blieb nur Optimismus: »Gut, dass ihr nicht mehr am Flughafen seid. Ihr habt überlebt. Ich weiß nicht, wie es weitergeht, aber wir finden einen Weg.« Dabei hatte ich absolut keine Ahnung, was wir jetzt tun sollten.

Auch zwischen einigen Organisationen, die sich an den Evakuierungen beteiligten, entwickelten sich Spannungen, weil sich jede auf die Fahnen schreiben wollte, Frauen aus Afghanistan zu retten. Es war die Rede von Dokumentaraufnahmen und Medienverträgen, noch bevor die Frauen überhaupt in Sicherheit waren. Für mich war das nicht nur moralisch verwerflich, sondern auch unverantwortlich. Es ging um Frauen, die Traumatisches durchlebten und noch lange unter diesen Erlebnissen und ihrer Verarbeitung leiden würden. Man sollte sie in Ruhe lassen, bis sie selbst frei entscheiden konnten, ob sie zu Interviews bereit waren, die ihre Namen und Gesichter für immer mit diesen schrecklichen Ereignissen verbinden würden. Ihre Geschichten wurden bereits ohne ihr Einverständnis verkauft. Der Nationalmannschaft erging es ähnlich: Einige Helfer wollten ihren Moment des Ruhms, wollten sich in der Presse und bei Medienauftritten als die Retter der Spielerinnen feiern lassen. Für mich war es unglaublich schwierig, damit umzugehen, denn die Helfer bekamen mehr Aufmerksamkeit als diese mutigen, starken Frauen, die für ihr Überleben kämpften. Sie waren die wahren Heldinnen, und ihre Geschichten sollten erzählt werden – wenn die Frauen dazu bereit waren.

Wir hatten unsere Listen mit Spielerinnen, die als besonders gefährdet galten. Aber jede Organisation, mit der wir zusammenarbeiteten, hatte ihre eigenen Listen, ihre eigenen Kriterien und Prioritäten, was die Auswahl der zu evakuierenden Personen betraf. Wieder einmal den Tränen nahe rief ich Kelly an. »Was, wenn wir uns vertan haben? Vielleicht gibt es andere, die viel dringender ausreisen müssen? Stimmt vielleicht die Reihenfolge auf unserer Liste nicht?«

»Khalida.« Kelly holte tief Luft. »Erinnerst du dich, dass ich den Spielerinnen in Turnieren immer gesagt habe, sie sollen etwas wagen? Damit meinte ich, dass man es sich einfach machen und auf Nummer sicher spielen kann. Auf die Weise riskiert man keinen Elfmeter. Aber so gewinnt man auch kein Spiel. Man muss etwas wagen, das auch schiefgehen kann. Wir werden nie erfahren, ob unsere Wahl richtig war. Aber eines weiß ich hundertprozentig: Du bist mutig.«

Wir hatten einen Durchbruch, als es uns gelang, den pakistanischen Fußballverband als Partner zu gewinnen. Er half uns bei Visaanträgen und der Ausreise von Mädchen, selbst wenn sie keinen Pass hatten. ROKiT – eine der vielen Organisationen, die ihre Hilfe anboten – übernahm die Kosten für den Bus, der diese Gruppe von Spielerinnen abholte und über die Grenze brachte. In Pakistan übernahm dann allerdings der ehemalige Präsident des pakistanischen Fußballverbands, Sardar Naveed, ein hochrangiger Militär, das Kommando. Ab da verschwand der Bus von unserem Radar, es gab keine Internetverbindung, und ich konnte die Mädchen nicht mehr erreichen.

Laut Plan hätten die Spielerinnen nach Islamabad reisen sollen, doch sie wurden nach Lahore gebracht. Dort setzte man sie an einem obskuren Ort in einem Hostel ab. Als eine der Spielerinnen wieder Empfang hatte, rief sie mich sofort an.

»Seit wir aus dem Bus gestiegen sind, haben wir keine Ahnung, was man mit uns vorhat.« Sie hatte Angst, das konnte ich an ihrer zitternden Stimme hören. »Wir werden von den Medien bestürmt, sie machen Fotos und Videos von uns, stellen Fragen, belästigen unsere Familien und fotografieren die Kinder, ohne überhaupt zu fragen. Wir wissen nicht, was das alles bedeuten soll. Es sind so viele Menschen hier.«

Ich schaute in die sozialen Netzwerke und fand auf den Accounts des pakistanischen Fußballverbands Fotos und Videos der Spielerinnen. Auch pakistanische Politiker waren auf sie aufmerksam geworden, was mir ein ungutes Gefühl gab. Wir konnten diesen Rummel um die Spielerinnen nicht gebrauchen, solange wir noch kein Aufnahmeland für sie hatten. Auch in Pakistan gab es überall Taliban, es war kein sicheres Land. In Lahore waren politische Unruhen mit Demonstrationen, Streiks und Auseinandersetzungen zwischen den Taliban und der pakistanischen Regierung an der Tagesordnung.

Die Spielerinnen waren an diesem Ort ungeschützt und hatten keinen Einfluss darauf, wohin es als Nächstes ging. Auch ich hatte keinerlei Kontrolle darüber, was mit ihnen passierte. Das versetzte mich in Panik. Überall liefen bewaffnete

Männer herum, erzählten sie. Journalisten und Fotografen gingen bei ihnen ein und aus.

Die Spielerinnen hatten Angst, etwas Falsches zu sagen oder es dem Falschen zu erzählen. Auf keinen Fall durften sie die Taliban verärgern oder etwas äußern, was Pakistan dazu veranlassen würde, sie zurückzuschicken. Ich bombardierte Naveed mit Anrufen und wurde zusehends hysterischer. Wir hatten den pakistanischen Fußballverband nur gebeten, uns bei den Behörden zu helfen, die Mädchen ins Land zu bringen. Nun hatte Naveed sie zu hilflosen Marionetten gemacht.

»Wir haben kein Aufnahmeland für die Spielerinnen«, sagte ich ihm. »Welche Absicht verfolgen Sie? Die Mädchen sind in großer Gefahr, weil Sie die Medien dazugeholt haben.«

»So ist das eben«, antwortete er nur. Ich solle einen Sponsor finden, der das Hostel bezahlte, in dem die Mädchen wohnten.

Die Mädchen lebten fast zwei Monate lang praktisch wie im Gefängnis.

Ich versuchte es bei Naveed mit einer anderen Taktik: freundlich sein, mich einschmeicheln, eine Verbindung zu ihm schaffen.

»Was diese Mädchen brauchen«, sagte ich zu ihm, »ist ein Schutzengel. Einen mit breiten Schultern, der sie abschirmt.«

Ich zwang mich, nett zu ihm zu sein, sogar fast unterwürfig. Das ganze Spiel diente jetzt nur dazu, den Mädchen weiterzuhelfen. Aber es war wahnsinnig anstrengend, und es fiel mir schwer, diese Rolle durchzuhalten und nicht die Beherrschung zu verlieren.

Mittlerweile standen wir auch in Kontakt mit Andrea Radrizzani, dem Vorsitzenden von *Leeds United*. An ihn wandte ich mich mit der Bitte, die Kosten für Unterkunft und medizinische Versorgung der Spielerinnen zu übernehmen, bis wir eine Regierung gefunden hatten, die bereit war, ihnen ein Visum zu geben. Er war sehr entgegenkommend und gab der BBC auch ein Interview, das wir gegenüber der britischen Regierung einsetzen konnten, um eine Einreisegenehmigung für unsere Spielerinnen zu erbitten. Andrea äußerte in dem Interview, *Leeds United* würde den Integrationsprozess der Spielerinnen unterstützen und ihnen Möglichkeiten im Fußball eröffnen, wenn sie ein Visum für Großbritannien erhalten sollten.

Die pakistanischen Visa liefen bald ab, wir standen immer stärker unter Zeitdruck.

Ich rief Kat an. Sie brachte mich in Kontakt mit einem Mitarbeiter des UNHCR. Als die britische Regierung dann bekanntgab, dass sie den Spielerinnen ein Visum erteilen würde, durchflutete uns eine Welle der Erleichterung. Naveed verlangte allerdings, dass die britische Regierung ab sofort auch die finanzielle Versorgung der Spielerinnen übernehmen sollte.

»Und die Briten sollen auch die Flüge organisieren und bezahlen«, meinte Naveed.

Das war also unser nächstes Problem: für die Spielerinnen Flüge nach England zu bekommen. Ich bat Andrea um

Hilfe. Über seine Stiftung *Play for Change* hatte er uns schon mehrfach finanziell unterstützt. Nun stellte er für mich einen Kontakt zu Qatar Airways und einer zweiten Fluggesellschaft her. Aber ich bekam keine Antwort. In wenigen Tagen würden die Visa der Spielerinnen ablaufen.

Schließlich blieben uns nur noch 120 Stunden. Ebenso wie die Zeit gingen mir auch die Optionen aus. Ich kontaktierte die Wohltätigkeitsorganisation *Tzedek Association*.

»Ich brauche Hilfe«, sagte ich. »Die Mädchen sind in einer ausweglosen Situation. Ich weiß nicht mehr weiter.«

»Und was willst du von uns?«, fragten sie.

»Ein Charterflugzeug«, antwortete ich, »bis spätestens Mittwoch. Und eine entsprechende Bestätigung, bis morgen.«

Wir diskutierten noch eine Weile über die Einzelheiten. Ein paar Stunden später riefen sie zurück und fragten: »Was würdest du von Kim Kardashian als Partnerin halten?«

Ich wollte nur meine Spielerinnen in Sicherheit bringen. Wenn Kim Kardashian dabei helfen konnte, sollte mir das recht sein. »Ja, super«, antwortete ich.

Es folgte ein weiteres Meeting, dann riefen sie mich wieder an: »Kim Kardashian ist dabei. Sie wird das Charterflugzeug bezahlen, das die Spielerinnen von Pakistan nach Großbritannien bringt.«

Man gab uns den Flugtermin durch, und ich verkündete den Spielerinnen in einer Videokonferenz: »Good news: Wir haben ein Charterflugzeug für euch! Ihr werdet Pakistan verlassen. Ihr werdet bald frei sein!« Alle weinten vor Freude. Eine Spielerin filmte die Reaktionen: Die Mädchen tanzten, heulten, schrien und drehten völlig durch. Es war so eine Erleichterung.

In den darauffolgenden Wochen und Monaten schlugen sich mehrere Parteien um die Ehre, die Hauptrolle in dem ganzen Drama gespielt zu haben. Manche stellten auch infrage, ob es nicht andere gegeben hätte, die man außer Landes hätte bringen müssen. Aber alle, die hautnah dabei gewesen waren, wussten, wie die Lage tatsächlich ausgesehen hatte.

Ich saß mit meiner Mutter und meinem Vater beim Tee in der Küche der kleinen Wohnung, die nun ihr neues Zuhause war. Es war uns gelungen, auch meinen Vater nach Dänemark zu holen. Seine breiten Schultern hatten mit den Jahren an Kraft verloren, aber er war immer noch eitel wie ein Teenager, und wir zogen ihn damit auf.

Da vibrierte mein Handy. Eine unbekannte Nummer. »Ist da Khalida?«

»Ja.«

»Ich hatte dich im August schon einmal angerufen. Als ich das Gewehr meines Bruders in der Hand hielt.«

»Ich erinnere mich.«

»Ich wollte dir nur sagen: Ich hab's geschafft. Meine Schwester auch. Wir sind rausgekommen.«

Ich hielt das Handy so fest umklammert, dass meine Fingerknöchel weiß wurden. Tränen schossen mir in die Augen.

»Ich wollte mich bei dir bedanken«, sagte sie. »Danke für alles.«

Epilog

Melbourne, August 2023

Die Geschichte der geflüchteten afghanischen Fußballerinnen ist international durch die Medien gegangen. Aber weder der afghanische Fußballverband noch die FIFA haben für die Frauen Einsatz gezeigt, als es drauf ankam. Es gab keine Stellungnahme, die Mitgefühl oder gar Anerkennung für diese engagierten Spielerinnen zeigte, die ihre Träume und ihre Zukunft verloren haben – und oft auch ihre Familien zurücklassen mussten.

Die afghanische Männer-Nationalmannschaft ist immer noch aktiv. Sie hat Trainingscamps in Dubai und Pakistan absolviert und für sie geht es – soweit das in Afghanistan möglich ist – normal weiter. Wir wissen nicht, was aus dem Budget für Frauenfußball geworden ist. Fließt das Geld der FIFA immer noch in die Verbandskasse, und wenn ja, wer kontrolliert dessen Verwendung? Fußball ist eine Männerdomäne, und ein korruptes Netzwerk von vorwiegend Männern führt die Geschäfte mit dem Ziel, Macht und Prestige zu gewinnen und sich zu bereichern. Es geht auch immer um Wählerstimmen. Die Unterstützung eines stimmberechtigten Mitglieds zu verlieren, wollen die hohen Funktionäre der FIFA nicht riskieren. Deshalb haben sie den afghanischen

Fußballverband unkontrolliert schalten und walten lassen. Und deshalb konnte dieser sich ungestört den Taliban andienen und uns Frauen ins Abseits stellen. Weil ihre Stimme bei den FIFA-Wahlen zählt. Was für eine Botschaft sendet man damit an Frauen und Mädchen in der ganzen Welt?

Die Frauenfußball-WM 2023 brachte vieles ans Licht. Sambia, Südafrika, Jamaika, England, die USA, Frankreich und Spanien sind nur einige der Länder, in denen Spielerinnen aufstanden, um zu kämpfen: gegen übergriffige Trainer, für gleiche Gehälter (oder überhaupt für Gehälter), für Bonuszahlungen, für bessere Bedingungen und vieles mehr. Es bricht mir das Herz, dass der Moment, in dem die Spanierinnen ihren tollen WM-Sieg hätten feiern sollen, von einem Mann überschattet wurde, der seine Machtposition missbrauchte und bei der Siegerehrung eine Spielerin ungefragt auf den Mund küsste.

Das Halbfinalspiel Australien–England und das Endspiel England–Spanien habe ich mir zusammen mit den afghanischen Spielerinnen angesehen, die nun in Australien leben. Die Weltmeisterschaft gab uns das Gefühl, Teil einer Bewegung, Teil von etwas Größerem zu sein. Wenn ich sehe, wie sich der Frauenfußball entwickelt, zunehmend stärker wird und Rekorde bricht, steigt in mir ein Siegesgefühl auf. Die Spielerinnen da auf dem Rasen repräsentieren nicht nur ihre Nation, sondern stehen für alle Frauen, die Fußball spielen wollen und sich dafür engagieren. Sie zeigen die Energie, die wir auch kennen. Sie vertreten uns auf der Weltbühne. Egal, in welchem Land, diese Frauen auf dem Rasen standen im Mittelpunkt des Interesses, und das zu erleben, war ein unsagbares Gefühl.

Ich wollte unbedingt mit meinen Fußballschwestern in Australien auf die Fanmeilen und natürlich auch in die Stadien gehen, damit sie diese positive Energie und die Stimmung erlebten. Es war einfach unglaublich zu erleben, wie Eltern ihre Tochter an die Hand nehmen und zum Stadion stürmen, um den Anstoß nicht zu verpassen, wie sich alle über eine Schiedsrichterentscheidung oder einen Fehlpass aufregen. Diese Erfahrung machten die afghanischen Spielerinnen hier zum ersten Mal. Ich selbst hatte es schon einmal bei der Europameisterschaft in England erlebt. Ihre Augen strahlten, während sie dem Fußballspiel folgten. Als die Australierin Sam Kerr im Halbfinale ihr Tor schoss, brach im Stadion die Hölle los. Die ganze Nation lag sich in den Armen und jubelte. Und die afghanischen Spielerinnen rechts und links neben mir jubelten mit.

Mein ganzes Engagement galt und gilt den Frauen und Mädchen in Afghanistan. Aber immer wieder habe ich mir Vorwürfe gemacht, weil ich zu leidenschaftlich und zu naiv war. Die Erkenntnis, dass alles, wofür ich gearbeitet und gekämpft hatte, mit einem Schlag zerstört wurde, war schon schlimm genug. Viel härter aber traf mich, dass man mich die ganze Zeit benutzt hatte. Auch wenn ich bei manchen Spielerinnen auf persönlicher Ebene sicher etwas bewirkt habe. Einmal fragte ich ein paar Spielerinnen, ob sie sich wünschten, nie mit Fußball in Berührung gekommen zu sein. Einige bejahten. Und das hat mich schwer getroffen.

So wie ich hatten diese Frauen dafür gekämpft, Fußball spielen zu dürfen. Fußball war für sie ein Mittel gegen die Unterdrückung. Sie haben ihr Leben riskiert, haben alles, was ihnen lieb und teuer war, zurückgelassen und sind ins Ungewisse geflüchtet, oft ganz allein.

Die Spielerinnen, die heute in Australien leben, werden offiziell nicht als Nationalmannschaft anerkannt, weil der afghanische Fußballverband die Frauenmannschaft nicht genehmigt – und das wird er unter der Herrschaft der Taliban auch niemals tun. Und die FIFA? Anstatt die Situation als eine Chance zu begreifen, etwas zu verändern, und den Fußball zu nutzen, um Frauen in einem der repressivsten Regime der Welt den Rücken zu stärken und ihnen zu ihren Rechten zu verhelfen, zieht die FIFA den Schwanz ein.

Als ich in Melbourne meine ehemaligen Teamkameradinnen umarmte, als ich in ihren Augen diese Entschlossenheit sah, wusste ich, dass wir eines Tages unseren Kampf gewinnen werden. Mein Team lernte in Australien auch Malala Yousafzai kennen. Sie ist ein Vorbild für Frauen weltweit. Wir haben einen gemeinsamen Feind, die Taliban. Malala ist ein wunderbarer Mensch. Sie ist ähnlich alt wie die Spielerinnen und hat ähnliche Traumata durchlebt wie sie. Deshalb fiel es dem Team nicht schwer, zu Malala eine Beziehung aufzubauen. Sie behandelte die Spielerinnen nicht als gebrochene, hilfsbedürftige Flüchtlinge, sondern als Menschen, als Kämpferinnen und Schwestern.

Auch Malala hat wie die Spielerinnen und ich nie aufgegeben. Und sie hat das Team nicht fallen gelassen, nachdem der Presse- und Fototermin vorbei war. Bis heute unterstützt sie die Spielerinnen in ihrem Kampf.

Ich saß da und schaute mir gemeinsam mit dem Team das Spiel an. Ich hörte, wie die Mädchen aufschrien, lachten und gute Spielzüge lobten. Ich spürte ihre Verbundenheit untereinander, die Magie, die in einer Mannschaft wirkt, dieses Vertrauen in die Kameradinnen. Diese Magie steckt nicht im Fußball selbst. Sie wird aber durch das Fußballspielen freigesetzt, in Form einer Verbundenheit, eines Glaubens an ein gemeinsames wunderbares Ziel.

Da ist der Ball, und da bist du. Aber worauf es ankommt, bist du.

Nachwort

Ich hatte nie die Absicht, meine Geschichte zu erzählen. Man hat mich oft darum gebeten. Aber ich zögerte. Ähnlich geht es mir jedes Mal, wenn ich einen Preis verliehen bekomme. Ich gebe ihn anschließend immer an meine Mutter weiter, und sie stellt ihn in das Regal über dem Fernseher in ihrer Wohnung in Dänemark. Ich will die Preise nicht um mich haben. Das liegt sicher zum Teil auch daran, dass eine Trophäe für mich das Ende von etwas repräsentiert. Meine Geschichte soll aber der Beginn von etwas sein. Außerdem geht es nicht um mich, es geht um uns alle.

Ich bin nur ein Beispiel, eine Geschichte von vielen unterschiedlichen Geschichten. Deshalb war ich anfangs nicht erpicht darauf, ein Buch zu schreiben, in dem ich notgedrungen die Hauptperson bin. Es ist die Geschichte des Kampfes, den meine Schwestern und ich gegen Strukturen führen, die uns nicht schützen. Solche Strukturen gibt es in allen Ländern der Welt, und überall leiden Frauen darunter. Auch deshalb sollte der Fokus nicht auf einzelnen Personen, sondern auf dem großen Ganzen liegen.

Doch in den letzten Jahren hat sich meine Einstellung zu persönlichen Geschichten verändert. Wahrscheinlich sind sie notwendig, damit andere Menschen die Welt besser verstehen können. Und diejenigen unter uns, die durch Zufall oder glückliche Umstände die Gelegenheit bekommen, ihre Geschichte zu erzählen, sollten es tun.

Ich bin glücklich, eine Familie zu haben, die mich und meine Meinung respektiert. Sie hat viele Opfer gebracht, damit ich diese Meinung öffentlich vertreten kann. Wenn ich bestimmte Entscheidungen traf, war ich mir bewusst, welche Konsequenzen sie für mich haben würden – aber leider auch für meine Familie. Bis heute quälen mich Zweifel, ob sich unsere Opfer gelohnt haben. Was ist mein heutiges Leben verglichen mit einer Welt, in der mein Bruder Idris noch leben würde? Mir fehlen die Worte, um diesen Zwiespalt zu beschreiben.

Beim momentanen Stand der Dinge sehe ich kaum eine Chance, jemals wieder in meine Heimat zurückkehren zu können. Wahrscheinlich werde ich nie mehr in unserem Garten stehen und den Duft der Rosen einatmen, die mein Großvater gepflanzt hat. Dieses Buch zu schreiben, hat meine Aussichten auf eine Rückkehr weiter verschlechtert. Dafür nehmen die täglichen Drohungen, mich zu vergewaltigen, zu foltern und umzubringen, zu. Ich weiß, dass viele Männer und auch Frauen in Afghanistan mich nicht bejubeln, sondern abgrundtief hassen.

Ich habe Narben davongetragen, die noch heilen müssen, es vielleicht nie tun werden. Aber wir alle, die im Exil leben, sollten unsere Stimme erheben, um auf die Frauen aufmerksam zu machen, die bis heute unter dem brutalen Taliban-Regime leben. Sie sind nicht vergessen. Wir müssen für sie kämpfen, mit allen uns zur Verfügung stehenden Mitteln.

Wir dürfen uns nicht von den Schuldgefühlen, überlebt zu haben, in Freiheit zu leben, lähmen lassen. Wir müssen jede Gelegenheit nutzen, um unsere Stimmen zu erheben und unsere Geschichten zu erzählen. Wir stellen eine Minderheit dar. Hinter uns stehen die Schatten unzähliger Frauen, die dieses Glück nicht haben. Deren Stimmen nie gehört werden.

Einige von ihnen habe ich vorgestellt. Dahmina hat den Flammentod gewählt, weil sie keine Alternative sah. Samira wurde von ihrer Familie alles genommen, was ihr lieb und teuer war. Maryam musste fliehen.

Sie stehen nur stellvertretend für die Geschichten der Frauen, deren Namen ich nicht nennen durfte, weil sie das gefährdet hätte. Sie haben ein Recht auf Anonymität, ein Recht darauf zu entscheiden, ob sie ihre Namen, ihre Gesichter und ihre Geschichte mit der Öffentlichkeit teilen wollen und, wenn ja, auf welche Weise. Viele haben noch Angehörige in Afghanistan, haben Schwestern, Mütter, Tanten, denen das Recht auf Bildung, auf Arbeit, darauf, ohne Begleitung eines männlichen Verwandten aus dem Haus zu gehen, genommen wurde. Die gezwungen werden, sich unter Burkas und Hidschabs zu verstecken. Die alleinerziehende Mütter sind und kein männliches Familienmitglied mehr haben, das ihnen beisteht und sie zu den Läden begleitet, weil auch so viele Männer umgebracht wurden. Sie haben nur die Wahl zwischen bestraft werden und verhungern. Deshalb habe ich die Namen vieler in meinem Buch vorkommenden Frauen geändert. In manchen Fällen habe ich auch fiktive Personen geschaffen, in welche die Geschichten verschiedener Frauen eingeflossen sind, sodass man sie nicht auf Einzelpersonen zurückführen kann. Das war leider überhaupt nicht schwierig, weil es so unglaublich viele Frauen gibt – mich eingeschlossen –, die ähnliche Geschichten haben. Es gibt Millionen solcher Geschichten.

Sie werden bevölkert von Schwestern, Tanten, Cousinen, Müttern und Großmüttern, die bereitwillig oder auch widerstrebend mit den frauenverachtenden Praktiken leben, weil ihre Angst zu groß ist oder weil sie sich mit dem dürftigen Handlungsspielraum begnügen, der ihnen zugeteilt wird. Oder weil sie die Regeln einer Gesellschaft verinnerlicht haben, in der es üblich ist, dass selbst Frauen sich gegenseitig überwachen und kontrollieren. Ich würde es mir nie erlauben, über diese Frauen zu urteilen, denn sie müssen tagtäglich Unsägliches in Kauf nehmen, nur um zu überleben. Der Ausdruck »Patriarchat« ist für sie vielleicht ein Fremdwort. Aber sie wissen, dass in ihrer von Gewalt geprägten Realität das Leben einer Frau wenig zählt. Unter den Taliban werden die Vergangenheit, Gegenwart und Zukunft der Frauen in Afghanistan ausradiert.

Und hinter den Frauen in Afghanistan stehen die Millionen Frauen in anderen Ländern dieser Erde, deren ungehörte Stimmen voller Schmerz, Trauer und Angst ebenfalls ein Sprachrohr brauchen. Es sind so viele Stimmen, die sich kein Gehör verschaffen können. Vielleicht, weil keiner sie hören will.

Aber die Tatsache, dass es dieses Buch gibt und Menschen meine Geschichte lesen, bedeutet, dass meine Stimme gehört wird. Ich hoffe, dass es einen kleinen Einblick in die Lebensgeschichten einiger Frauen gibt, die ich gekannt habe. Und ich hoffe, dass es die Traurigkeit und Verzweiflung transportiert, auch die Wut über die Ungerechtigkeiten, die wir erleben mussten und müssen, weil Frauenleben und Männerleben unterschiedlich gewichtet werden.

Und doch geschehen diese Dinge nicht nur am anderen Ende der Welt. Vielleicht laufen die Männer im eigenen Land nicht unbedingt mit Maschinengewehren herum und tragen die Frauen nicht Burka. Aber Themen wie Selbstbestimmung, Schönheitsideale, Lohngleichheit, unbezahlte Care-Arbeit oder sexualisierte Gewalt sind in allen Gesellschaften präsent. Fordern wir unsere Rechte ein! Zusammen sind wir stark, sind wir ein Team!

Ich war oft nahe daran aufzugeben. Kleine menschliche Gesten haben mich vom Rande des Abgrunds zurückgeholt. Hinter den Zahlen und Statistiken von Geflüchteten und Vertriebenen stecken unzählige Schicksale. Wir sollten diesen Menschen gegenüber verständnisvoll sein, nicht zulassen, dass bestimmte laute Stimmen in der Politik und in den Medien sie zur Bedrohung erklären. Die Welt besteht nicht aus Zahlen und Statistiken, sondern aus Menschen.

Bei meinen Reisen fällt mir immer wieder auf, welche Macht der Fußball hat. Überall bringt er die gleiche Freude hervor, egal, in welchem Land ich bin. Überall das gleiche Spiel. Die FIFA nutzt das für sich, um Jahr für Jahr Milliarden von Dollar zu generieren. Aber ihr Motto »For the game.

For the world.« (Für das Spiel. Für die Welt.) gilt nicht für alle.

Ich habe mit eigenen Augen gesehen, was entstehen kann, wenn Mädchen und Frauen die Chance erhalten, Fußball zu spielen. Ich möchte mich weiterhin für sie einsetzen, mit öffentlichen Auftritten und meinem Projekt *Girl Power,* dessen Programme sich weltweit vor allem an Geflüchtete und Vertriebene richten. Ich weiß aus eigener Erfahrung, wie chaotisch ihr Leben oft verläuft und wie alles, was sie stärkt, dazu beiträgt, ihnen etwas mehr Stabilität und Normalität zu geben. Wir alle können diese eine Person sein, die jemand anderem die Hand reicht.

Wenn dein Team dabei ist, das Spiel zu verlieren, gibt es diesen Moment, in dem du aufgeben willst. Doch dann schaust du dich um, siehst deine Mitspielerinnen und ihren entschlossenen Blick, der dir sagt: Es ist noch nichts verloren. Und das gibt dir Kraft. Wenn dieses Buch auch nur für eine Leserin diesen Effekt hat, wäre ich überglücklich.

Wir werden weiter unsere Rechte einfordern, die uns zustehen. Wir werden weiter Ungerechtigkeiten aufdecken. Wir werden weiter sagen: Wir auch! Wir werden weiter bis zur Erschöpfung rennen, kicken und schreien. Denn da ist der Ball, und da bist du. Und auf dich kommt es an. Auf dich, auf deine Mitspielerinnen, auf dein Team.

Dank

Ich weiß gar nicht, wem ich als Erstes danken soll. Ein Großteil meiner Geschichte und der Geschichten der Spielerinnen wäre ganz anders verlaufen, hätte es diese vielen außergewöhnlichen Menschen nicht gegeben, die so viele außergewöhnliche Dinge getan haben.

Ich widme dieses Buch den Spielerinnen der afghanischen Frauen-Nationalmannschaft, die offiziell von 2007 bis 2021 existiert hat und weiterhin für ihre Existenz kämpft. Viele meiner Teamkolleginnen werden ihre Geschichten nie erzählen können, weil ein teuflisches, frauenfeindliches System sie mundtot gemacht hat. Mit dem Erzählen meiner Geschichte wollte ich auch die ihrige würdigen. Außer meinem Team widme ich dieses Buch allen Frauen, die in diesen Krisenzeiten in Afghanistan leben.

Ich danke meiner Familie und meinem Freund Russell Pakzad für ihre Liebe und Fürsorge und dafür, dass sie es mir ermöglichten, der Mensch zu sein, der ich bin. Meine Siege sind eure Siege.

Danke den Coaches, die unser Team geführt und an uns geglaubt haben: Kelly Lindsey, Haley Carter, Joelle Muro und John DeWitt. Sie halfen, unser Team unter schwierigsten Bedingungen aufzubauen. Kelly, ich liebe und bewundere dich unendlich. Du hast mich trainiert und angeleitet, hast mir zugehört, mich beraten und mir vertraut, warst nicht nur mein Coach, sondern auch eine Schwester und Freundin. Du bist der Grund dafür, warum ich die Welt so sehe, wie ich sie sehe. Dank dir bin ich in die Führungsrolle hineingewachsen.

Ich danke Seiner Hoheit Prinz Ali von Jordanien, der mir und vielen Spielerinnen in aller Stille geholfen hat, als das Team durch die gefährlichen Gewässer des Missbrauchsskandals und der Untersuchungen der FIFA navigieren musste. Ihre diskrete, selbstlose Unterstützung hat Leben gerettet.

Lisbeth Trnka, Benno Anton Borup, Henrik Bang, Soren Schriver und Mette Billenstein Schriver: Vielen Dank, dass ihr mir in Dänemark Herz und Heim geöffnet und mich wie ein Familienmitglied aufgenommen habt.

Dank an Freddie Jorgensen, der ein wunderbarer Mentor war, mich liebevoll unterstützte und mir stundenlang zuhörte, wenn ich traurig und verzweifelt war und jemanden brauchte, mit dem ich meinen Schmerz teilen konnte. Du warst da und hast mir geholfen.

Ich danke meinen Kollegen von *Right to Dream* und dem *FC Nordsjælland* für ihre Unterstützung. Sie standen mir mit Rat und Tat zur Seite und ließen mir viel Freiraum, sowohl während der Zeit der Missbrauchsvorwürfe als auch bei der Evakuierung der Spielerinnen und ihrer Familien aus Afghanistan. Ebenfalls danke ich dem Geschäftsführer Tom Vernon und seiner Frau Helen. Nur wenige Arbeitgeber würden Angestellte so umfassend unterstützen.

Meinen Dank verdienen auch *Hummel* und *Karma* und ihre Führungskräfte, insbesondere Christian Stadil von

Hummel. Sie haben mich und die afghanischen Spielerinnen bei jedem Kampf, den das Team durchstehen musste, unterstützt. Als ich sie am dringendsten brauchte, waren sie für mich da.

Ich danke der internationalen Spielergewerkschaft FIFPro, die zu uns hielt und sich für Gerechtigkeit für mich und meine Schwestern einsetzte. Ich bin sehr dankbar, dass es euch als Organisation gibt und dass ihr mir den Weg geebnet habt, um wichtige Persönlichkeiten kennenzulernen. Ich danke dem ehemaligen FIFPro-Generalsekretär Jonas Baer-Hoffmann, der Anwältin für Menschenrechte Kat Craig, der Direktorin für globale Politik und strategische Beziehungen im Frauenfußball Sarah Gregorius und vielen, vielen anderen, die mich und das Team über alle Erwartungen und Vorstellungen hinaus unterstützt haben.

Danke, Minky Worden von *Human Rights Watch* und Mary Harvey vom *Centre for Sport and Human Rights*, ihr habt uns in jeder Lage unterstützt und für uns gekämpft. Ich danke dem ehemaligen australischen Fußballnationalspieler und Menschenrechtsaktivisten Craig Foster, der ehemaligen Wettkampfschwimmerin, Olympiateilnehmerin und Anwältin für Menschenrechte Nikky Dryden, der Direktorin von *Human Rights for All* Alison Battisson und dem *FC Melbourne Victory* für die Hilfe bei der Evakuierung der Nationalspielerinnen und ihrer Eingliederung in Australien. Danke an Malala Yousafzai für die unerschütterliche Unterstützung des Teams im Kampf gegen unseren gemeinsamen Feind und die Ermunterung, meine Geschichte zu erzählen.

Ich bedanke mich beim ehemaligen Vorsitzenden von *Leeds United* Andrea Radrizzani, bei Rabbi Moshe Margaretten von der *Tzedek Association* und bei Kim Kardashian für ihren Einsatz und ihre Hilfe bei der Evakuierung.

Mein Dank gehört auch dem Team von *Girl Power,* das alles nur Erdenkliche getan hat, um mich bei der Realisierung unserer gemeinsamen Vision zu unterstützen. Ihr gebt mir Energie.

Vielen Dank an Suzanne Wrack, die mir geholfen hat, diese Geschichte zu Papier zu bringen. Ich danke ihr und der Redaktion vom *Guardian,* dass sie die Schwierigkeiten der Fußballerinnen in Afghanistan publik machten und sich keiner Macht beugten, sondern die Wahrheit wählten. Ich danke meinen Agenten Max Edwards, Sara O'Keeffe und dem Team von *Aevitas Creative* sowie Lauren Howard und dem gesamten Team von *John Murray Press,* dass sie dieses Buch auf den Weg gebracht haben.

Ich werde nie genug Worte finden, um auszudrücken, wie dankbar ich bin. Die Fußballgemeinde hat mich und das Team beschützt. Zahllose Menschen haben mir und meinen Schwestern das Leben gerettet. Herzlichen Dank an euch alle, dir ihr uns unterstützt habt. Und herzlichen Dank, liebe Leserinnen und Leser dieses Buches – auch das unterstützt uns!

hummel

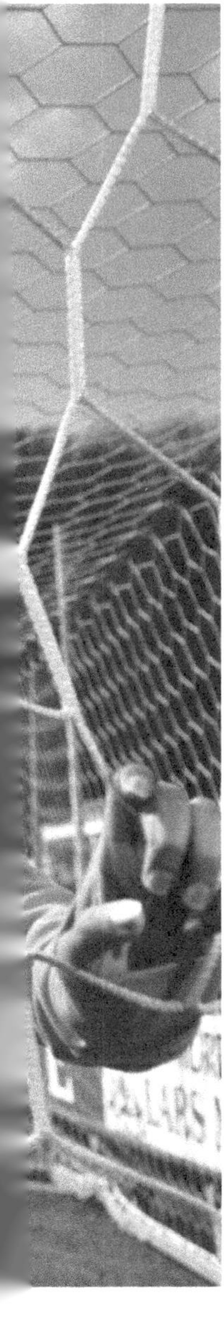

© Joe Martin Thomas

ZUR AUTORIN

Khalida Popal, geboren 1988 in Kabul, war Kapitänin der afghanischen Frauen-Fußballnationalmannschaft, später arbeitete sie für den dortigen Fußballverband. Nach einem Mordanschlag floh sie 2011 aus Afghanistan nach Europa und lebt heute im dänischen Exil, wo sie weiter Morddrohungen erhält.

IMPRESSUM

Übersetzung: *Dr. Christine Hardung, Birgit Klotz*
Lektorat: *Dorit Aurich*
Projektkoordination: *Dr. Marten Brandt*
Layout und Satz: *Datagrafix GSP GmbH, Berlin | www.datagrafix.com*
Gestaltung von Umschlag und Bildstrecke: *Groothuis. Gesellschaft der Ideen und Passionen mbH | www.groothuis.de*
Lithografie: *Frische Grafik, Hamburg*
Druck und Bindung: *GGP Media GmbH, Pößneck*

1. Auflage 2025
© 2025 Edel Verlagsgruppe GmbH,
Neumühlen 17, 22763 Hamburg
ISBN 978-3-98588-123-9
www.edelsports.com/kontakt
www.edelverlagsgruppe.de/kontakt

FSC www.fsc.org MIX Papier | Fördert gute Waldnutzung FSC® C014496

LIEBE LESERINNEN, LIEBE LESER

wie schön, dass Sie ein Buch von EDEL SPORTS lesen! Wir lieben große Geschichten, herausragende Persönlichkeiten und starke Meinungen aus der faszinierenden Welt des Sports und freuen uns sehr, dass Sie diese Leidenschaft mit uns teilen. Sport ist Emotion, Entertainment und Business zugleich. Geben Sie uns gern Ihr Feedback auf Instagram (@edel.sports) oder schreiben uns an: info@edelsports.com

UNSER VERLAGSHAUS

Mit Standorten in Hamburg und München zählt die Edel Verlagsgruppe zu den größten unabhängigen Buchanbietern Deutschlands. Zur Gruppe gehören die Verlage Dr. Oetker Verlag, Edel Sports, KARIBU und ZS.

EDEL Sports – Ein Verlag der Edel Verlagsgruppe
www.edelsports.com
www.instagram.com/edel.sports